Werner Bauknecht

Schattenmörder

Über dieses Buch

In einem Gewerbegebiet am Rande Tübingens wird gegen Mitternacht eine Frau umgebracht. Ihr Gesicht ist furchtbar verstümmelt, vermutlich mit einem Hammer. Die Kommissare beginnen, im Umfeld der Frau zu ermitteln. Sie arbeitete in einer Werbeagentur war alleinstehend, hatte keine Familie und so gut wie kein Privatleben. Zunächst gibt es auch keine heiße Spur.
Während die Polizei unter der Führung des Hauptkommissars Christian Löffler ratlos auch im Kunden- und Kollegenkreis der Toten nach einem Motiv sucht, wird eine weitere Leiche gefunden.
Wieder wird das Opfer, dieses Mal ein Arzt, Onkologe an der Uni-Klinik, mit einem Hammer grausig zugerichtet. Auch hier führt die Spur zunächst ins Nirgendwo.
Die Polizei vermutet, dass aller Wahrscheinlichkeit nach ein und derselbe Täter für die Morde verantwortlich ist.
Ob männlich oder weiblich – das bleibt offen.
Vergeblich versuchen die Kommissare, denen der Anblick der Leichen schwer zu schaffen macht, Verbindungen zwischen den Opfern und dem Täter zu finden.
Das Morden geht weiter – und am Ende der Ermittlungen tut sich für die Kommissare ein Abgrund auf. Löffler und sein Team müssen erkennen, dass manche Taten nicht aufzuhalten sind.
Für das Ermittlungsteam ist es Horror – der reinste Horrortrip. Es muss feststellen, dass das Böse da auftaucht, wo man es nicht erwartet. Der Täter wird zwar gefunden und eine noch längere Mordserie verhindert. Dennoch, Löffler und sein Team fühlen sich am Ende als Verlierer.

Werner Bauknecht arbeitete nach dem Studium in München als Dozent in der IT-Branche, danach als Referent beim Sparkassenverlag in Stuttgart. Seit 2000 ist er als freiberuflicher Autor und Journalist tätig.
Regionalkrimis schreibt er seit 2012. »Schattenmörder« ist sein vierter Tübingen-Krimi mit dem Kriminalhauptkommissar Christian Löffler und seinem Team nach »Totgelaufen«, »Berbertod« und »Tödliche Kristalle«.
Er ist auch Autor zahlreicher Theaterstücke. Werner Bauknecht wohnt in Wurmlingen.

Werner Bauknecht

Schattenmörder

Ein Krimi aus dem Neckartal

Oertel+Spörer

Dieser Kriminalroman spielt an realen Schauplätzen. Alle Personen und Handlungen sind frei erfunden. Sollten sich dennoch Ähnlichkeiten mit lebenden oder verstorbenen Personen ergeben, so sind diese rein zufällig und nicht beabsichtigt.

Postfach 16 42 · 72706 Reutlingen

Titelbild: Anita Bauknecht
Umschlaggestaltung: Oertel+Spörer Verlag
Satz: Uhl+Massopust, Aalen
Druck und Bindung: CPI books GmbH, Leck
Printed in Germany
ISBN 978-3-88627-646-2

Lauren Meineke verließ das Bürogebäude im Industriegebiet »Unterer Wert« in Lustnau spät. Spät wie immer. Lauren, die eigentlich Lola hieß, aber sich seit vielen Jahren mit dem neuen, erfundenen Namen vorstellte – Lauren also kam aus dem noch immer hell erleuchteten Bürohaus in die dunkle Lustnauer Nacht hinaus.

Sie atmete tief durch. Ein fernes Grummeln war zu hören. Sie sah nach Süden, hin zum Burgholz. Das war ein Waldgebiet zwischen den Härten auf dem Berg und dem Tübinger Stadtgebiet. Das Grummeln stammte von einem vorbeifahrenden Zug. Dann verschwand der Ton und es war totenstill. Um diese Uhrzeit – es war nicht lange hin bis Mitternacht – war keine Menschenseele mehr in der Gegend.

Industriebrache. Nichts Großes. Wie immer in Tübingen. Ein paar kleine Zulieferer, Autohäuser, Reparaturwerkstätten, ein Kieswerk. Und aus weiter Ferne leuchteten die Strahler einer großen Baumarktkette.

Lauren blieb einen Augenblick auf der unteren Stufe des Zugangs zum Gebäude stehen. Sie schloss die Augen, nahm die frische Brise auf, die vom Osten herwehte.

Als sich eine Hand auf ihre Schulter legte, fegte sie erschrocken herum und ließ dabei ihre Tasche fallen. Vor ihr tauchte das Gesicht eines Mannes auf, das ihr bekannt vorkam.

»Nun mal langsam«, sagte der Mann, »i bens doch bloß. Frau Meineke, koi Angscht, Sie kennet mi doch.«

Lauren trat einen Schritt zurück.

Günter Schmieder stand vor ihr, der Hausmeister. Zuständig fürs Gebäude, auch für das Stockwerk, in dem ihr Büro lag.

»Mein Gott, haben Sie mich erschreckt.«

Der Mann zuckte mit den Schultern.

»Des wollt i net. Ich wollt Sie bloß frage, ob i jetzt des Haus abschließe kann. Sie waret die Letschte, jetzt stoht's leer.«

»Von hinten anschleichen, das geht nicht.«

Lauren war sauer. Sie spürte ihr Herz heftig schlagen. Die Knie wurden ihr weich. Jetzt erst stellte sich die Reaktion ihres Körpers ein. Sie sah ihre Tasche auf dem Boden liegen. Aber sie fühlte sich nicht in der Lage, sich zu bücken und sie aufzuheben. Ihr war schwindlig.

»Ha noi, i hab mi net angschliche. Sie habet mi bloß net ghört, als ich sie angsproche hab.«

»Heben Sie meine Tasche auf. Wegen Ihnen liegt sie auf dem Boden. Und wehe, es ist was zu Bruch gegangen. Dann mache ich Sie verantwortlich.«

Schmieder brummte etwas Unverständliches. Aber er schnappte sich die Tasche vom Boden und streckte sie Lauren entgegen. Die nahm die schwarze Ledertasche und hängte sie sich über die Schulter.

Die beiden standen sich schweigend gegenüber.

»Dann mach i jetzt mal zu«, sagte Schmieder und drehte sich um. »Mei Frau wartet, die isch bestimmt sauer, weil es so spät isch.«

»Soll ich daran schuld sein?«

Lauren spürte, wie der Groll in ihr aufstieg. Jetzt wurde einem schon zum Vorwurf gemacht, dass man gewissenhaft arbeitete, auch wenn es mal länger dauerte. Hätte Schmieder was Rechtes gelernt, dann bräuchte er sich nicht die Nacht um die Ohren hauen und auf andere warten. Dann könnte er warten lassen.

Schmieder winkte stumm ab. Dann ging er zur Eingangstür, zog einen Schlüsselbund aus der Tasche und schloss die Glastüre ab. Er drehte sich zu der noch immer dastehenden Lauren um.

»So, des war's jetzt. Jetzt isch zua. Guat Nacht.«

Dann spuckte er auf den Boden.

Schließlich marschierte Schmieder zu einem direkt am Gebäude abgestellten Auto, stieg ein und machte die Scheinwerfer an. Wie ein Feuerschwert durchschnitt der helle Strahl die Nacht. Weit drüben prallte das Licht von einer Gebüschreihe zurück. Schmieder startete den Motor, gab Gas und verließ das Gelände.

Lauren blieb alleine zurück. Sie starrte den rot leuchtenden Rücklichtern des Wagens nach, bis er um die Hausecke verschwunden war. Der Platz wurde jetzt nur noch vom Mondlicht beschienen. Die Lichter im Bürogebäude waren allesamt erloschen.

Lauren seufzte.

Geschafft, dachte sie, wieder mal die letzte von der ganzen Bagage. Aber sie meinte das keineswegs positiv. Sie fühlte sich wie eine Betrogene. Als die letzte Mohikanerin, als eine, die alleine das Licht löschte und dann verschwand.

Ohne Familie, dachte sie, ist man halt der Arsch. Aber warum habe ich keine Familie? Weil ich mit diesem Scheißjob verheiratet bin.

Halt, beschwichtigte sie sich selbst, der Job ist klasse und ich bin normalerweise zufrieden und glücklich. Es gibt nur manche Abende, manche Nächte, in denen der Job nicht ausreicht. Und dann kann schon mal eine kleine Welt zusammenbrechen. So wie jetzt zum Beispiel. Einsam, müde, alleine auf einem dunklen Parkplatz und kein Ton zu hören. Wer da nicht depressiv wird …

Langsam näherte sie sich ihrem Wagen. Er war der Letzte in der Reihe der Parkbuchten. Sie setzte vorsichtig einen Fuß vor den anderen, tastete sich förmlich nach vorne, um ja nicht zu stolpern. Schon von der Ferne öffnete sie den Wagen mit ihrer Fernbedienung. Das rasche mehrfache Aufblitzen der Lichter am Auto schnitt durch die Nacht.

Wie bei einem Gewitter, fand Lauren.

Sie öffnete die Hintertüre des Wagens und warf ihre Tasche achtlos auf die Rückbank. Dann schlug sie die Türe zu. Laut hallte es über den Parkplatz. Lauren blieb stehen, atemlos, und achtete darauf, ob sie ein Echo hörte. Woher auch, schüttelte sie dann den Kopf über sich selbst, ich bin hier doch nicht im Gebirge oder in einer blöden Schlucht in den Dolomiten.

Über die nicht so ferne Bundesstraße nach Stuttgart fuhr gelegentlich ein Auto. Wie Glühwürmchen tasteten sich deren Scheinwerfer von Kirchentellinsfurt her kommend durch die Nacht. Dann waren sie verschwunden, die Nacht war wieder stumm und dunkel.

Ich werde hier ja noch trübsinnig, fand Lauren, zog die Fahrertüre auf und beugte ihren Rücken, um in ihren BMW einzusteigen.

Sie spürte auf einmal, noch während ihr Kopf bereits im Wagen, das Hinterteil aber noch im Freien war, dass etwas auf ihren Rücken pochte. Ihr Kopf schnellte vor Überraschung und Schreck hoch. Dabei schlug sie mit dem Hinterkopf gegen den Holm des Wagens.

»Aua«, rief sie.

Es tat weh und sie rieb sich die schmerzende Stelle. Als sie den Kopf aus dem Wagen bugsiert hatte und wieder aufrecht stand, drehte sie sich um, um nach der Ursache ihrer Verwirrung zu schauen. Fast erwartete sie, noch einmal diesem unsäglichen Schmieder gegenüberzustehen.

»Du?«, fragte sie überrascht.

»Ja, ich. Überrascht dich das so sehr? Musstest du nicht damit rechnen?«

Lauren stand mit offenem Mund da. Sie hatte etwas sagen wollen, aber mittendrin vergessen, was es war. So verharrte sie einen Moment in diesem Zustand der Sprachlosigkeit und der Mundsperre.

»Verstehe ich nicht«, sagte sie dann. »Warum sollte ich damit rechnen müssen?«

Eine schallende Ohrfeige prallte auf ihre Wange. Ihr Kopf drehte sich zur Seite und eine Schmerzwelle bebte durch ihren Körper. Sie legte, ganz automatisch, ihre Hand auf die schmerzende Stelle. Sie fühlte sich heiß an. Lauren spürte, wie das Blut durch ihren Körper strömte.

»Bist du irre?«, schrie sie und wollte in ihre Handtasche greifen, in der sie ein Pfefferspray deponiert hatte. Die Frauenwaffe, hatte ihre Freundin Gerdi gelästert.

Aber die Handtasche lag im Wagen. Sie starrte ihre leere Hand an. Sie fühlte sich nackt. Ausgeliefert.

»*Du* bist irre, wenn dir nicht klar ist, dass wir eine Rechnung zu begleichen haben.«

Lauren trat einen Schritt nach hinten. Wollte sich aus der offensichtlichen Gefahrenzone wegbewegen. Dann noch ein Schritt. Aber da stieß sie mit dem Rücken endgültig gegen den Wagen. Weiter nach hinten kam sie nicht.

Sie fühlte sich gefangen. Nein, sie *war* gefangen.

»Scheißgefühl, was? So alleine. Und so dunkel. Und keine Seele weit und breit.«

»Willst du mir drohen?«

»Vorwarnen.«

»Worauf?«

»Auf das, was gleich passieren wird.«

Ja, das war eindeutig Angst, was Lauren mit einem Mal empfand. Große, tief sitzende, unbeherrschbare Angst. Wenn man Angst hat, dann redet man, dachte sie, das weiß doch jeder. Also rede ich.

»Nun hör mir mal zu, du hattest jetzt deinen Auftritt. Wenn du mir Angst machen willst, dann ist dir das gelungen. Gratuliere. Aber du könntest mir jetzt sagen, was du wirklich von mir willst. Was ist das für ein Geschwätz von wegen, ich müsste damit rechnen. Womit denn? Und wofür?«

Sie musste das Gespräch am Laufen halten. Es musste ihr gelingen, in den Wagen zu springen und die Türe abzuschließen. Dann wäre sie in Sicherheit. Mit der rechten Hand umklammerte sie den Wagenschlüssel. Es musste klappen. Rein ins Auto, dann die elektronische Verriegelung drücken – basta. Sie fühlte sich schlagartig besser.

»Du hast mir mein Projekt weggenommen. Du hast meine Position bekommen. Aber ich habe die Arbeit gemacht.«

Langsam tastete sie sich nach rechts, zentimeterweise Richtung Türe. Sie stand halb offen, das reichte, um hineinzuschlüpfen. Nur noch ein halber Schritt.

»Nein«, sagte Lauren und rückte wieder ein paar Zentimeter Richtung Fahrertüre, »hast du nicht, wir haben zusammen daran gearbeitet. Aber ich war die Kompetentere. Deshalb leite ich die Abteilung und nicht du. Außerdem ist das schon ein halbes Jahr her und du hast gekündigt. Du hast mit der Firma gar nichts mehr zu tun.«

Ein trockenes Lachen war die Antwort.

»Es war meine Idee, du hast nur ein bisschen beigesteuert.«

»Du verdrehst die Tatsachen …«

Dann sprang sie durch die Türe und ließ sich auf den Sitz plumpsen. Noch während sie erst halb drin war, zog sie die Wagentüre bereits zu.

Aber sie schaffte es nicht.

Es gab einen Widerstand. Ein Schuh, ein Fuß hielt die Türe auf. Lauren zerrte, zog, trat mit ihrem Fuß gegen den anderen. Nichts geschah. Sie bekam die bescheuerte Wagentüre einfach nicht zu. Scheiße, dachte sie. Ihre Angst nahm schlagartig wieder zu.

»Guter Trick, aber ich bin doch nicht blöd.«

Sie wurde an der Schulter gepackt, herausgezogen aus dem BMW, zu Boden gestoßen. Ein Tritt traf sie in den Magen. Sie krümmte sich vor Schmerz. Und Wut. Und vollkommener Hilflosigkeit.

Sie lag auf dem Boden, hielt sich mit den Händen den Bauch und schaute nach oben.

»Ich wollte, dass du mich ansiehst, wenn es passiert.«

Lauren schloss die Augen.

Alles ist so sinnlos, dachte sie.

Sie sah den Hammer nicht kommen, der ihr die Stirn einschlug. Und von den weiteren Schlägen bekam sie schon nichts mehr mit.

Warum passieren die schlimmen Dinge immer nachts, dachte Christian Löffler, als er sich auf den Weg zur Küche machte. Nur deshalb muss ich jetzt aus dem warmen Bett raus, mich nachher ins Auto setzen und mir dann an einem Tatort die Füße kalt stehen. Warum können die Leute ihre Morde und alle anderen bösen Taten nicht mittags begehen? Bei schönem Wetter und nach dem Verdauungsschläfchen? Und vor allem: im Sommer, bei angenehmen Temperaturen.

Er schaute auf die Küchenuhr. Es war gerade mal halb sieben. Die Frage war: Kaffee ja oder nein? Gleich losfahren oder erst noch eine Weile in der warmen Küche sitzen bleiben und in den Tag finden? Außerdem war der Kollege Gerd Stammler noch nicht aufgetaucht. Obwohl er beim Vorbeigehen an dessen Zimmertüre geklopft hatte. Und zwar laut.

Also beschloss Hauptkommissar Löffler, sich einen Kaffee zu gönnen und einen langen Blick durchs Panoramafenster in der Küche. Wären die hellen Nebelschlieren und die Dunkelheit weg gewesen, hätte er einen Blick über Lustnau genießen können. Oder rüber zum Österberg, bis zu den Anfängen der Tübinger Kernstadt. Jetzt ließ sich das alles nur erahnen.

»Was gibt es denn?«, hörte der Hauptkommissar eine Stimme in seinem Rücken.

»Mord. Direkt vor der Haustüre.«

»Schön für uns, dann haben wir keine lange Anreise.«

Löffler drehte sich um.

So langsam hatte er sich an den Anblick seines Kollegen zur Morgenstunde gewöhnt. Immerhin war es bereits etliche Monate her, seitdem er im Löffler'schen Haus eingezogen war, nachdem seine Frau ihn zu Hause rausgeschmissen hatte. Morgens jedenfalls sah Stammler immer besonders zerzaust aus. Er war einer der Typen, die, egal was sie auch kosmetisch-hygienisch unternahmen, immer etwas verwahrlost aussahen. Was sich auf seinen Morgenzustand natürlich fatal auswirkte. Für Löffler hatte das inzwischen seinen Schrecken verloren.

»Geben wir heute Morgen den Pragmatiker? Immerhin hat man eine Frau erschlagen. Und soweit die Kollegen mir das mitgeteilt haben, soll es kein schöner Anblick sein.«

Stammler hatte inzwischen einen Kaffee aus der Maschine eingegossen und schüttete Unmengen Zucker in die Tasse. Dann setzte er sich an den Tisch und versank ebenfalls in den Ausblick vor dem Küchenfenster.

»Wir sollten uns warm anziehen«, sagte er plötzlich, stand auf und trank die Tasse auf einen Zug leer. »Weiß die Berger schon Bescheid?«

Berger war Monika Berger, ihre Kollegin. Bis vor Kurzem hatte sie ebenfalls in dem Kriminalistenhaushalt im Haus der Familie Löffler gewohnt. Inzwischen hatte sie sich eine eigene Wohnung genommen – gemeinsam mit Löfflers Noch-Ehefrau, die gerade in Tübingen eine Auszeit von Hamburg nahm. Diese war dadurch außerdem der gemeinsamen Tochter näher, die bei ihrem Vater bleiben und nicht nach Hamburg zurückkehren wollte.

Zugegeben, ein merkwürdiger Haushalt, dachte Löffler stets, wenn er sie alle zusammen sah – bei einem Abendessen zum Beispiel oder einem gemeinsamen Ausflug.

»Wir rufen sie von unterwegs an, sie kann mit dem eigenen Wagen hinkommen.«

»Wohin genau?«

»Lustnau. Gewerbegebiet Unterer Wert. Eisenbahnstraße, in der Nähe von dem Kieswerk.«

»Da können wir ja fast hinspucken, von hier aus.«

»Umso besser. Also los jetzt, die Kollegen warten. Ich fahre, Sie rufen Berger an. Spurensicherung und Gerichtsmedizin sind schon da und wir wieder mal die Letzten.«

Am Abend hatte der Hauptkommissar den Wagen nicht in die Garage gestellt. Das rächte sich nun – er musste mit dem Eiskratzer die Windschutzscheibe bearbeiten. Immer wieder blies er die handschuhlosen Finger mit seinem warmen Atem an. Leise fluchte er vor sich hin. Reine Faulheit, gestand er sich ein. Und jetzt muss ich dafür büßen. Wir leben halt in einer gerechten Welt.

Währenddessen saß sein Kollege bereits im Wagen und bestellte Monika Berger zur Leiche, zum Opfer in die Eisenbahnstraße. Die Beifahrertür öffnete sich und Löffler warf Stammler den Eiskratzer in den Schoß.

»Los, jetzt Sie. Ich kratze nur meine Seite frei.«

»Also mal ganz im Ernst: Was kann ich denn dafür, dass Sie den Wagen nicht unterstellen? Also fair ist das nicht, dass ich jetzt auch noch kratzen muss.«

»Ich habe auch nichts von Fairness gesagt. Ich friere bloß so sehr, dass ich meine Finger nicht mehr bewegen kann.«

Nachdem der Wagen schließlich eisfrei war, fuhren die beiden Polizisten vom oberen Ortsteil Lustnaus, vom Herrlesberg, hinunter ins Gewerbegebiet. Dabei kamen sie auch am neu gebauten Wohngebiet Alte Weberei vorbei. Bei dem Wetter sah das alles noch trister aus als ohnehin. Da konnten auch ein paar bunt bemalte Balkone, die so groß waren wie Starenkästen, nichts ändern. Schließlich bogen sie ein paar Hundert Meter hinter der Neckarbrücke rechts ein in die Eisenbahnstraße.

Bereits von Weitem sahen sie den Ort des Geschehens. Etliche Polizeiautos standen auf dem Parkplatz vor einem Bürohaus herum, manche mit stummem Blaulicht. Und mittendrin Monika Berger, die es tatsächlich geschafft hatte, den doppelt so langen Weg von Tübingen West schneller zurückzulegen als die beiden Lustnauer.

Sie kam den beiden entgegen. Es war noch immer dunkel, langsam riss der Himmel auf. Berger hatte den Kragen ihres dicken Mantels hochgestellt. Man konnte kaum ihr Gesicht sehen.

»Sieht schlimm aus«, sagte sie zur Begrüßung und deutete mit dem Daumen hinter sich. »Man hat der Frau das Gesicht förmlich zertrümmert. Mit irgendeinem Eisenstab oder auch gleich mit einem Hammer. Die Kollegen rätseln noch.«

Gemeinsam trotteten sie zur Fundstelle der Leiche. Sie lag neben einem BMW, dessen Fahrertür offen stand. Über den Körper der Frau hatten die Gerichtsmediziner bereits eine Decke gelegt. Löffler deutete darauf und sah Berger fragend an.

»Die waren schon ganz früh hier«, meinte sie, »man hat die Frau ja bereits um fünf Uhr gefunden.«

Löffler war erstaunt.

»Wie kann man sich um die Uhrzeit hier aufhalten? Oder hat etwa der Täter angerufen? Das wäre natürlich die einfachste Lösung.«

Berger schüttelte den Kopf.

»Leider nein. Es war ein Frühjogger. Er sitzt da drüben in einem Wagen der Kollegen. Dem Mann ist eiskalt geworden. Und nach dem Schock mit der Leiche sowieso. Ich habe mich vorhin kurz mit ihm unterhalten.«

»Sagen Sie mal, seit wann sind Sie eigentlich hier? Das wird ja langsam unheimlich.«

Berger wurde rot.

»Na ja«, druckste sie dann herum, »ich musste mich nicht mehr anziehen, als Stammler anrief. Ich meine, ich war schon … ich war noch … angezogen. Ich kam gerade nach Hause. Geburtstagsparty.«

»Hauchen Sie mich mal an.«

Löffler trat ganz dicht an seine Kollegin heran. Sie öffnete den Mund und atmete aus. Löffler schnüffelte.

»Nix getrunken? Was war das denn für eine Party?«

»Können wir uns vielleicht mal der Leiche widmen«, sagte Stammler, der gerade von einem Gespräch mit dem Einsatzleiter vor Ort zurückkam. Er zog einen Zipfel der Decke vom Kopf der Frau.

Es sah schlimm aus. Ein zertrümmertes Gesicht, nahezu kein Knochen war verschont geblieben. Das Gesicht war eine breiige Masse. Um den Kopf lag geronnenes Blut, das aussah wie ein hellroter Heiligenschein.

»Mein Gott, was ist da denn passiert?«

Berger wirkte noch immer geschockt. Tatsächlich war selbst ihr eine derartige Verwüstung im Gesicht eines Menschen in ihrer Berufspraxis noch nie begegnet.

Auch Löffler schaute stumm auf den Kopf. Er atmete heftig ein und aus. Schöne Sauerei, dachte er. Und das frühmorgens. Er war zwar vorgewarnt, aber was ihm hier begegnete, war doch deutlich schlimmer, als er es sich vorgestellt hatte. Andererseits, überlegte er, nutzte auch das ganze Vorwarnen nichts. Das Gesicht hätte er sich so oder so angucken müssen. Und anders ausgeschaut hätte es ja nicht.

»Wer ist die Frau?«, fragte er.

Aber da war keiner, der ihm hätte antworten können, bloß seine beiden Kollegen, die auch nichts wussten. Er winkte den Einsatzleiter, Carsten Schneck, zu sich.

»Was wissen Sie von der Frau?«

Schneck kramte in einem Ordner, den er mit sich herumtrug. Dann holte er ein Blatt Papier und einen Ausweis heraus.

»Hier«, sagte er und reichte Löffler das Dokument, »das ist die Frau.«

Das Foto zeigte die Tote, wenngleich mit etwas kürzeren Haaren. Sie war auch in ihrem jetzigen Zustand zu erkennen. Im Personalausweis stand Lola Meineke, sie war demnach einunddreißig Jahre alt, aus Tübingen und wohnte in der Scheefstraße, oben auf dem Österberg.

»Was sonst?«, fragte der Hauptkommissar.

Schneck hob die Schultern.

»Nichts bis jetzt. Die Kollegen prüfen gerade die Personendaten ab. Hier im Gebäude ist noch keiner, da können wir nicht nachfragen. Aber in der Handtasche haben wir einen Firmenausweis gefunden. Hier!« Er gab auch diesen an Löffler weiter. »Jetzt wissen wir, dass sie bei der Werbeagentur ›Free Minds‹ arbeitet. Die haben ihre Büros im vierten Stock.«

Löffler schaute nach oben. Kein Licht in den Büroräumen. Das ganze Haus lag da wie ein schwarzer Klotz.

»Gut«, entschied der Hauptkommissar, »reden wir eben mit dem Jogger, der die Frau gefunden hat.«

Die drei Kommissare marschierten zum Polizeiwagen. Sie zogen die Schiebetüre auf. Drinnen saß ein Mann, der die drei erschrocken ansah. Er rieb sich die Augen und setzte sich schlagartig aufrecht hin auf der Sitzbank.

»Ich bin wohl kurz eingenickt«, sagte er, »aber die Warterei geht auch ziemlich auf die Nerven.«

Der Mann trug lange Laufhosen, eine hellgelbe Überjacke, Handschuhe und eine Mütze, die er selbst jetzt nicht abgenommen hatte. Außerdem baumelte eine LED-Stirnlampe um seinen Hals.

»Wir sind Ihnen auch dankbar«, säuselte Berger, »dass Sie die Geduld aufbringen. Aber Sie haben ja selbst gesehen – wir brauchen alle Informationen, um diese schreckliche Sache aufklären zu können.«

Der Mann nickte.

»Ja, klar. Furchtbarer Anblick. Ich habe bereits meine Frau angerufen. Sie soll für mich im Geschäft absagen, ich komme heute nicht mehr. Nach dem Anblick kann ich mich nicht zu den Kollegen setzen und die Quartalsplanung vorbereiten. Da sehe ich bestimmt ständig den zertrümmerten Schädel vor mir. Brrrr.«

Der Mann schüttelte sich.

»Sie haben die Frau also gefunden«, stellt Stammler fest. »Aber zunächst mal – wie heißen Sie eigentlich?«

»Bauer. Moritz Bauer. Tübingen. Gartenstraße.«

Der Mann hielt den Kommissaren die Hand hin und alle drei schüttelten sie ihm nacheinander.

»Schön, Herr Bauer«, fuhr Stammler dann fort, »wie ist Ihnen denn aufgefallen, dass da etwas nicht stimmt? Die Straße ist doch etliche Meter vom Parkplatz hier entfernt, von da aus kann man ja kaum sehen, wenn jemand auf dem Boden liegt.«

»Nee, habe ich auch nicht. Aber schon beim Herlaufen, also von ganz vorne an der Straßeneinmündung, habe ich den

Wagen gesehen. Die Innenbeleuchtung war an. Das sieht man deutlich, wenn es so dunkel ist. Wie ein Glühwürmchen hat es …«

»Schon gut, Herr Bauer. Sie haben also den Wagen mit der Beleuchtung gesehen.«

»Genau. Und als ich näherkam, hat die immer noch geleuchtet. Da dachte ich, da hat jemand seine Autotür nicht richtig zugemacht. Weil – zu sehen war ja niemand. Also bin ich in den Parkplatz eingebogen, habe meinen 4:10er-Schnitt auf den Kilometer abgebrochen und bin da hingetrabt. Ich ums Auto rum – und rein in die Leiche. Tja, ich bin da richtig draufgetreten. Rechnet ja keiner damit, dass da jemand auf dem Boden liegt. Ich richte meine Stirnlampe auf die Figur, die Beine, den Körper und dann auf den Kopf. Wumm – mich hätte es fast umgehauen. Würde ich nicht so viele Horrorfilme im Fernsehen anschauen … ich meine … da gewöhnt man sich an solche … Anblicke … jedenfalls – dann hätte ich gekotzt.«

»Haben Sie sonst noch jemanden gesehen? Jemanden in der Nähe? Vielleicht ist da einer oder eine weggelaufen. Oder kam Ihnen ein Wagen entgegen oder einer hat Sie überholt? Können Sie sich an irgendetwas erinnern, das uns weiterhelfen könnte?«

Der Mann dachte eine Weile nach. Es sah aus, als würde er zählen, weil er dazu die Finger benutzte. Dann schüttelte er den Kopf.

»Tut mir leid, aber da war nichts.«

»Kannten Sie denn die Tote?«

»Ich? Nein, eigentlich nicht.«

»Eigentlich?«

»Ist nur eine Redensart. Nein, ich habe die Frau noch nie gesehen.«

»Ist das Ihre Standardstrecke, die Sie heute gelaufen sind?«

Bauer nickte.

»Täglich. Immer um die gleiche Zeit. Um fünf gehe ich aus dem Haus. Anders geht's nicht, ich bin abends zu schlapp zum Laufen.«

»Na schön, dann lassen wir Sie jetzt in Ruhe. Unser Kollege wird Ihre Aussage noch aufnehmen. Wenn Sie wollen, fährt er sie dann nach Hause.«

Bauer winkte ab.

»Nie im Leben. Ich laufe, ist doch klar. Ich stecke voll im Training, da kann ich nicht einfach abbrechen. Der Nikolauslauf steht bevor, da ist jeder Trainingskilometer wichtig.«

Er machte eine kurze Pause.

»Aber sagen Sie mal.« Er deutete auf Löffler. »Sie kenne ich doch. Sie waren beim letzten Nikolauslauf auch dabei. Da haben Sie doch die Altersklasse gewonnen. Und im Team der LAV Stadtwerke haben Sie die Mannschaft gewonnen. Stimmt's?«

Löffler nickte.

»Sind Sie dieses Jahr wieder dabei?«

»Wenn wir den Fall rechtzeitig lösen, komme ich vielleicht zum Trainieren. Dann ja.«

»Schön, man sieht sich am Start.«

»Wie Sie meinen. Aber falls Ihnen noch etwas einfällt zu der Sache hier – Sie wissen, wo Sie uns erreichen können.«

Damit steckte er Bauer seine Visitenkarte zu.

Sie entdeckten Professor Kürner, den Gerichtsmediziner, an seinem Einsatzfahrzeug. Markus Kürner war ein persönlicher Freund Löfflers. Und ein Intimfeind Bergers. Zumindest sah die Kripobeamtin das so. Für Kürner waren das bloß Kabbeleien, die er nicht ernst nahm. Umso mehr amüsierte ihn Bergers aufrechte Entrüstung, wenn er sie wieder einmal mit ein paar völlig sinnlosen Behauptungen auf die Palme brachte. Er liebte dieses Spiel.

»Ich gehe mal zu Markus«, sagte Löffler zu Berger, »Sie bleiben hier, ich habe keine Lust auf die Streitereien. Mir liegt das Opfer im Magen, da hat so was keinen Platz.«

Berger wollte etwas sagen, aber Stammler zog sie einfach weg.

»Hallo Doc«, sagte der Hauptkommissar, als er bei Kürner auftauchte, »hast du dir den Anblick auch schon angetan?«

»Anblick?«

Löffler deutete auf die immer noch auf dem Boden liegende Leiche.

»Ach, du meinst das Opfer und ihr derangiertes Gesicht. Ja, das habe ich mir angesehen. Endlich mal wieder etwas Abwechslung für mich als Profi. Kommt ja sonst nichts Außergewöhnliches mehr auf meinen Tisch.«

Er grinste.

Dann wurde er ernst.

»Die Frau wurde übel zugerichtet. Hast du ja gesehen. Da war Wut im Spiel, viel Wut. Sonst richtet man keinen Menschen derart zu.«

»Hat man sie dort getötet, wo man sie gefunden hat?«

Kürner nickte.

»Eindeutig. Alle Spuren deuten darauf hin. Vor allem das Blut und die Form, wie es floss – die Sache ist klar.«

»Mordwaffe?«

»Ziemlich sicher ein Hammer. Ohne mich jetzt festzulegen – entweder ein Latt- oder ein Maurerhammer. Die Schlagfläche, die Bahn, ist meiner Meinung nach aufgeraut. Bei dieser Art Hämmer trifft das zu. Ich muss mir die Wunden noch näher anschauen. Aber ich glaube, in der Haut kann man die Abdrücke ziemlich deutlich erkennen.«

Während ihrer Unterhaltung waren sie langsam zum Opfer gegangen. Jetzt standen sie direkt daneben.

»Kannst du mir etwas zum Todeszeitpunkt sagen?«

Löffler sah voraus, wie sein Freund sich vor ihm aufbauen und ihm dasselbe, wie in allen diesen Fällen vermelden wollte: Dazu kann ich doch *jetzt* noch nichts sagen. Also griff er ihm an den Unterarm und lenkte gleich ein.

»Natürlich will ich nur deine persönliche Einschätzung, nichts Offizielles. Ist doch klar. Unter uns sozusagen. Ich behalte es auch für mich.«

Kürner lachte laut. Mit einem tiefem Bass, der sich langsam zu etwas Baritonähnlichem steigerte. Vor allem aber war es laut, richtig laut. Die Polizisten und Mediziner auf dem Platz starrten alle herüber zum berühmten Professor. Den schien es allerdings überhaupt nicht zu kümmern, dass gerade mal eineinhalb Meter unter ihm eine furchtbar verstümmelte Leiche lag. Löffler selbst kümmerte das wenig, er kannte seinen Freund seit dreißig Jahren. Konventionen hatten den noch nie gestört. Im Gegenteil – er suchte sie förmlich, um dann dagegen zu verstoßen.

»Also gut«, fuhr der Pathologe nach seinem Lachanfall fort, »dann spekuliere ich mal. Nur unter uns, mein Freund. Ich schätze, es könnte ziemlich genau gegen Mitternacht gewesen sein, dass der Hammer auf die Dame niederging. Plus minus eine Stunde. Aber ihr könnt schon mal bis Mitternacht arbeiten, das ist eine gute Grundlage.«

Löffler dachte einen Moment nach. Das machte er laut.

»Was macht eine Frau um Mitternacht noch vor dem Bürohaus? Ganz alleine. Am Arsch der Welt. Und wie kommt dann jemand dazu, ihr mit dem Hammer das Gesicht einzuschlagen?«

»Das musst du lösen, das ist dein Problem. Dafür wirst du bezahlt.«

Der Hauptkommissar schaute Kürner verblüfft an.

»Was meinst du?«

»Aufwachen, Christian. Ich sagte, du musst dich jetzt um die Sache kümmern. Ruf mich später an, dann kann ich dir vielleicht mehr sagen. Und jetzt bringen wir mal das Opfer weg, sie liegt schon lange genug auf dem Boden rum.«

Kürner winkte seine Kollegen zu sich. Christian Löffler ging zu Stammler und Berger hinüber, die beide am Smartphone hingen.

»Ich habe bei dem Opfer zu Hause angerufen, aber da ging niemand ran. Entweder hat sie keine Familie oder die pennen alle noch.«

»Vielleicht sind sie arbeiten.«

Berger schaute auf ihre Handy-Uhr.

»Um diese Zeit? Dann müssten sie ja bei der Polizei arbeiten und sich an einem Tatort rumtreiben.«

Es ging bereits auf halb acht Uhr zu. Langsam wurde es hell. Der Krankenwagen mit der Leiche verließ den Parkplatz, auf dem Weg zur Gerichtsmedizin. Dahinter Kürner in seinem Wagen, der Löffler noch kurz zuwinkte, ehe er um die Ecke verschwand. Auch die Polizeiautos machten sich auf den Weg zurück in die Konrad-Adenauer-Straße zum Präsidium. Oder sie nahmen ihren Streifendienst auf. Ganz zuletzt folgte die Spurensicherung. Wie eine kleine Karawane tuckelten sie alle durch die Eisenbahnstraße Richtung Innenstadt. Bloß die Kommissare der Mordkommission blieben zurück.

Horst Kleber machte sich auf den Weg zur Arbeit. Er war früh dran. Früher als sonst. Üblicherweise erschien er nie vor neun Uhr in seinem Büro im vierten Stock in dem Gebäude in der Eisenbahnstraße. Aber er hatte heute kein großes Verlangen danach, seiner Frau am Frühstückstisch zu begegnen. Seit gestern Abend herrschte Krieg.

Kleber setzte sich in den Wagen, ohne Kaffee, ohne Frühstück, selbst ohne seine Zeitungslektüre. Den Sportteil hatte er sich in die Aktentasche gesteckt. Wenigstens das. Dem würde er sich nachher an seinem Schreibtisch in aller Ruhe widmen.

Er wohnte im Rottenburger Kreuzerfeld. Fuhr man die Stadt von Osten, von Tübingen aus, an, wiesen die auf der Anhöhe stehenden Häuser des Viertels einem den Weg. Er aber hatte sie im Rücken, wenn er zur Arbeit in die Uni-Stadt fuhr. Durch Kiebingen durch, Bühl – alles Tempo 30. Er hatte sich daran gewöhnt. War ohnedies nicht zu ändern.

Kleber war Chef der Werbeagentur »Free Minds«. Noch lief die Agentur gut. Aber immer mehr neue Agenturen erschienen mittlerweile auf der Bildfläche, das Geschäft war härter geworden. Hinz und Kunz machen in Werbung, hatte seine Mitarbeiterin Meineke gesagt. Dann muss sich Qualität ja eigentlich durchsetzen, hatte er geantwortet. Sie hatte jedoch nur mit den Schultern gezuckt. Sein aufgesetzter Optimismus behagte ihr nicht besonders. Als Pragmatikerin las sie Bilanzen, schaute die Kostenrechungen durch, versuchte, neue Kunden an Land zu ziehen. Da hatte sie auch nicht davor zurückgeschreckt, einen altgedienten Mitarbeiter, Jonas Mayer, aus der Firma rauszuschmeißen. Kleber hatte sich blind und taub gestellt. »Wenn es der Sache dient«, hatte er zu ihr gesagt.

Und jetzt die Sache mit seiner Frau.

Dumme Kuh, dachte er. Es laut zu sagen, hätte er in ihrer Anwesenheit nicht gewagt. Dennoch – ihre Reaktion war bescheuert gewesen. Er hatte doch bloß den Urlaub über Pfingsten abgesagt. Absagen müssen. Sie hatten eine große Präsentation vor sich, das war doch wohl wichtiger als so ein blöder Urlaub auf den Kanaren. Es ging immerhin um ihre Zukunft. Wenn sie den Etat des Kunden erhielten, war die Firma auf Jahre hinaus saniert. Durfte er sich so etwas entgehen lassen?

Er hatte jedenfalls kein Verständnis für ihr Verhalten. Machte ihm Vorhaltungen. Beschimpfte ihn. Dann schrie sie ihn auch noch an. Sollte sie doch sehen, wo sie ohne ihn blieb. Heute früh jedenfalls musste sie alleine am Frühstückstisch in der Küche sitzen.

Er bog von der Reutlinger Straße in die Ludwigstraße ab und dann in die Eisenbahnstraße ein. Als er auf Höhe des Depots war, kamen ihm ein paar Polizeiwagen und ein Auto vom DRK entgegen.

Unfall, dachte er.

Ein paar Minuten später bog er in den Parkplatz vor seinem Büro ein. Er wollte auf den für ihn reservierten Platz fahren, aber der war wie der danebenliegende durch ein rot-weißes Band abgesperrt. Außerdem sah er die aufgemalte Silhouette eines Menschen auf dem Boden. Daneben standen zwei

Männer und eine Frau. Kleber stellte den Wagen auf einem unversperrten Platz ab. Er stieg aus und ging zu den Männern und der Frau hinüber.

Christian Löffler und seine Kollegen sahen den Wagen auf den Parkplatz einbiegen. Auf der Fahrertür war ein »Free Minds«-Logo.

»Da kommt einer von der Truppe«, sagte Stammler und deutete auf das Auto, das gerade einparkte und aus dem gleich darauf ein Mann im Anzug ausstieg.

»Können Sie mir sagen, wieso Sie meinen Parkplatz absperren?«, fragte der Mann und kam auf die Kripobeamten zu.

»Absperren?«

»Na hier«, deutete er auf das Schild, auf dem ein Autokennzeichen stand, »das ist mein Platz. Und das rote Band hier gehört ja wohl Ihnen.«

Christian Löffler sah erst auf das Band, dann auf das Schild und danach verglich er die Autonummer damit.

»Dann gehören Sie zu der Werbeagentur hier im Haus, richtig?«

Der Mann nickte.

»Ja, ich bin der Geschäftsführer von ›Free Minds‹. Aber wer sind Sie eigentlich, wenn man mal fragen darf?«

Löffler hielt ihm seinen Ausweis hin.

»Wir sind die Kripo Tübingen. Mordkommission. Mein Name ist Christian Löffler. Das sind meine Kollegen Kommissarin Berger und Kommissar Stammler. Und wie, sagten Sie, ist Ihr Name?«

Der Mann zögerte. So, als müsse er sich erst überlegen, ob er der Polizei trauen könne. Mit einem Seufzen verbunden schien er sich dazu entschlossen zu haben, die drei vor ihm als Freunde und Helfer einzuordnen.

»Mein Name ist Horst Kleber«, sagte er, »ich wollte eigentlich bloß in mein Büro, um zu arbeiten. Oder geht das jetzt nicht?«

Die Kommissare sahen sich untereinander an. Schon wieder erweckte der Werbefachmann den Eindruck, als würde ihm mulmig zumute.

»Wir haben hier unten, gerade daneben, wo sonst Ihr Auto steht, eine Leiche gefunden. Eine tote Frau. Sie müssten Sie eigentlich kennen.«

Kleber schaute die Kommissarin Berger an.

»Ach ja? Wer soll das denn sein?«

»Lola Meineke. Sie arbeitet in Ihrer Agentur.«

»Meineke arbeitet hier. Aber nicht Lola. Meine Meineke heißt Lauren. Dann könnte es sich höchstens um ihre Schwester handeln. Aber sie hat keine, das weiß ich, das hat sie mir selbst erzählt.«

Stammler kramte den Ausweis der Toten heraus und gab ihn Kleber. Der schaute sich das Bild genau an. Dann reichte er den Ausweis zurück.

»Unglaublich«, sagte er mehr zu sich als zu den Polizisten, »da hat die Meineke jahrelang unter falschem Namen gelebt. Und wir haben das nicht bemerkt. Das ist ja Urkundenfälschung. Oder wie soll man das sonst nennen?«

Löffler und die anderen gaben Kleber ein wenig Zeit, um sich wieder zu fassen.

»So«, begann dann der Hauptkommissar, »jetzt können Sie uns sagen, was Sie über die Frau wissen. Wir müssen uns ein Bild machen können, damit wir eine Ahnung bekommen, wo wir bei der Lösung des Falles überhaupt ansetzen müssen. Haben Sie denn eine Erklärung, warum man die Frau getötet haben könnte?«

»Ich?«

»Ja klar Sie. Sie haben sie doch jeden Tag bei der Arbeit gesehen. Mit ihr täglich zusammengearbeitet. Mit ihr geredet. Vielleicht hat sie Ihnen auch private Dinge erzählt. Vom Alter her könnten Sie ja ihr Vater sein, das schafft Vertrauen zwischen zwei Menschen.«

»Ihr Vater? Sie spinnen wohl.«

Kleber schien sich, seiner Miene nach zu urteilen, zu fragen, ob er wirklich so alt aussah, wie der Kommissar annahm.

»Wir wollen das jetzt nicht vertiefen«, übernahm Stammler das Gespräch. »Dennoch würden wir gerne Ihre Einschätzung zu Lola Meineke hören.«

»Meine Einschätzung?«

»Ja, genau«, wurde Stammler etwas ungeduldig, »was hielten Sie von ihr, wie war sie, hatte sie Feinde, ist Ihnen etwas Besonderes aufgefallen? Gucken Sie nie ›Tatort‹ oder andere Krimis im Fernsehen?«

Kleber lachte.

»Das schon, aber man denkt ja nie, dass man selber mal solche Texte hören oder sprechen muss. Aber schön, ich sage Ihnen, was ich weiß.«

Er schloss für einen Augenblick die Augen. Möglicherweise beschwor er so noch einmal das Bild der lebenden Lauren Meineke herauf.

»Frau Meineke war meine wichtigste Mitarbeiterin. Ich hätte sie bald zur Partnerin gemacht. Sie ist, nein, sie war eine typische Geschäftsfrau, knallhart, wenn es darauf ankam. Aber nur dann. Privat lebte sie eher zurückgezogen, soweit ich das beurteilen kann. Ich wohne in Rottenburg, sie in Tübingen, da traf man sich eigentlich nie. Kein Tübinger geht je nach Rottenburg. Und ich selbst gehe eigentlich fast nie aus.«

»Hatte sie denn keinen Mann, Freund, Freundin, Familie?«

Der Werber schüttelte den Kopf.

»Nicht dass ich wüsste. Aber ich weiß ja nicht alles über sie. Irgendwie machte sie, wenn es ums Private ging, ständig einen unzufriedenen Eindruck. Manchmal dachte ich, dass sie sich zu sehr isoliert. Dauernd verbrachte sie die Abende im Büro. Klar, mir war das recht, denn dadurch blieb bei uns nie irgendetwas liegen. Ich habe mich da auch nie eingemischt, war ja ihre Sache, wenn sie mit dreißig schon lebendig begraben sein will. Na ja, jetzt wird sie halt tot begraben.«

Erst mit Verzögerung fiel ihm auf, was er gerade gesagt hatte.

»Tut mir leid«, meinte er zerknirscht und schaute die Kriminalbeamten, einen nach dem anderen an, »aber das war nicht so gemeint. Lag mir halt auf der Zunge. Also – ich mochte die Meineke. Wirklich. Aber wissen tu ich halt nicht viel über sie.«

»Hatte sie Krach mit Kunden? Oder mit anderen Mitarbeitern? Oder ein unglückliches, vielleicht auch glückliches Verhältnis mit einem von ihnen?«

In diesem Augenblick bog ein Wagen in das Firmengelände ein. Ein kleiner Alfa Spider, altes Baujahr. Früher nannten die Italiener den Typ einen »Frauenwagen«. Zuerst etwas orientierungslos angesichts der kleinen Versammlung auf dem Platz, wurde der Wagen schließlich mitten auf dem Hof in einer aufgemalten Parkbucht abgestellt. Alle Blicke wandten sich dem kleinen roten Flitzer zu. Heraus stieg Mira Bögelein, die Sekretärin der Werbeagentur. Schwungvoll schlug sie die Autotüre zu und stöckelte dann in ihren hohen Schuhen zu Kleber und den Polizisten hin.

»Empfangskomitee?«, fragte sie in die Runde und lächelte.

Das Lächeln war durchaus beeindruckend. Mit Wohlgefallen schienen die Kripobeamten, zumindest die beiden männlichen, den Anblick Bögeleins zu genießen. Nun ja, warum auch nicht. Die Firmensekretärin war ein Blickfang. Heute steckten ihre langen Beine in einer schwarzen Stoffhose, den Oberkörper bedeckte eine Kunstpelzjacke.

»Gut gelaunt heute Morgen?«, fragte Kommissarin Berger.

»Wie jeden Morgen«, antwortete Mira, »oder gibt es einen Grund, es nicht zu sein?«

Löffler trat nach vorne.

»Wir sind von der Polizei. Können Sie mir vielleicht sagen, wer Sie sind?«

»Polizei? Dann ist also was passiert. Hat das was mit meinem Chef hier zu tun?«, fragte sie und deutete auf Kleber.

Berger übernahm.

»Wären Sie wohl so freundlich und würden sich vorstellen?«

»Klar, kein Problem. Ich heiße Mira Bögelein und ich arbeite bei ›Free Minds‹. Und das hier«, sie zeigte abermals auf Kleber, »ist mein Chef. Und jetzt wüsste ich gerne, was eigentlich vorgefallen ist. Wenn ich hier schon meine geheimen Daten öffentlich preisgeben muss.«

Wieder lachte sie. Das klang irgendwie ansteckend.

»Sie haben Lauren ermordet. Man hat sie gerade abtransportiert«, sagte Kleber hastig. Es sah aus, als wolle er die Versammlung vor dem Bürogebäude schleunigst beenden.

Die Hand, mit der sie auf Horst Kleber deutete, blieb ausgestreckt in der Luft stehen. Schockgefroren.

Standbild.

Wie ein dürrer Ast, der aus einem Baumstamm ragte. Und die anderen konnten neugierig dabei zusehen, wie Bögeleins Augen sich zusehends vergrößerten. Irgendwann waren sie so aufgerissen, dass man sich fragen musste, ob ihr das keine Schmerzen verursachte.

Dann entspannte sich ihr Gesicht, der Arm fiel herunter und hing an ihrer rechten Seite.

»Und wie ist das passiert? Wer hat das überhaupt getan?«

Dann, als käme ihr die schrecklichste Erkenntnis ihres Lebens:

»Horst, warst du das etwa? Du wirst der Meineke doch nichts angetan haben.«

Kleber winkte ab.

»Nein, nein, ich habe damit nichts zu tun. Die wollen nur wissen, wie die Lauren so war. Wusstest du eigentlich, dass sie in Wirklichkeit Lola hieß, nicht Lauren?«

»Ist doch egal, solange der Nachname stimmt.«

»Wusstest du es?«

Mira Bögelein nickte und wirkte etwas verlegen dabei.

»Sie hat es mir mal gesagt. Besoffen wie sie war. Vor Kurzem erst, wir hatten die Fastzusage von Riekert und Co. Den Etat. Da haben wir ein wenig gefeiert, bloß sie und ich. Im Büro. Ich meine, wir haben uns richtig einen mädchenmäßig hinter die

Binde gegossen. Damals hat sie noch gesagt, das brauche sie jetzt mal. Nach all der Scheiße. Du weißt schon, die Sache mit Jonas, mit der verkorksten ersten Präsentation, mit dem Konkurrenzangebot von Thorsten Lafer. Und außerdem hatte sie in der Zeit irgendwie Probleme mit einem Typen. Ja, dann hieß es halt: ›Die Tassen hoch‹. War ein schöner Abend.«

Löffler stellte sich zwischen Kleber und seine Sekretärin.

»Wissen Sie denn, warum sie ihren Vornamen geändert hat? Hat das irgendwie mit ihrer Vergangenheit zu tun?«

»Herr…«

»Oh, entschuldigen Sie, ich bin Hauptkommissar Löffler, das sind meine Kollegen Berger und Stammler.«

»Also, Herr Hauptkommissar, alles hat doch irgendwie mit der Vergangenheit zu tun, finden Sie nicht? Ohne sie gäbe es uns doch gar nicht.«

»Philosophin?«

»In der Tat. Mit Abschluss, aber ohne Anstellung in der Branche. Andererseits – ist nicht die Werbesprache die Sprache einer neuen Philosophie des einundzwanzigsten Jahrhunderts? Die Werbeslogans von heute sind die ›Gott ist tot‹-Zitate von gestern.«

Ein Räuspern ertönte. Kommissarin Berger tauchte neben ihrem Vorgesetzten auf.

»Können Sie mir nun sagen, wieso sie, also Frau Meineke, den alten Vornamen Lola ablegte?«

»Aber ja, das ist ganz einfach: Sie mochte ihn nicht. Ist doch auch ein Scheißname, wenn man das so sagen darf. ›Ich bin die fesche Lola, mit ihrem Pianola.‹ Kennen Sie das? Eben, wer will denn in so einem Text vorkommen?«

»Wie war denn das mit dem Mann, den Sie gerade erwähnten? Wissen Sie, was passiert ist? Oder kennen Sie den Namen des Mannes?«

Mira Bögelein überlegte einen Moment.

»Nein«, sagte sie dann, »Namen fielen keine. Aber ich weiß, dass sie diesen Mann verlassen hat. Gegen dessen Willen. Und beim Abschied hat er ihr wohl das halbe Wohnzimmer zertrümmert. Aus Wut. Sie hat ihm mit der Polizei gedroht, dann ist er abgezogen.«

»Wissen Sie etwas darüber?«, wandte sich Stammler fragend an Kleber.

Der Boss der Werbeagentur war die ganze Zeit bloß stumm dagestanden und hatte Geschichten gehört, die er offensichtlich kaum glauben konnte. Besäufnisse in seinem Büro, falsche Namen, eine Philosophin, die er eingestellt hatte und die jetzt in seinem Vorzimmer saß. Hatte er ihre Bewerbungsunterlagen jemals gesehen? Das konnte es bloß in Tübingen geben.

»Nein«, antwortete er zögernd und langsam, »das ist mir alles neu. Dazu kann ich auch gar nichts sagen. Aber ich würde jetzt gerne in mein Büro gehen, mir ist nämlich saukalt und ich will einen Kaffee trinken. Sie können auch gerne einen haben, aber lassen Sie uns jetzt nach oben gehen.«

»Wann kommen denn Ihre anderen Mitarbeiter?«

»Andere Mitarbeiter?«

»Oder waren das jetzt alle – Sie beide und die Tote?«

»Ja, könnte man so sagen. Wir waren auch schon mehr. Einer mehr. Aber Lauren fand, dass wir ihn nicht mehr brauchen. Manche Arbeiten vergeben wir extern, an Freiberufler. Das ist billiger.«

Mira Bögelein war bereits Richtung Eingangstüre gestöckelt. Kleber bewunderte sie heimlich dafür, dass es ihr gelang, sich auf derart hochhackigen Schuhen überhaupt zu bewegen. Sie hatte wohl Günter Schmieder, den Hausmeister, entdeckt, der gerade um die Hausecke kam. Sein Parkplatz war auf der anderen Seite des Hauses, zur Eisenbahnstraße hin. Dort, im Erdgeschoss, hatte er auch ein kleines Büro und im Keller darunter eine Art Werkstatt. Wollte man ihn erreichen, erwischte man ihn am ehesten dort.

Als er Bögelein sah, lachte er.

»Ja no, so a schöner Anblick scho so bald am Morge. Do fangt der Tag joa guat an.«

Dann sah er die anderen Leute, die alle neugierig zu ihm herschauten.

»Isch was?«, fragte er in ihre Richtung, »wartet ihr älle auf mi? Ihr hänt doch au eigene Schlüssel, Sie zum Beispiel, Herr Kleber.«

Löffler ging auf den Mann zu, gemeinsam mit Kleber.

Der Chef von »Free Minds« war äußerst zufrieden mit dem Hausmeister. Seit Jahren kümmerte er sich um das Gebäude, als gehöre es ihm selbst. Er brachte auch mal Klebers Wagen in die Waschstraße oder besorgte was aus dem Baumarkt. Okay, er trank. Besser gesagt: Er soff. Er soff und ging dennoch aufrecht wie ein Bleistift. Kein Schwanken, kein Stottern, nicht mal vernuschelt sprach er mit den Leuten. Ein echter Trinkprofi also. Ein waschechter Alkoholiker. Und trotzdem zuverlässig.

»Wir sind von der Kripo«, sagte Löffler und zückte dabei seinen Ausweis. »Mein Name ist Löffler. Und wer genau sind Sie?«

Der Hausmeister zog den Ausweis zu sich heran und hielt ihn sich vor die Augen. Kleber konnte Schmieders Frühration Alkohol deutlich riechen. Er sah, dass auch die Nase des Hauptkommissars ruckelte und zuckelte.

»Ich bin der Hausmeister, Günter Schmieder«, sagte er und gab den Ausweis zurück. »Und ich frage mich, was die Kripo so früh morgens hier zu suchen hat. Oder hat man etwa eingebrochen?«

Er drehte sich zum Haus hin und betrachtete das Gebäude vom Sockel bis ganz nach oben in den letzten Stock.

»Ich sehe jedenfalls nichts.«

»Man hat Frau Meineke ermordet«, sagte da Kleber plötzlich, »genau hier vor dem Haus.«

Stammler, der inzwischen neben dem Hauptkommissar aufgetaucht war, schaute Kleber ziemlich zornig an.

»Danke, Herr Kleber«, sagte er dann, »das ist schon das zweite Mal, dass Sie hier den Verkünder spielen. Jetzt reicht es, halten Sie jetzt mal den Mund. Oder gibt es besondere Gründe, dass Sie sich hier als Posaune schlechter Nachrichten aufspielen? Haben Sie vielleicht zu Hause nichts zu melden?«

Kleber trat einen Schritt zurück.

Das war zu viel. Was bildet dieser Lackel von Bulle sich ein, dachte er. Ist der Kerl übergeschnappt, wie redet der mit mir? Immerhin bin ich Geschäftsführer einer Werbeagentur und nicht irgendein Penner vom Neckarufer. Oder wo immer die Penner sich aufhalten.

»Ticken Sie eigentlich noch richtig?«, entgegnete Kleber, »wen, glauben Sie eigentlich, haben Sie vor sich?«

Mit hochrotem Kopf stand Kleber vor dem Kripobeamten. Der wollte gerade antworten, und zwar geharnischt, das war offensichtlich, als der Hauptkommissar seinen Kollegen einfach zur Seite schob und Kleber ganz sanft am Unterarm berührte.

»Verzeihen Sie, Herr Kleber«, sagte Löffler, »mein Kollege meint das nicht so. Der Anblick der Frau hat ihm mächtig zugesetzt. Das war auch für einen erfahrenen Polizisten ein grausiger Anblick, da ist keiner davor gefeit. Ich sorge dafür, dass er Sie nicht mehr belästigt.«

Der ruhige Ton Löfflers sprang über. Als dann auch noch seine Kollegin kam und ihn anlächelte, fragte sich Kleber sogar für einen Augenblick, worüber er sich überhaupt aufgeregt hatte. Das fiel ihm zwar wieder ein, aber für sich beschloss er schließlich, kein Drama aus dem Fauxpas zu machen.

»Na schön, ich habe verstanden. Was ist denn nun mit dem Kaffee?«

Die drei Kommissare fuhren am Kupferbau vorbei, dann linker Hand in den Hof der Gerichtsmedizin. Professor Markus Kürner, Busenfreund Löfflers, herausragender Pathologe und im privaten Leben ein rechter Rüpel, erwartete sie. Er habe, hatte er am Telefon erzählt, in Rekordzeit die Leiche der Frau »ausgewertet«, wie er es nannte. Wenn sie Näheres wissen wollten, dann möchten sie doch vorbeikommen. Am Telefon jedenfalls mache er keine Fallbesprechung.

»Na toll«, meinte seine Erzfeindin Monika Berger, »der hohe Herr bestellt uns ein. Als müsse man ihn hofieren.«

Stammler grinste. Er kannte das Geplänkel zwischen den beiden. Er fand, Berger nahm das alles viel zu ernst. Kürner jedenfalls tat das nicht, denn der Schalk blitzte ihm aus den Augen, wenn er die Kommissarin immer wieder bis aufs Blut reizte. Aber die sah das alles nicht – nun ja – spielerisch. Sie wollte leiden, sie wollte seine Feindschaft und reagierte auf jedes Wort des Professors wie eine Löwin auf ein Stück frisches Fleisch.

Kürner saß in seinem Büro und fummelte an seinem Computer herum. Er hob kaum den Kopf, als die drei Kripobeamten hereinkamen. Stammler nickte Löffler zu, der rollte mit den Augen.

Kürner zockte.

Wenn er mitten in einem Spiel war, konnte, *durfte* man ihn nicht stören. Er brauche diese Art Ablenkung, hatte er schon häufiger erzählt. Den ganzen Tag hänge er mit Leichen, totem Gewebe, Innereien und Darminhalten ab – seine Freizeit wolle er gefälligst selbst bestimmen und ungestört verbringen. Also spielte er am Bildschirm. Und zwar immer dasselbe Spiel, den Klassiker »Solitaire«.

»Mensch, Markus«, hatte Löffler zu ihm gesagt, »das ist doch eine alte Kamelle, dieses Kartenspiel. Inzwischen gibt es doch ganz andere Möglichkeiten am PC, wenn man schon spielen will. Für dich wären zum Beispiel Ballerspiele am besten. Du bist dem menschlichen Schrecken gegenüber derart abgebrüht, dass dich umherfliegende Köpfe, Arme und Beine, die du gerade einem Menschen abgeschossen hast, nicht ablenken. Beste Voraussetzungen für eine erfolgreiche Baller-König-Karriere.«

Der Arzt lachte. Laut, es dröhnte, wenn er lachte. Manchmal fragten sich Menschen, die ihn nicht kannten, was das denn für eine Gesellschaft sei, die hinter der Tür dort feierte. Das war dann Kürner bei der Arbeit, der irgendetwas derart witzig fand, dass er zwischen zwei Schnitten in einen Brustkorb einen Lachanfall bekam. Das Lachen war manchmal so laut, dass es das ganze Institut erfüllte.

Er war fertig mit dem Spiel und nickte dann mit dem Kopf. Das bedeutete, dass sie alle drei Platz nehmen konnten. So saßen sie also ihm gegenüber wie drei Schüler bei der Aussprache, nach der sie sich eine Rüge abholen konnten.

»Nun sag schon, Markus, was hast du herausgefunden?«

Löffler war der Einzige, der dem Pathologen widersprach und ihn auch regelmäßig in die Spur zurückbrachte. »Wir brauchen keine Primadonnen«, hatte er Kürner einmal vor versammelter Mannschaft gesagt, »und wenn du kein Teamplayer bist, dann müssen wir in Zukunft auf dich verzichten. Das ist dann immer noch besser, als deine Launen ertragen zu müssen.«

Löffler konnte sich das erlauben. Die beiden waren Freunde. Bereits ihre Familien waren freundschaftlich verbandelt gewesen. Kürner und Löffler hatten zusammen die Schulbank gedrückt. Der Hauptkommissar war sogar der Pate von Kürners Sohn.

»Also«, begann der Gerichtsmediziner, der solche Auftritte liebte, »meine erste Vermutung hat sich bestätigt. Die Tatwaffe kann man inzwischen ziemlich klar festlegen. Es handelt sich dabei um einen sogenannten Latthammer. Das kann man an der aufgerauten Schlagfläche, aber auch an der Finne festmachen. Das ist der spitze Teil. Solche Hämmer benutzen zum Beispiel Zimmerer oder Dachdecker. Standardwerkzeug in der Branche, sozusagen.«

»Heißt das?«, fragte Monika Berger, »dass wir unter diesen Berufen nach unserem Täter suchen müssen?«

Der Gerichtsmediziner schaute etwas irritiert. Dann beugte er sich nach vorne, gerade so, als wolle er einem begriffsstutzigen Kind den rechten Weg weisen.

»Frau Berger, ich weiß jetzt nicht, ob Sie scherzen. Oder ob Sie einfach zu schnell geredet haben. Deshalb zur Faktenlage: So einen Hammer hat vermutlich jeder zweite Haushalt in unserem Land im Keller oder in der Garage. Der gehört zur Grundausstattung der zivilisierten Welt. Und es konnte festgestellt werden, dass sogar Anwälte, Banker, Lehrer, Baggerfahrer und Profisportler so einen Hammer besitzen. Sogar Polizisten besitzen so etwas. Beantwortet das Ihre Frage?«

Dann nahm der Arzt seinen Oberkörper wieder hoch und ließ sich gemütlich in die Lehne seines Sessels zurückfallen.

Vermutlich war es das Grinsen auf seinem Gesicht, was Berger den Rest gab. Sie wollte aufspringen, aber Stammler drückte sie zurück auf den Stuhl. Also gestikulierte sie halt heftig mit den Armen.

»Was soll denn das Geschwätz?«, rief sie in Richtung Kürner, »man wird ja wohl noch einen Fall auf seine Möglichkeiten abklopfen dürfen, ohne dass die Allgewalt Kürner einem gleich an die Kehle geht. Das kann ja jeder – dick und fett im Sessel hocken und große Reden schwingen, während die anderen die Drecksarbeit machen. Und sich dann als die große Nummer feiern. Bloß weil man herausgefunden hat, dass ein Hammer im Spiel war. Das kann ich auch, da muss ich kein Mediziner sein.«

»Stopp.«

Hauptkommissar Christian Löffler war aufgesprungen und hatte die Hand erhoben.

»So geht das nicht weiter. Was seid ihr bloß für Kindsköpfe. Erwachsene Menschen, die sich streiten wie die Brunnenputzer. Das reicht jetzt! Ich will nichts mehr hören, was nicht mit dem Fall zu tun hat. Wenn das nicht klappt, ziehe ich Sie, Frau Berger, ab. Und mit dir, Markus, rede ich einen Monat nichts mehr und außerdem sage ich deiner Frau, was für ein Ekel du zu meiner Kollegin bist. Ist das jetzt klar?«

Kürner nickte stumm.

Berger nickte ebenfalls.

Löffler setzte sich wieder hin und annoncierte mit einer Handbewegung, dass Kürner jetzt fortfahren könne.

»Gut, weiter also. Der Täter oder die Täterin hat mit beiden Seiten der Bahn des Hammers zugeschlagen. Also mit dem stumpfen und mit dem spitzen Ende. Das ist dann wie ein Eispickel. Grausig. Sieht man in der Tat selten. Ich meine, da gehört schon was dazu, jemanden damit ins Gesicht zu schlagen.«

Er machte eine kleine Pause. Man sah, dass diese Sache auch für ihn nicht ganz so einfach war – Erfahrung und Abgebrühtheit hin oder her.

»Merkwürdig war, dass es bei der Frau keinerlei Abwehrspuren gab«, fuhr er schließlich fort, »das heißt, sie hat nicht mal versucht, sich mit der Hand gegen die Schläge zu schützen.«

»Vielleicht ging alles zu schnell für sie.«

»Möglich. Als die tödlichen Schläge kamen, saß oder lag sie bereits am Boden. Das sieht man daran, dass sie Spuren von den Rückschlägen des Bodens am Hinterkopf hat. Der Täter schlägt also zu, der Hammer dringt in das Gesicht ein, die Wucht des Schlags schleudert den Kopf auf den Boden. Das gibt die etwas platten Wunden, die überall am Kopf zu finden sind. Außerdem waren kleine Kieselchen und Absplitterungen in den Wunden.«

Alle schwiegen. Vermutlich taten sie, jeder für sich, alle dasselbe: Sie stellten sich noch einmal den schrecklichen Anblick des Opfers vor. Und vielleicht, wie das Opfer den Hammer auf sich zukommen sah. Und in dem Augenblick genau wusste, dass es jetzt sterben würde.

»Was meinst du«, fragte der Hauptkommissar seinen Freund, »hat das Opfer den Täter gekannt?«

Kürner wiegte den Kopf hin und her.

»Kann man nicht sagen«, meinte er, »da kannst du bloß spekulieren. Keine Abwehrspuren. Zu so später Stunde an einem einsamen Ort lässt man nur bekannte Gesichter so nah an sich heran. In ihrer Handtasche war ein Spray, so ein Nahkampfding. Sie hatte es aber im Wagen gelassen. Und an ihren Händen, Fingern oder am Arm findet man keine Kampfspuren. Ich würde sagen, sie fühlte sich nicht direkt bedroht.«

Löffler lächelte.

»Mensch, Markus, du leistest ja richtige Polizeiarbeit. Willst du nicht in meine Truppe kommen?«

»Ohne mich«, brummte Berger vor sich hin.

»Tja, du weißt ja, lieber Christian, ich bin ein Mann mit vielen Talenten. Aber ich glaube, ich bin hier am besten aufgehoben. Das Spekulieren ist nicht so meine Sache, das überlasse ich euch.«

»Blablabla.«

»Frau Kollegin«, sagte Löffler zu Berger gewandt, »sagten Sie etwas? Oder war das bloß Ihr leerer Magen?«

»Magen.«

Der Hauptkommissar stand auf und deutete auf Kürners Computerbildschirm.

»Weitermachen. Die Karten bringen dir Glück. Wir gehen jetzt. Danke für deine Einschätzung.«

»Wenn ihr nicht weiterkommt – du weißt ja, wo du mich findest.«

Kürner grinste ihnen zu und hob den Daumen.

Berger wollte gerade den Mund öffnen, um etwas zu sagen. Als sie Löfflers Blick sah, der auf sie fiel, verzichtete sie darauf. Sie grummelte etwas Unverständliches vor sich hin, während alle drei nach draußen marschierten.

»Sie fahren jetzt«, sagte Löffler, und streckte Berger den Autoschlüssel hin. »Damit können Sie sich abreagieren. Wenn Sie wollen, können Sie ein paar Kilometer auf der Schnellstraße nach Stuttgart herunterreißen. Wir haben Zeit. Hauptsache, Sie werden Ihre Aggressionen los.«

Ganz automatisch griff sie nach dem Schlüssel.

Sie überlegte kurz, dann entschied sie sich – sie setzte sich hinter das Steuer des Wagens und wartete, bis ihre beiden Kollegen eingestiegen waren.

»Los geht's«, sagte Berger und fuhr zurück, vorbei am Kupferbau, in die Wilhelmstraße und dann nach Lustnau. Dort, nicht weit vom Tatort entfernt, fuhr sie auf die Schnellstraße nach Stuttgart. Als sie eingefädelt hatte, schaute sie kurz in den Rückspiegel und gab Gas. Mit einem Affenzahn raste sie Richtung Kirchentellinsfurt, vorbei am Baggersee, den man von der Straße aus in ganzer Länge einsehen konnte. Es kam eine leichte Steigung und an der Abfahrt nach Walddorfhäslach vorbei ging es immer weiter auf der um diese Uhrzeit nahezu unbefahrenen Hochgeschwindigkeitsstraße.

Berger brachte locker einhundertachtzig bis sogar zweihundert Stundenkilometer auf den Tacho.

»Wenn man Sie erwischt und blitzt, ist der Führerschein weg«, sagte Löffler, der sich am Sitz festhielt. »Dann können Sie schauen, wie Sie zur Arbeit kommen.«

»Nicht reden – genießen«, antwortete die Fahrerin beruhigend.

An der Ausfahrt Plattenhardt verließ sie die Schnellstraße und fuhr auf der anderen Seite wieder darauf. Jetzt ging es zurück nach Tübingen.

In der ganzen Zeit der Rückfahrt waren Löffler und Stammler tonlos im Wagen gesessen. Löffler vorne, Stammler auf dem Rücksitz. Zwischendurch hatte der Hauptkommissar eine CD in den Player gelegt. »American Recordings« von Johnny Cash waren im Grunde tieftraurige Lieder, die gar nicht zur High-Speed-Sause Bergers passten. Möglicherweise hoffte ihr Chef, dass sie sich dadurch etwas beruhigte – ruhiger Sound, gebremste Fahrt.

»So«, meinte Löffler, als die Fahrerin wieder zurück in Tübingen war, »jetzt besuchen wir die Wohnung der Meineke in der Scheefstraße.«

»Haben wir denn die Türschlüssel dabei?«, fragte Stammler.

»Wir nicht – aber ich«, sagte Löffler vergnügt.

Mit Tempo dreißig ging es die Gartenstraße stadteinwärts, die Mühlstraße hoch und von da scharf rechts den Österberg hinauf, durch die Stauffenbergstraße in die Scheefstraße. Dort, ganz am Ende, stand ein Wohnblock mit acht Einheiten. Wie sie feststellten, wohnte Lola Meineke im Erdgeschoss in der rechten Wohnung.

Löffler trat als Erster ein.

Er blieb einen Augenblick stehen. Er sah sich um, schnüffelte, drehte sich einmal im Kreis.

»Es riecht hier nach … nichts. Als wohne hier niemand. Eine voll ausgestattete Wohnung, in der keiner lebt. Oder was meinen Sie?«

Auch die beiden anderen Kripobeamten schnüffelten jetzt. Stammler fuhr mit dem Zeigefinger über einen Bilderrahmen an der Wand im Flur. Keine Rückstände auf der Fingerkuppe.

»Sie ist einfach bloß ordentlich, denke ich«, befand Berger.

Das Wohnzimmer war hell gehalten, eine beige Ledersitzecke dominierte den Raum. An der Wand hing ein riesiger TV-Bildschirm. In der Zimmerecke zur Balkontür hin befand sich eine Palme. An den Wänden verteilt standen Glasvitrinen. In einer davon waren Dutzende Schleich-Tiere aufgereiht, in einer anderen glitzerte eine Sammlung mit Weingläsern. Etwas Persönliches konnten die Polizisten in dem Zimmer nicht entdecken.

Es gab eine winzige Küche, dann das Schlafzimmer und daneben ein kleines Arbeitszimmer. Auf einem Schreibtisch stand ein Notebook, an der Wand, in einem Regal, stapelten sich Aktenordner, Bücher, Notizblöcke und Karteikarten. Auch auf dem Schreibtisch hatte Meineke ein Chaos an Schreibblöcken, Ordnern und einer ausufernden Zettelwirtschaft hinterlassen.

»Draußen alles wie geschleckt«, meinte Stammler, »und hier ein Saustall.«

»Na schön, fangen wir an«, sagte der Hauptkommissar, »schauen wir, ob wir etwas finden, das uns auf die Sprünge hilft. Sie gucken sich die Unterlagen durch, ich klingle bei den Nachbarn.«

Stammler machte es sich auf dem Schreibtischstuhl bequem und startete das Notebook, Berger zog die Ordner aus dem Regal und stellte sie vor sich auf den Boden. Dann setzte sie sich dazu und begann, darin zu blättern.

Löffler läutete an der Wohnungstür daneben. Auf dem Türschild stand M. Steinke.

Kurz darauf wurde die Tür geöffnet und der Hauptkommissar stand einer Frau gegenüber, die die rechte Hand am Türgriff und die linke am Smartphone hatte, das sie sich ans Ohr hielt.

»Ich melde mich nachher noch mal, da steht Besuch vor der Tür … nein, das ist keine Ausrede … wenn du meinst … tja, wenn du die Wahrheit verträgst, dann kannst du sie gerne haben … die Wahrheit ist, ich rufe nachher nicht noch mal an und auch morgen nicht und nicht übermorgen. Nie mehr, Lebwohl.«

Dann schaute sie Löffler mit einem strahlenden Lächeln an.

»Was kann ich für Sie tun? Kennen wir uns?«

Löffler strahlte ebenfalls.

»Irgendwie kommen Sie mir auch bekannt vor. Na, vielleicht fällt es uns ja noch ein. Ich jedenfalls bin Hauptkommissar Christian Löffler und eigentlich würde ich mich mit Ihnen gerne über Ihre Nachbarin, die Frau Meineke, unterhalten.«

»Meine Nachbarin?«

Die Frau machte den Eindruck, als sei sie abwesend, als höre sie die Worte, verstehe sie aber nicht. Löffler trat zur Seite und ließ die Frau einen Blick auf die offene Wohnungstür Lola Meinekes werfen.

»Hier wohnt sie doch, Ihre Nachbarin. Die Frau Meineke. Sie kennen sie bestimmt, oder?«

Ein Lächeln huschte über ihr Gesicht.

»Ach, die Meineke«, sagte die Nachbarin. »Ja, die kenne ich, aber ich werde nichts Schlechtes über sie sagen. Ich werde Ihnen nicht sagen, dass sie eine arrogante Kuh ist, die keinen grüßt. Oder dass sie einen Putzwahn und bei den Mitbewohnern klingelt, wenn sie den Putzdienst im Haus vergessen hat.

Oder dass sie eine vertrocknete Kuh ist, die jemals weder Mann noch Frau über Nacht nach Hause gebracht hat.«

Hier hielt sie kurz inne.

»Na ja«, fuhr sie dann fort, »bis vor Kurzem wenigstens. Neulich allerdings begann sie damit, einen Mann zu sich in die Wohnung zu nehmen. Endete allerdings im Chaos. Sie hat das ganze Haus an die Wohnungstüren zum Beobachten gebracht, als sie ihn rauswarf.«

Sie machte eine Pause und holte Atem. Aber nur kurz.

»Übrigens heiße ich mit Vornamen Maria, falls Ihnen das was sagt. Wegen dem Wiedererkennen, meine ich. Ja, ja, das mit dem Rauswurf war wirklich ein schönes Erlebnis für uns Gaffer.«

»Ja, offenbar eine umgängliche Nachbarin«, nahm Löffler die Gelegenheit wahr, auch etwas zu sagen. »Und ich verstehe vollkommen, dass Sie ihr nichts Böses wollen. Und irgendwie ist es Ihnen gelungen, mir durch Ihre Lobhudelei alles Wichtige mitzuteilen, was wir wissen wollen. Außer – haben Sie eine Ahnung, wie der Mann heißt, den sie rausgeschmissen hat?«

Mit einem Mal strahlte die Frau wieder.

»Löffler«, rief sie, »Christian Löffler.«

Der Hauptkommissar schaute in das lachende Gesicht der Frau und fragte sich, womit er das verdient hatte. Warum hatte er das Abklappern der Nachbarn nicht den Kollegen der Polizei überlassen? Die konnten die Stimmen sammeln und sich mit den Verrückten herumplagen.

»Wissen Sie«, sagte er geduldig, »der Löffler – das bin ich. Der Mann, den die Frau Meineke vergrault hat – das ist ein anderer. Verstehen Sie mich?«

»Quatsch«, meinte die Frau fröhlich, »ich meine doch nicht den Typen der Meineke. Du bist der Christian Löffler, mit dem ich in der Klasse war. Ab der Grundschule Lustnau. Dorfackerschule. Dann im Kepler-Gymnasium. Weißt du nicht mehr? Maria Kortner! Das bin ich. Jetzt Steinke. Aber nicht mehr lange. Ich bin neben der Jenny gesessen, unserer Klassenbesten. Erinnerst du dich nicht?«

Er schaute sich das Gesicht ganz genau an. Kein Zweifel, deshalb war sie ihm auch so bekannt vorgekommen. Maria Kortner, keine Frage. Diesen Namen hatte er unter »abgeblitzt« eingeordnet. Keine Chance. Er war unter das Verdikt »Weibliche Teenies fangen mit gleichaltrigen Buben nichts an« gefallen. Und ja, das musste er zugeben, auch heute noch beeindruckte Marias Optik. Na ja, wieso auch nicht – sie war ja so alt wie er, also im besten Lebensalter überhaupt. Okay, für ihn war jedes Lebensalter, in dem er sich gerade aufhielt, das beste überhaupt.

»Deshalb war mir dein Gesicht gleich so vertraut«, sagte er, »aber in meinem Beruf trifft man so viele Leute, da kommt man schon mal durcheinander.«

»Wow, du hast dich aber gut gehalten.«

»Du ja auch.«

»Finde sich auch. Obwohl mir grade ein paar Dinge entglitten sind. Meine Ehe zum Beispiel.«

»Da kann ich mithalten.«

Sie hielt ihm die ausgestreckte Hand hin.

»Na dann – willkommen.«

Er schüttelte ihr die Hand.

»So, aber jetzt mal zurück zum Thema. Kennst du denn den Namen von Meinekes Lover? Oder weißt du sonst was von ihm?«

»Sag mir zuerst, was eigentlich los ist. Dann weiß ich auch eher, worauf es ankommt. So ins Blaue hinein kann ich irgendwie nix erzählen.«

Löffler überlegte kurz.

»Sag mal«, fragte er dann, »was bist du eigentlich von Beruf?«

»Ich?«

»Ja, ich glaube, ich habe dich gefragt. Und?«

»Ich bin Freiberuflerin. Aber das ist ja kein Beruf in dem Sinne, oder?«

»Maria.«

»Ich schreibe freiberuflich. Für Zeitungen. Oder Zeitschriften. Oder was sonst anliegt. Nichts Besonderes. Du weißt schon.«

»Was weiß ich?«

»Na ja, ich versuche halt, Geschichten zu finden.«

»So wie die, die vielleicht die Meineke hergibt?«

»Ach, da gibt es eine?«

Löffler lachte.

»Sagen wir so – du sagst mir jetzt, was du über die Frau weißt, und ich schaue mal, was ich dir erzählen kann. Falls du das Angebot nicht annimmst, gehen wir jetzt ins Präsidium und vernehmen dich als Zeugin, und zwar mit Staatsanwalt und allem Pipapo.«

In diesem Augenblick kam Kommissar Stammler aus Meinekes Wohnung. Er sah Löffler bei der Frau stehen und gab ihm ein Zeichen, zu ihm zu kommen. Der Hauptkommissar ging hinüber und Stammler zeigte ihm ein paar Zettel, herausgerissen aus einem DIN-A5-großen Schreibblock.

»Reinste Pornografie«, flüsterte der Kommissar, »lesen Sie bloß mal. Das lag auf ihrem Nachttisch herum. Leider keine Unterschrift, bloß ein simples A. Vorname, würde ich mal sagen.«

Löffler überflog die Zeilen auf den Notizblättern. Es stand drin, was der Verfasser alles mit der Frau anstellen würde, wenn er erst mal da war. Sie dürfe sich freuen und er erwarte eine heiße Begrüßung. Dann schilderte er etliche sexuelle Praktiken, die Stammler und Löffler sich erstaunt anschauen ließen.

»Nicht schlecht«, meinte der Kommissar dann, »in unserem Beruf lernt man immer dazu. Das ist doch was.«

Löffler stimmte ihm zu, gab ihm die Blätter zurück und wandte sich dann wieder seiner ehemaligen Schulfreundin zu. Sie hatte vor ihrer Wohnungstür gewartet.

»Was gibt es Neues?«, fragte sie, als der Hauptkommissar vor ihr stand.

Der lachte bloß.

»Für dich gar nichts. Aber nun sag doch mal, wie der Kerl heißt, der die Meineke immer besucht hat.«

»Besucht *hat*?«

»Ich denke, sie hat ihn rausgeworfen?«

»Ah ja, stimmt. Also, den Namen weiß ich nicht. Nicht den vollen Namen. Der Vorname schallte durch das ganze Haus, als die Meineke ihn vor die Tür setzte. Armin. So schrie sie ihn an. Und dann warf sie ihm … ich wage kaum, es zu sagen … sie warf ihm … nun ja, einen Dildo hinterher, als er das Haus fluchtartig verließ.«

»Kannst du den Kerl wenigstens beschreiben?«

Sie wiegte den Kopf hin und her.

»Ja, schon, das kann ich. Aber erst mal unter uns – was ist mit der Meineke. Du kannst das doch nicht ewig für dich behalten. Und ich bin neugierig, außerdem kann ich dir weiterhelfen, egal worum es geht.«

Löffler war durchaus klar, dass es riskant war, sich als Polizist mit der Presse ins Bett zu legen – im übertragenen Sinne. Andererseits – was konnte er Steinke schon mitteilen, was nicht am kommenden Morgen ohnehin bereits über die Pressestelle an die Öffentlichkeit gelangt war.

»Meineke ist tot. Ermordet. Erschlagen.«

Steinke schwieg. Sie kaute auf ihrer Unterlippe herum.

»So schlimm hätte ich mir die Neuigkeit nicht vorgestellt«, sagte sie nach einer Weile. »Ich dachte eher, man hat sie verprügelt oder sie sei irgendwie verschwunden, am besten mit Firmengeldern. Aber tot?«

»Also, wie sah der Kerl aus?«

»Glaubt ihr, dass er es gewesen ist?«

»Was weiß ich. Nun beschreib ihn erst mal.«

»Na gut, in dem Fall. Er ist etwa fünfunddreißig Jahre alt, einsachtzig groß, hat kurze dunkelblonde Haare und auf den Unterarmen Tattoos. Irgendeinen Vogel und ein Wappen oder was das sein soll. Habe ich gesehen, als er mal im T-Shirt aus der Wohnung kam. Aus Meinekes Wohnung, meine ich.«

Löffler seufzte auffällig. Er hasste es, wenn man anderen Menschen alles aus der Nase ziehen musste.

»Sonst noch was? Typ? Ausländer? Deutscher?«

»Der Sprache nach Deutscher. Schwabe, würde ich sagen.«

»Na gut, dann machen wir jetzt Folgendes: Du gehst mit den Kollegen ins Präsidium, dort erstellt ihr zusammen ein Fahndungsbild und mit dem suchen wir dann nach dem Mann.«

In dem Moment tauchte Monika Berger neben Löffler auf. Sie schwenkte ein Tablet.

»Können wir uns das mal anschauen?«, fragte sie ihren Vorgesetzten. »Da gibt es einiges zu gucken. Und das hier«, sie überreichte ihm eine Visitenkarte, »könnte der Mann sein, den wir suchen.«

»Vorname Armin?«

Berger schaute auf die Karte.

»Stimmt, Armin Kofler. Schauspieler. Freier Künstler.«

»Von dem habe ich noch nie gehört«, warf Löfflers Schulfreundin ein, »kann ich die Karte mal sehen?«

Sie streckte die Hand aus und wollte sich die Visitenkarte greifen. Aber Berger zog sie weg und schaute Löffler fragend an.

»Nun pass mal auf«, sagte der zu Steinke, »du hast das hier nicht gehört und du hältst dich aus der Sache raus. Ist das klar? Das Fahndungsgedöns können wir uns jetzt sparen. Falls ich etwas über den Namen Kofler in der Zeitung lese, nehme ich dich wegen Behinderung der Ermittlungsarbeiten fest.« Er wandte sich an Berger. »Die Dame ist nämlich Journalistin. So eine Art wenigstens.«

Steinke war beleidigt. Sie zog einen Flunsch.

»So *eine Art* Journalistin – was soll das denn? Ich *bin* eine, das habe ich gelernt. Und bloß weil ich nicht bei deinem Lokalblatt schreibe, heißt das noch lange nicht, dass ich keine bin.«

»Wie auch immer – von dem hier geht nichts nach draußen.«

Die Journalistin spielte die Beleidigte.

»Ich bin sowieso keine Polizeireporterin. Das wäre mir viel zu blöde. Und wenn ihr mich nicht braucht, gehe ich jetzt zurück in meine Wohnung. Ich habe meine Zeit nicht gestohlen.«

Sie drehte sich um, ging durch ihre Tür und schloss sie hinter sich.

»Was war das denn?«

Löffler zuckte mit den Schultern.

»Ein Geist aus meiner Vergangenheit. Immerhin konnte sie uns diesen Armin bestätigen. Und genau den werden wir jetzt aufsuchen. Haben wir die Adresse?«

»Hier«, deutete Berger auf die Visitenkarte, »er wohnt mitten in der Altstadt. Haaggasse. Da wird es am Besten sein, wenn wir ihn mal anrufen und uns ankündigen. Wir haben seine Handynummer.«

»Schön, machen Sie das, ich gehe noch mal in die Wohnung unseres Opfers und bringe dann Stammler mit.«

Während Berger ihr Smartphone zückte, bewegte sich der Hauptkommissar zurück in Meinekes Wohnung. Dort war Stammler noch immer dabei, die Zettel, Ordner und Schreibblöcke im Arbeitszimmer zu durchsuchen. Löffler ging ins Schlafzimmer. Er hasste es, fremde Sachen zu durchwühlen. Nicht weil er Skrupel hatte. Die hatte er nämlich nicht. Seine Abneigung entstand eher aus einer Mischung aus Respekt vor fremder Intimität und Ekel davor, in irgendwelchen mysteriösen, möglicherweise unidentifizierbaren Absonderungen herumzuwühlen, die die Bewohner der Räume hinterlassen hatten. Wozu, so sagte er stets zu den Kollegen, gab es dafür Spezialisten bei der Polizei?

Doch dieses Zimmer sah derart steril aus, dass der Kommissar sich vorkam wie in einem Labor. Vermutlich, mutmaßte er, fanden sich nicht einmal Fingerabdrücke der Bewohnerin in dem ganzen Zimmer. Andererseits hatte sie einen Liebhaber, der bis vor Kurzem hier noch mit ihr zusammen Spiele gespielt hatte. Das zumindest ließen die Notizen, die Stammler entdeckt hatte, deutlich erkennen. Vielleicht war auch das Wohnzimmer ihre Lustwiese gewesen. Doch Löfflers Einschätzung nach war Meineke eine Frau, die klare Vorstellungen hatte, wie man ein Leben organisiert. Und da war das Wohnzimmer zum Lesen, Fernsehgucken und Freunde empfangen, das Schlafzimmer zum Schlafen und für den Sex da. Punkt.

Er drehte sich einmal um die eigene Achse. Dabei betrachtete er akribisch den Raum, der sich um ihn drehte. Er versuchte so, etwas Ungewöhnliches zu entdecken, etwas, das irgendwie … uneben … war.

Auf dem weißen Kleiderschrank mit dem Spiegel war am Oberteil eine verschnörkelte Blende angebracht. Wie eine alte Königskrone stieg das Holzteil an den Seiten leicht an, war in der Mitte am höchsten und fiel dann wieder ab. Hinter dieser Blende ragte die Kante einer Kiste hervor. Sie war weiß wie die Farbe des Schrankes und deshalb kaum zu erkennen. Man musste sehr genau hinschauen, um etwas zu sehen. Genau das tat Löffler bei seiner Dreihundertsechzig-Grad-Inspektion.

Er nahm den Stuhl beim Schminktisch und platzierte ihn vor den Schrank. Dann kletterte er hinauf und schnappte sich die Kiste. Sie war aus stabilem Karton und mit einem Deckel verschlossen.

Löffler stellte sie auf das Bett.

Inzwischen hatte auch Stammler den Raum betreten und beobachtete neugierig, was sein Chef gefunden hatte.

Löffler hob den Deckel ab. Stammler stellte sich neben ihn und beide sahen gespannt in die Kiste hinein. Was sie fanden, ließ sie erst einmal stumm vor dem Anblick stehen. Mittlerweile war auch Kollegin Berger ins Schlafzimmer gekommen. Sie gesellte sich zu den stummen Männern und guckte ebenfalls in die Kiste.

»Wow«, sagte sie.

»Eine schöne Sammlung«, meinte Stammler.

»Liebevoll zusammengetragen, so wie es ausschaut«, ergänzte Löffler.

Er griff in die Kiste und zog eines der Sexspielzeuge heraus: Ein großer Dildo mit grüner Klappe, den er von allen Seiten betrachtete. Die ganze Kiste war vollgepackt mit allerlei Spielzeug der gleichen Art. Fast schien es, als hätte Lola Meineke es sich in ihrem Single-Dasein bestens eingerichtet.

»Ich frage mich«, meinte Stammler, »wozu sie da noch diesen Lover gebraucht hat, den sie aus dem Haus gejagt hat. Besser kann der es ihr auch nicht besorgen.«

»Gerd«, rief Kollegin Berger, »solche Sprüche brauche ich jetzt nicht. Die Frau ist immerhin tot.«

»Na eben, dann hört sie ja nicht, was wir hier auf Erden über sie sagen.«

Berger stöhnte leise auf.

»Wie auch immer – sie ist ein Mensch, der sich zu helfen weiß. Haben Sie denn«, wandte Löffler sich an Berger, »inzwischen herausgefunden, ob es Verwandte gibt? Eltern, Geschwister, Onkel, Opa, Oma?«

»Ich habe noch nichts gehört von den Kollegen im Präsidium. Aber ich rufe gleich noch mal an.«

»Und ich habe die Spurensicherung herbestellt«, sagte Stammler, »sicher ist sicher. Außerdem denke ich, wir sollten jetzt mal zu unserem Lover in die Altstadt fahren. Er ist zu Hause. Wir werden erwartet.«

»Na, dann wollen wir mal.«

»Und was passiert mit dem Liebeskoffer hier?«, erkundigte sich Kommissarin Berger, »sollen wir ihn einfach da stehen lassen?«

»Wollen Sie ihn mit nach Hause nehmen? Ich als Mann habe dafür keinen Bedarf.«

»Ha ha, guter Witz.«

»Genau wie die Frage.«

»Ach, ist man schlecht gelaunt?«

»Stimmt. Dabei weiß ich nicht mal genau, warum. Gehen wir in die Haaggasse, vielleicht kann Armin uns aufheitern.«

Die Haaggasse führt vom Tübinger Marktplatz leicht abschüssig bis zum Haagtorplatz. Obwohl tiefe Altstadt ist sie weit weniger belebt als zum Beispiel die Ammergasse, zu der sie parallel verläuft. Die Häuser scheinen irgendwie alle windschief zu stehen. Manche sehen aus, als hätte man seit hundert Jahren keine Hand an sie gelegt. Die Fassaden scheinen aus unterschiedlichen Zeitaltern zu stammen. Es sind Häuser mit niedrigen Räumen, kleinen Zimmern und feuchten Kellern. Manche hat man im Lauf der Jahre restauriert, aber schief sind sie immer noch.

Dabei ist es überraschend, dass die Gasse abends und nachts nicht brummt vor vergnügungssüchtigen Studenten und trinkfreudigen Gästen. Denn alleine fünf Kneipen sind auf knappe zweihundert Meter zusammengedrängt, zudem ein Restaurant und die Kulturoase »Club Voltaire«. Seit einiger Zeit betreibt eine Weingärtnerfamilie sogar eine Besenwirtschaft im traditionellen Stil. Dennoch sind schnelle Pächterwechsel von Kneipen wie »Bierbrezel« oder »Alter Simpl« eher normal.

Armin Kofler wohnte in einem Haus neben dem »Jazzkeller«. Auf dem Klingelbrett standen etwa zehn Namen. Für Tübingen typisch, nur noch WGs können sich Wohnungen in der Stadt leisten. Reiche Eltern kaufen ihrem Studentennachwuchs eine Wohnung, arme Studenten bewerben sich in einer Wohngemeinschaft um Aufnahme. So eine Aufnahmeprüfung ist mitunter härter als ein Bewerbungsgespräch für eine Position im Top-Management bei einem global agierenden Unternehmen. Da kann es schon mal vorkommen, dass die Vorliebe für eine Fernsehserie über die Ablehnung oder Zusage für den Bewerber entscheidet. Oder die Vorliebe für Fleisch wird einem zum Verhängnis, weil die WG nur Vegetarier oder Veganer zulässt.

Koflers Name stand alleine auf einer Wohnungsklingel. Gleich nach dem Läuten hörten die Kommissare eine Stimme über sich. Sie schauten nach oben. Dort hing der Kopf eines Mannes aus dem Fenster.

»Die Tür ist offen, kommen Sie einfach rein«, rief der Mann, »ich wohne im zweiten Stock. Gleich rechts von der Treppe.«

Dann schloss sich das Fenster.

Im Gänsemarsch stiegen sie in den zweiten Stock hoch. Die alte Holztreppe knirschte und knarrte bei jedem Schritt. Anschleichen kann man sich hier nicht, dachte Löffler. Was ja auch Vorteile hatte – bei Nacht hatten mögliche Einbrecher kein leichtes Spiel. Andererseits – wozu sollte man hier einbrechen?

Tatsächlich war die Tür gleich rechts von der Treppe im zweiten Stock nur angelehnt. Löffler stieß sie auf, trat ein und die anderen folgten. Durch einen dunklen Flur, der links und rechts zugestellt war mit Kleidern, kamen sie in das Wohnzimmer. Die zwei Fenster zeigten zur Haaggasse hinaus. Es war hell in dem Raum. Die Wände weiß gestrichen. Nur wenige Möbel, aber die sahen teuer aus. Zum Beispiel das Ledersofa oder das daneben stehende Kanapee, das wohl als Fernsehliege diente. Der Fernseher nämlich hing genau gegenüber an der Wand und war so groß, dass es einen an die Pantoffelkinos der Siebziger- und Achtzigerjahre erinnerte. Da waren solche Leinwände eine Weile in Mode, ein großes Kino wurde einfach in acht kleine umgebaut. »TV im Kino« nannten Kritiker das.

Kofler stand am Fenster, mit dem Rücken zur Straße. So erwartete er sie. Ganz der Hausherr.

»Polizei, oder?«

»Wie kommen Sie darauf?«

Kofler lächelte.

»Was glauben Sie wohl, wie Sie aussehen?«

»Dabei versuchen wir immer, uns zu kleiden wie normale Menschen.«

»Es sind nicht die Kleider – es ist der Blick. Der Gesichtsausdruck. Er hat etwas Lauerndes. Etwas Wartendes. Man fühlt sich nicht gut, wenn man ihn auf sich spürt. – Aber nichts für ungut, ist ja nicht böse gemeint.«

»Und wie sieht ein freier Künstler aus?«, fragte Berger.
»Oh, Sie meinen mich?«
Kofler stellte sich in Pose. Er drückte seinen Rücken durch und auf seinem Gesicht erschien ein offenes, durchaus sympathisches Lächeln.
»Gefällt Ihnen das?«, fragte er.
Berger nickte. Dann tat sie so, als komme ihr gerade eine tolle Idee. Löffler bewunderte dabei ihre schauspielerische Gabe, irgendwie erinnerte Berger ihn an Inspektor Columbo.
»Haben Sie immer so ausgeschaut, wenn Sie sich mit Lola Meineke getroffen haben?«
Dazu das Biedermännische, Treuherzige im Blick, hinter dem die Arglist hervorschien.
Ein Schatten fiel über das so schöne Lächeln Koflers. Seine Mundwinkel fielen auf beiden Seiten nach unten.
»Schlechtes Thema. Was mich zu der Frage führt: Was wollen Sie eigentlich von mir? Weshalb bekomme ich Besuch von der Polizei und wie wäre es, wenn Sie sich mal ausweisen?«
»Ich dachte, wir sehen aus wie Polizisten«, meinte Berger und reichte dem Mann ihren Ausweis.
»Ah, Kommissarin Berger sind Sie«, tat er erfreut.
»Ja, bin ich«, sagte sie und schnappte sich wieder ihren Ausweis, »und das ist Hauptkommissar Löffler mit Kommissar Stammler. Und jetzt zurück zum Thema – Lola Meineke.«
»Also erstens heißt sie nicht Lola, sondern Lauren. Und zweitens ist die Sache zu Ende. Falls Sie Lauren mit Lola meinen.«
»Wieso ist das denn aus? Was lief denn zwischen Ihnen beiden? Was *genau*?«
Kofler schnalzte mit der Zunge.
»Grande amore, was sonst? Leider hält die Liebe nicht ewig, das ist ein Naturgesetz. Und das hat die kleine Lauren und mich halt auch erwischt.«
Betrübt schaute er zu Boden. Die Kripobeamten bewunderten stumm und staunend sein darstellerisches Geschick.

»Nun aber«, er reckte sich wieder in die Höhe, »würde mich schon interessieren, wieso Sie hier sind. Und warum wir über Lauren reden.«

Wumms. Im anderen Zimmer war wohl etwas zu Boden gefallen.

Wumms – noch mal.

Alle drei Polizisten schauten auf Kofler. Und dieses Mal konnte nicht mal er sein vegetatives Nervensystem unterdrücken: Er bekam eine feuerrote Birne.

»Katze«, nuschelte er, kaum verständlich.

»Wollen Sie nicht mal nachschauen?«, fragte Stammler und deutete auf die Tür.

»Ach nein, da wird schon nichts passiert sein.«

»Sollen wir mal? Nicht dass dem armen Tier etwas passiert ist.«

Stammler bewegte sich durchs Zimmer und legte dann die Hand auf die Türklinke zum Nebenraum. Doch da wurde die Tür von innen geöffnet. Stammler wäre fast gestolpert und hingefallen, als die Klinke unter seiner Hand mit einem Mal verschwand. Aber er prallte mit Kopf und Schulter gegen die Brust des Mannes in der Türöffnung. Der packte den Polizisten unter den Armen und hob ihn sachte auf.

»Na, na, nicht so stürmisch«, sagte er. Dann schob er Stammler sachte von sich.

Löffler und Berger schauten erst den Mann, dann sich gegenseitig an. Schließlich lachten beide.

»Hubi«, sagte Berger, »was machst du denn hier? Und dann auch noch im Nebenzimmer – wie ein abgeschobener Liebhaber.«

Hubi zog einen Flunsch.

»Das trifft mich jetzt aber. Abgeschobener Liebhaber. Sehe ich so aus, als könnte man mich abschieben?«

Er stellte sich in Pose und musste dann selbst lachen.

Hubi Stranzl war den Kommissaren in einem früheren Fall schon begegnet. Damals war sein ehemaliger Liebhaber, ein

Uni-Professor, Opfer in einem Fall mit Crystal Meth geworden. Hubi hatte nicht lange gelitten – wenn überhaupt. Er war ein bunter Vogel, der zum Tübinger Nachtleben gehörte wie das »X«, der Kultimbiss in der Altstadt.

»Gut jetzt«, griff nun Löffler ein, »kommen wir mal zur Sache. Wann haben Sie denn die Frau Meineke das letzte Mal gesehen?«

Hubi stieß Kofler an.

»Pass auf, mein Lieber, die sind von der Mordkommission. Da kannst du dir doch denken, dass es hier um keine Peanuts geht.«

Dessen Gesichtsfarbe hatte sich normalisiert. Für einen kurzen Augenblick schloss er die Augen, so, als wolle er nachdenken.

»Vorgestern, würde ich sagen.«

»*Würden* Sie *sagen*?«

»Also gut, es war ganz sicher vorgestern. Da war ich bei ihr zu Hause und wir haben uns da ein bisschen vergnügt. Nichts Besonderes. – Aber was ist denn nun mit der Lauren?«

Löffler ignorierte die Frage.

»Gehört zu dem Vergnügen auch, dass man aus der Wohnung geworfen und mit einem Dildo beworfen wird?«

Kofler schaute stumm zu Boden. Hubi klatschte in die Hände.

»Sag mal, das hast du mir gar nicht erzählt, die Sache mit dem Dildo. Das ist ja eine tolle Geschichte. Ist mir noch nie passiert. Und mir hast du gesagt, das war eine ganz normale Vertragsauflösung.«

»Vertragsauflösung?«, fragte Stammler dazwischen.

»Na komm schon, Kofi, nun erzähl den Leuten mal von uns. Ist doch peinlich, hier den Verstockten zu spielen.«

Der Angesprochene schien sich einen merklichen Ruck zu geben. Denn er stieß sich von dem Fensterrahmen ab und wanderte langsam durch den Raum. Am Ende blieb er stehen und wandte sich den Kommissaren zu.

»Also gut, ich erzähle Ihnen, wie es war. Aber vorher will ich wissen, was mit Lauren passiert ist. Sonst erfahren Sie von mir gar nichts ohne Anwalt. Das ist mein letztes Wort.«

Stammler schaute fragend zu Löffler.

»Na schön«, sagte der, »Lola, das ist ihr richtiger Name, wurde getötet. Ermordet. Genau gesagt, man hat sie erschlagen.«

Kofler schwieg. Schluckte. Sah zu Hubi hinüber, der nur mit den Schultern zuckte.

»Also, ich habe damit nichts zu tun«, meinte Kofler stockend, »das sage ich Ihnen gleich. Ich tu keinem was. Und Lauren ... Lola ... ach was, Lauren – der schon gar nicht. Wir hatten eine gute Zeit. Solange es hielt. Schön, sie hat mich entlassen, sozusagen, aber damit muss ich rechnen, bei dem, was ich mache.«

»Was genau machen Sie denn?«

An der Stelle mischte Hubi sich ein.

»Wir zwei haben eine Agentur gegründet, ›StAr‹ heißt sie. Abkürzungen von meinem Nach- und seinem Vornamen. Wir sind Dienstleister. So eine Art Convenient Store auf Schwäbisch.«

»Ein was?«

»Na, so was wie ein Zweimannbetrieb, der Wohlgefühl verkauft. Unterleibs-Wohlgefühl. Wir begleiten einsame und hoch beschäftigte Menschen in ihrer knappen Freizeit. Für Beziehungen haben die doch alle keine Muse, keine Zeit, keine Lücke im Terminplan. Aber für ein schnelles Treffen reicht es immer. Kostet zwar was, aber dafür darf man auch sagen, was Sache ist. Und wir haben den Vorteil, dass unser kleines Geschäft alle Geschlechter abdeckt. Das hat in Tübingen echt gefehlt. Keiner traute sich wohl, da mal in die Vollen zu gehen. Dabei lag das doch auf der Hand.«

»Sie verkaufen sich also als männliche Huren?«

Hubi zuckte zusammen, als habe man ihn geschlagen.

»Huren? Wir? Also bitte! Wir bieten Service – wie andere auch. Bloß ist unser Einsatz ein wenig anders. Wir verkaufen halt keine Speicherchips oder diesen Smartphone-Mist. Wir verkaufen uns.«

Berger seufzte.

»Okay, wie auch immer, mir ist das auch egal. Was war denn nun mit der Meineke?«

»Also die Meineke«, begann Kofler, »war schon eine komische Braut. War ewig alleine. Keine Ahnung warum. Die sah doch ganz gut aus und hatte auch 'ne tolle Figur. War halt menschlich etwas merkwürdig. So verdammt abgebrüht. Coole Business-Frau. Brauchte aber den Sex. Aber woher nehmen und nicht stehlen?«

Kofler lachte über seinen eigenen Witz. Als weder die Kommissare noch sein Kumpel Hubi mitlachten, ruderte er zurück.

»Also hat sie bei uns angerufen und wir haben einen Termin gemacht. Einen sogenannten Probetermin. Wir nennen das ein Probiererle.«

Er machte eine Pause. Testete die Reaktion der Anwesenden. Aber diese, bis auf Ausnahme des etwas gelangweilt wirkenden Hubi, warteten einfach regungslos ab, bis er weitersprach.

»Na, und dann war ich engagiert. Regelmäßig. Und das lief in den letzten Wochen auch saugut. Bis auf neulich dann, da ist sie völlig ausgeflippt.«

Er schüttelte den Kopf, als könne er noch immer nicht fassen, was da passiert war.

»Ich bin also bei ihr, ganz normal, mit einem Gläschen in der Hand und völlig locker. Schampus macht mich immer locker, meine Herren und Damen Polizisten, das kann Hubi bestätigen. Stimmt's, Hubi?«

Der Angesprochene nickte eifrig.

»Und was hat dann zu dem ... Zerwürfnis ... geführt?«, fragte Monika Berger.

Kofler nahm die Gelegenheit wahr, wieder seinen Dackelblick aufzusetzen – treudoof und harmlos, als könne er kein Wässerlein trüben. Ein Schauspieler eben.

»Ach«, sagte er mit belegter Stimme, »da war ein Missverständnis. Es begann damit, dass die Lauren mich anrief, und zwar außerhalb der Zeit. Also eigentlich *in* der Zeit, in meiner

Arbeitszeit. Jedenfalls rief sie an in einer Zeit, in der ich anderweitig engagiert war. Aber sie hatte es so eilig, dass sie mich anwies, sofort bei ihr aufzutauchen. Herr Hauptkommissar, ich bitte Sie, ich stand in dem Moment unter der Dusche bei einer anderen Kundin. Ich hatte gerade einen harten Job hinter mir. Aber schön, ich gab dem Drängen der Meineke nach, man ist ja kein Unmensch.«

»Und die Kohle nicht zu vergessen«, warf Freund Stranzl ein, »denn wir sind ja auch Unternehmer.«

Eifrig nickte sein Kumpel.

»Ich jedenfalls hin und die Dame wartete bereits an der Tür und zieht mich gleich ins Schlafzimmer.«

Kofler machte eine Pause. Er wollte die Reaktion der anderen sehen. Die grinsten sich an. Hubi tätschelte ihm sogar die Schulter. Berger hingegen verdrehte die Augen.

»He Leute, schaut nicht so komisch, das passiert mir ständig. Bloß an dem Tag … nun ja … an dem Tag war es etwas zu anstrengend für mich. Nicht, dass wir uns missverstehen, ich funktioniere eigentlich immer, versagen ist bei mir nicht vorgesehen. Aber irgendwie war es dann doch zu viel. Vielleicht lag es am Wetter. Die Meineke merkt das natürlich, hat allerhand probiert, aber es hat nichts geklappt. Da wurde sie erst melancholisch, dann sauer. Wofür sie mich Schlappsack eigentlich bezahlt, wollte sie wissen. Ich habe gesagt, dass zum Sex immer zwei gehören, und wenn es bei einem nicht richtig läuft, sollte der andere mal darüber nachdenken, warum das so ist. Dann ist sie völlig durchgedreht. Hat mich beschimpft. War mir aber egal. Ich wollte bloß raus aus der Wohnung. Also habe ich ihr so einen Dildo – von den Dingern hat sie eine ganze Sammlung – so ein Ding also hingeworfen und ihr gesagt, das sei das Richtige für sie.«

Wieder machte Kofler eine Pause. Er lachte still vor sich hin. Gluckste dabei. Die anderen warteten, bis er fertig war. Aber ihr Unmut gegenüber dem langatmigen Erzähler nahm zu. Das bemerkte schließlich sogar Kofler.

»Also gut – das Ende vom Lied war, dass sie mich aus der Wohnung geworfen und mir den Dildo hinterhergeschmissen hat. Das ganze Haus hat ihr Geschrei gehört. Und ich musste Spießruten laufen durch die ganzen Nachbarn hindurch. Das war's. Seitdem habe ich die hysterische Kuh nicht mehr gesehen. Aber wartet nur, irgendwann kommt sie angekrochen.«

Wieder klopfte Hubi ihm auf die Schulter.

»Ich sagte dir doch, die sind von der Mordkommission.«

Kofler sah von einem zum anderen.

»Oh, stimmt ja. Ermordet. Das ist so schrecklich, das habe ich sofort wieder verdrängt.«

»Stimmt«, sagte Gerd Stammler, »man hat sie ermordet. Kam das jetzt an? Und wir müssen nun den Täter suchen. Und da kommen wir gleich mal zu Ihnen. Machen wir die Alibi-Probe: Wo waren Sie denn vergangene Nacht, so gegen Mitternacht?«

»Ach kommen Sie. Warum sollte ich der Frau denn was tun? Sie war meine Kundin. Ich verdiene Geld mit ihr. Einen Geldgeber bringt man nicht um. Es sei denn, man ist total bescheuert.«

»Alibi.«

Hilflos schaute der Gigolo zu seinem Geschäftspartner. Aber der tat so, als bemerke er ihn gar nicht und guckte angestrengt durchs Fenster auf die Haaggasse hinaus.

»Das sage ich nicht«, meinte er schließlich. »Das würde eine gewisse Frau in Schwierigkeiten bringen. In meinem Beruf ist Diskretion das Ein und Alles.«

»In meinem Beruf«, meinte Stammler, »bringt man verstockte Sünder in den Knast. Und ich glaube, da steht einer vor mir.«

»Aber Herr Kommissar, wollen Sie meine Existenz vernichten? Und die einer gewissen Dame gleich dazu? Ich sage Ihnen doch, ich habe mit dem traurigen Ende der Meineke nichts zu tun.«

»Sollen wir uns auf dem Präsidium weiter unterhalten?«

Kofler wand sich. Suchte wieder Hilfe bei seinem Partner. Aber der schien gerade etwas Interessantes auf der Straße unten entdeckt zu haben, dem seine ganze Aufmerksamkeit galt.

»Also gut«, sagte Kofler resignierend, »ich hatte ein Treffen mit der Frau eines bekannten Uni-Professors. Mediziner. Hier am Uni-Klinikum. Und Lehrstuhlinhaber.«

»Name.«

»Ach Mist, das gibt es doch nicht. Aber gut, es war die Frau von Professor Meißner. Elisabeth. Ich nenne sie nur Sissi, das gefällt ihr. So, jetzt wisst ihr alles.«

»Siehst du, war doch nicht so schwer«, sagte Monika Berger. »Aber wir werden das überprüfen müssen. Wie lange war sie denn da, die Sissi?«

»Von zehn Uhr abends bis kurz nach Mitternacht. Dann fragen Sie sie halt, wenn es nicht anders geht. Oh Mann, wenn die auch noch abspringt...«

Löffler mischte sich ein.

»Haben Sie irgendetwas bemerkt an der Frau Meineke? Etwas Ungewöhnliches? Hat sie erzählt, dass sie bedroht wird? Hatte sie vor etwas Angst?«

»Die Lauren? Nee, nicht dass ich wüsste. Die war so tough, die hatte keine Angst. Und wenn, dann hätte sie es nicht zugegeben. Und mir gegenüber schon gar nicht. Die hat ja auch keinem was Böses getan. Einen entlassen hat sie mal, vor ein paar Wochen. Aber wenn jeder Entlassene gleich einen umbringt...«

»War sie in den letzten Wochen irgendwie anders? Hat sie sich verändert? Überlegen Sie, auch Kleinigkeiten zählen.«

»Mann, das ist ja wie in einem Vorabendkrimi. Soko sonst was. Da gibt es einen, der die Fragen irgendwann erfunden hat, und die jeder Polizist automatisch stellt. Aber dass das auch in Wirklichkeit so ist – damit hätte ich nicht gerechnet.«

»Und wie ist die Antwort?«

»Nein, sie war immer gleich. Erst müde, wenn ich kam. Dann aufgedreht. Und wenn ich wieder ging, war sie aufs Neue müde.«

Er leckte sich anzüglich die Lippen.

»Das können Sie sich sparen«, konnte die Kommissarin sich nicht zurückhalten, »wir wissen alle, was für ein toller Hecht Sie sind. Deshalb hat man Sie auch mit dem Dildo beworfen.«

Kofler bekam einen roten Kopf, aber ehe er etwas sagen konnte, übernahm Löffler wieder das Gespräch.

»Können Sie sich an irgendwelche privaten Aussagen erinnern, die uns weiterhelfen könnten? Freunde? Freundinnen? Kollegen? Familie? Irgendwas?«

Dieses Mal schien der Gigolo ernsthaft nachzudenken. Er kratzte sich sogar am Kopf, doch das wirkte eher wie eine einstudierte Geste. Der Schauspieler in Kofler ruhte nie.

»Also ganz im Ernst«, meinte er schließlich, »ich glaube, die Frau hat keine Freunde. Die redete überhaupt nie von anderen Menschen. Ich meine, jedem schlüpft doch mal was Privates raus, was er so erlebt hat oder was er denkt. Aber außer mal über den Job kam bei der Meineke gar nichts. Aber das ist ja auch irgendwie logisch, oder? Denn sonst müsste sie ja nicht mich engagieren. Mit normalen sozialen Kontakten hätte sie mit ihrem Aussehen doch irgendeinen Typen in der Altstadt aufreißen können.«

»Und was ist mir dir, Hubi? Was weißt du von der Frau?«

Hubi hob abwehrend die Hände.

»Gar nichts weiß ich, ich kenne die nicht mal. Ich meine, ich bin ihr nie begegnet. Alles was ich über sie weiß, hat mein Partner hier mir erzählt. Und das war nicht gerade viel.«

Die Kommissare sahen sich gegenseitig an. Dann nickte Löffler.

»Na schön, dann überprüfen wir mal Ihr Alibi, Herr Kofler. Falls damit etwas nicht stimmt, melden wir uns wieder. Ansonsten sollten Sie darauf achten, dass Sie alle Ihre Einnahmen schön versteuern. Das gilt auch für dich, Hubi.«

»Ehrensache, Meister. Wir sind ein topseriöses Unternehmen.«

Die Polizisten verließen die Wohnung. Stammler blieb auf der Türschwelle stehen und drehte sich noch mal zu den beiden Gigolos um.

»Übrigens, Hubi, ist dir schon aufgefallen, dass immer dann, wenn wir dich besuchen, ein Mord in deinem Umfeld passiert ist? Es sieht so aus, als würdest du Mörder und Totschläger magisch anziehen. Darüber würde ich mal nachdenken.«

Dann verschwand Stammler und polterte die Holztreppe hinunter. Unten, vor dem Haus, warteten die beiden Kollegen auf ihn. Gemeinsam trotteten sie Richtung Dienstwagen. Auf einmal hörten sie einen lauten Ruf. Sie blieben wie auf Kommando stehen und sahen in die Richtung, aus der der Schrei gekommen war. Oben aus seinem Wohnzimmerfenster winkte ihnen Kofler zu. Daneben tauchte auch Hubis Kopf auf.

Die drei gingen die paar Meter zurück zu den beiden Dienstleistern.

»Was ist denn los? Haben Sie was vergessen?«

»Ja, genau«, rief Kofler herunter, »mir ist was eingefallen.«

Er schrie so laut, dass ein paar Passanten stehen blieben und zu ihm hochsahen.

»Ist was? Hier gibt's nix umsonst, also bewegt euch mal«, blaffte er sie an.

Die zeigten ihm den Stinkefinger und gingen weiter.

»Also«, rief Stammler, »was ist es denn, was Sie uns noch sagen wollen?«

»Das Auto. Ich habe das Auto vergessen.«

Stammler und die Kollegen schauten ratlos.

»Das Auto«, drängte Kofler. »Mir ist aufgefallen, dass tagelang ein Auto in der Straße geparkt hat, das da nicht hingehört. Und hinter dem Steuer saß immer jemand.«

»Woher wollen Sie wissen, dass das Auto da nicht hingehörte?«

»Die Lauren hat das gesagt. Sie meinte, so eine Blechbüchse verschandle das ganze Viertel. Sie war ein echter Snob.«

»Pssst«, sagte eine Frau, die mit dem Kinderwagen vorbeikam. »Sie wecken mein Baby auf mit Ihrem Geschrei.«

»Und was für ein Wagen ist das gewesen? Fabrikat? Farbe? Modell? Haben Sie eine Ahnung? Oder haben Sie am Ende sogar den Mann am Steuer erkannt?«

»Ich habe nichts von einem Mann gesagt. Ich sagte, dass da *jemand* saß. Das kann auch eine Frau gewesen sein. Und nein, ich habe keine Ahnung, was das für eine Automarke war. Jedenfalls kein Mercedes, BMW oder Audi. Eher was einfaches, billiges. Und es war dunkelblau. Und staubig. Zumindest dreckig. Mehr weiß ich nicht.«

»Hat die Meineke gesagt, sie kenne das Auto?«

»Nee« – der Mann am Fenster schüttelte den Kopf – »das nicht. Aber sie fand es auch seltsam, dass das Ding jeden Abend dastand. Sie dachte, dass ein eifersüchtiger Ehemann seine Frau beobachtet. Hat sie gesagt.«

Kofler schwieg.

»War das alles?«

»Reicht das nicht?«

»Na immerhin. Wenn Sie den Wagen sehen – würden Sie ihn wiedererkennen?«

»Keine Ahnung. Käme auf einen Versuch an.«

»Sagen Sie«, mischte der Hauptkommissar sich ein, »zu welchen Tageszeiten war das denn, wenn Sie den Wagen gesehen haben?«

»Meistens abends. Nach der Arbeit. Also nach Meinekes Arbeit – meine fing dann ja erst an.«

Löffler überlegte einen Augenblick.

»Hören Sie«, fuhr er fort, »heute Abend wird ein Kollege Sie hier abholen. Dann fahren Sie zusammen zu Meinekes Wohnung. Dort sehen Sie mal nach, ob der Wagen dasteht.«

»Heute Abend? Geht nicht.«

»Um acht Uhr kommt der Kollege, halten Sie sich bereit.«

»Aber Herr Kommissar, das ist unmöglich, ich habe Termine.«

Doch die drei Polizisten waren schon auf dem Weg zu ihrem Wagen.

»Scheißbullen.«

»Das haben wir gehört«, rief Stammler ihm über den Rücken zu.

Im Polizeipräsidium in der Konrad-Adenauer-Straße wartete ihre Sekretärin Heim bereits auf sie. Sie machte sich mit ihrer Stimme bemerkbar, sonst hätten die drei Kommissare gar nicht gewusst, dass sie im Raum ist. Heimchen, wie sie sie nannten, hatte sich ihre eigene kleine Ecke am Fenster eingerichtet. Eigentlich war diese Ecke eher ein Wald, ein Dschungel oder ein undurchdringbares Gehölz. Denn im Lauf der Jahre schleppte sie immer neue Pflanzen, Bäume und Sträucher an, um aus dem Raum »eine kleine grüne Oase« zu machen. Diese Oase war, zumindest galt dies für die fünf Quadratmeter, auf denen Heim arbeitete, zu einer eigenen biotopischen Welt geworden. Heimland, sagte ihr Chef Löffler dazu.

In dieser Naturlandschaft verbarg sie sich meistens. Sie kam nur heraus, wenn man sie rief oder wenn sie die aufgetragenen Arbeiten fertiggestellt hatte. Ansonsten verständigte sie sich mit ihrer lauten Stimme durch die Blätter ihrer zahlreichen Palmen hindurch.

Das Team fürchtete sich vor Heims Jahresurlaub. Denn in der Zeit mussten sie die Pflanzen gießen, umsorgen, notfalls einen Gärtner einbestellen, falls einer der kleinen Lieblinge Heims kränkelte. »Wenn ihr ein braunes Blatt seht – Gärtner!« Auf ihren Urlaubspostkarten aus Italien oder aus der Bergwelt Österreichs war immer ein Gruß an die Pflanzen dabei.

»Gut, dass Sie da sind«, sagte sie zu Hauptkommissar Löffler, »eine Frau Steinke hat gerade angerufen. Sie hätte etwas zum Fall Meineke zu sagen. Das habe sie vorhin vergessen. Sie möchten sie doch bitte zurückrufen.«

Inzwischen war Heim aus ihrem Urwald herausgetreten und reichte Löffler einen Zettel mit einer Nummer darauf.

Löffler wählte die Nummer von dem Telefon auf Bergers Schreibtisch aus. Es musste nicht lange läuten, Steinke nahm schnell ab.

»Maria«, sagte Löffler und merkte dabei, dass Heim ihn überrascht anschaute, »was gibt es denn so Wichtiges, dass du einen alten Schulfreund anrufen musst? Was hast du vergessen, uns zu erzählen?«

Kollegin Heim schien beruhigt – Schulfreundinnen durfte man duzen.

»Weißt du«, antwortete diese Schulfreundin gerade, »ich habe noch mal darüber nachgedacht, was in den letzten Tagen anders war. Also ungewöhnlich war. Und da ist mir etwas eingefallen. Beziehungsweise aufgefallen. Bei uns in der Straße.«

Sie schwieg. Löffler wartete. Das dauerte. Entweder ist sie eingeschlafen, dachte der Hauptkommissar, oder sie wartet auf ein geheimes Zeichen zum Weiterreden.

»Maria«, sagte er vorsichtig.

»Ja?«

»Du wolltest mir etwas erzählen. Dir ist in der Straße etwas aufgefallen. Was war das denn?«

»Entschuldige, ich war mit meinen Gedanken gerade woanders. Also: Da stand in letzter Zeit immer ein Auto, das nicht hier zum Haus gehört. Ich kenne die Leute hier. Nicht gut, aber ich weiß, wer wer ist. Und das Auto war fremd. Außerdem saß da manchmal jemand drin. Meistens war es dunkel, da konnte ich nicht genau erkennen, wer das war. Ehrlich gesagt, war es mir auch egal. Ich hatte immer die fixe Idee, das sei ein Detektiv oder ein Undercover-Agent von euch, der jemanden hier observiert. Ich weiß – zu viel Fernsehen.«

»Das mit dem Auto haben wir heute schon mal gehört. Was für ein Wagen war das denn?«

»Ein dunkelblaues.«

»Marke? Fabrikat? Mann oder Frau hinter dem Steuer?«

»Du hast mich. Ich habe keine Ahnung. Alle drei Fragen negativ. Ich kenne mich einfach nicht aus mit diesen Benzinkutschen, sorry.«

»Hattest du den Eindruck, dass die Person im Auto es auf jemanden Bestimmtes abgesehen hat?«

»Christian, woran soll ich denn erkennen, wen der oder die anguckt, wenn ich den Menschen nicht mal selbst sehen kann?«

»Na gut«, gab der Hauptkommissar auf, »dann schauen wir mal, was wir mit der Information anfangen können. Danke jedenfalls, dass du angerufen hast.«

»Ich hätte es dir ja auch heute Abend erzählen können, aber ich wollte da nichts Geschäftliches mitbringen.«

Löffler stutzte. Er fragte eben mal sein Gehirn ab, ob sich da etwas befand, das er übersehen hatte. Nichts zu finden, keine rudimentären Reste einer nicht abgerufenen Information.

»Was ist denn heute Abend?«, fragte er vorsichtig.

»Last call. Feierabend. Verabschiedung. Jäckies Schwanengesang.«

Jetzt fiel es ihm wieder ein. Der Wirt einer seiner Stammkneipen in der Stadt gab auf. Der »Bären« unter Jäckies Regie machte ein für alle Mal dicht. Es habe sich nicht mehr gelohnt, hatte der Wirt der Zeitung gesagt, die eine Art Nachruf abdruckte. Nach dem Motto: Schon wieder muss eine Kultkneipe dran glauben. Und heute war der letzte Abend, danach war dicht. Es gab zwar schon einen Nachfolger, aber daraus wurde noch ein Geheimnis gemacht. Aber Löffler war das ohnehin egal. Und wenn der Papst persönlich hinter dem Zapfhahn stünde: Ohne Jäckie würde er den »Bären« von seiner Stammkneipenliste streichen.

Heute Abend also das, was man weniger hochtrabend auch Leersaufen nannte. Die letzten Reste aus dem Getränkelager wurden unter den Stammgästen verschleudert. Die Schnapsflaschen auf den Tresen gestellt – bediene sich, wer will. Lieber in die durstigen Kehlen der Gäste schütten, als auch nur einen Tropfen zurücklassen. Das war Tradition. Natürlich war das, trotz aller weinerlichen Romantik, ein Alkoholgelage ersten Ranges. Romantisch wurde es meist erst dem Ende zu, wenn die meisten stinkbesoffen waren. Dann kam das große Elend über sie. Sie erinnerten sich an die schönen Augenblicke im »Bären«, an tolle Stunden, erinnerungswürdige Begebenheiten und Begegnungen – und an hemmungslose Orgien.

Tränen würden fließen. Und in einer Woche würden dieselben Menschen in einer anderen Kneipe sitzen und der »Bären« wäre nur noch ein Gruß aus grauer Vorzeit.

Dennoch – was genau hatte er damit zu tun? Und vor allem: Was wollte Maria von ihm?

»Du gehst doch hin, oder?«, fragte Maria ihn und holte Löffler aus seinem Gedankenlabyrinth zurück.

»Ich weiß nicht so recht«, meinte er zögerlich.

Die Aussicht, mit Maria so eine Art halbe Verabredung zu haben, gefiel ihm ganz und gar nicht. Andererseits waren bestimmt so viele andere Gäste da, dass die ganze Party sich ohnehin auflöste, zerfledderte und vermutlich in zahllose Einzelschicksale zerfiel. Das war das Wesen einer solchen Abschiedsfete.

»Ich werde hingehen«, sagte Löffler entschlossen, »aber vermutlich ein wenig später kommen. Ich muss noch arbeiten. Sag mal, ich habe dich während der letzten Jahre gar nicht bei Jäckie gesehen. Ich habe dich *noch nie* dort gesehen, ehrlich gesagt. Wieso also gerade heute Abend? Weil es was umsonst gibt?«

»Nein, das nicht. Aber es stimmt: Es ist Jahre her, dass ich da war. Jäckie kenne ich kaum. Aber seit meiner Trennung … mein Mann hat die Freunde übernommen … ich einen Teil der Schulden … ich fühle mich … etwas alleine in letzter Zeit. Und bei Jäckie kann doch jeder kommen. Das ist bestimmt eine tolle Party. Ich will mal wieder an nichts denken müssen, beziehungsweise nicht an etwas, sondern einfach feiern und mich zünftig bedudeln. Findest du das schlimm?«

»Nein, nein, gar nicht«, antwortete Löffler hastig.

Er mochte es nicht, sich solche Geständnisse anhören und dann auch noch kommentieren zu müssen. Das alles war ihm zu persönlich. Er kannte die Frau doch kaum; nur weil sie vor vielen Jahren das Klassenzimmer mit ihm und fünfundzwanzig weiteren geteilt hatte, gab es doch keine Verbundenheit mit ihr. Sie war ihm im Grunde so fremd wie ein Mensch, den er auf einer Zugfahrt oder auf einem Urlaubsflug kennenlernte. Vor allem aber mochte er es nicht, wenn andere ihm mit ihren Schwächen kamen. Was sollte er dazu sagen? Trösten? Verständnis haben? Verurteilungen aussprechen? Oder gar den Gutmenschen geben und sich für sie opfern? Nein, er fühlte sich zutiefst unwohl, wenn er in solche Situationen kam. Da half nur, sich herauszuwinden und das Thema zu wechseln.

»Das wird ja bestimmt recht lustig im ›Bären‹. Dann vergnüg dich mal schön, wir werden uns ja gegen später sehen. Und falls dir noch etwas einfällt, dann kannst du es mir ja heute Abend sagen. Bis dann.«

Hastig legte er auf.

Die anderen schauten ihn neugierig an. Ihnen war das Gespräch nicht entgangen.

»Sie hat ebenfalls einen Wagen bemerkt, der in der Straße parkte und in dem jemand saß und vermutlich das Haus beobachtete.«

»Wer hat denn angerufen?«

»Oh, habe ich ganz vergessen zu sagen. Es war die Nachbarin, die Maria Steinke.«

»Und mit der gehen Sie heute Abend in den ›Bären‹?«, fragte Berger.

»Sie wird auch da sein«, sagte Löffler, betont nebenbei.

»Wir gehen auch hin«, warf nun Stammler ein, »wäre ja gelacht, wenn wir Jäckie an seinem letzten Tag alleine ließen.

Hätten wir mehr gesoffen, wäre es gar nicht so weit gekommen, dass er aufhören muss.«

Kollegin Heim hatte sich aus ihrem Urwald heraus gemeldet. Aber keiner verstand so recht, was sie gesagt hatte.

»Noch mal, Heimchen«, rief Stammler.

Sie schob ein paar dicke Palmenblätter zur Seite und tauchte dahinter auf.

»Ich sagte, ob ihr euch nicht komisch vorkommt, wenn ihr gerade einen üblen Mordfall lösen müsst und mitten im Fall in einer Kneipe ein Wetttrinken veranstaltet? Was für ein Bild wirft denn das auf die Polizei?«

Die drei Kommissare schauten verwundert auf Heim. Dafür, dass sie sich im Normalfall aus Themen heraushielt, die nicht direkt mit ihrer Arbeit zu tun hatten, trat sie überraschend forsch auf. Dann richteten sich die Blicke Stammlers und Bergers auf ihren Chef: Das musste er lösen.

»Hören Sie«, begann Löffler sehr vorsichtig und man konnte leicht bemerken, dass er sich langsam vorantastete, »das ist ja nicht so, wie Sie denken. Wir feiern ja nicht richtig. Wir verabschieden einen Freund. Dass das gerade in einen komplizierten Mordfall fällt, ist Zufall. Oder Schicksal. Aber wir müssen auch versuchen, das Private nicht mit dem Beruflichen zu vermischen. Wenn wir das tun, werden wir in unserem Job niemals glücklich.«

»Und wir können nie feiern, weil es immer einen Toten gibt – irgendwie«, ergänzte Monika Berger.

Kollegin Heim schwieg, dachte nach. Es dauerte eine Weile, dann schien sie zu einem Schluss gekommen zu sein.

»Ihr habt recht. Der Beruf darf einem nicht die Lebensfreude zerstören. Aber ich habe vorhin die Bilder von dem Opfer gesehen. Die Wunden, die man der armen Frau zugefügt hat. Das Gesicht, das man wahllos mit einem Hammer zerstört hat. Das macht einen schon fertig, ehrlich.«

»Sie können ja mitgehen, heute Abend«, schlug Stammler vor.

Heim grinste.

»Man muss ja nicht gleich übertreiben«, sagte sie.

»Was haben Sie denn, um mal wieder zum Thema zu kommen, über die Familie der Frau Meineke herausgefunden«, fragte Löffler.

»Liegt alles auf Ihrem Schreibtisch.«

Dann verschwand sie hinter ihrer Dschungelwand.

Löffler zuckte mit den Schultern und marschierte in sein Büro. Gleich darauf kam er wieder ins große Büro zurück, in der Hand eine Papiermappe.

»Tja, da tut sich nicht viel, familiär. Die Frau hat buchstäblich keine nahen Verwandten mehr. Eltern tot, keine Geschwister, keinen Ex-Mann, keine Kinder, geschweige denn Großeltern. Mit dem Tod der Frau erlischt ein ganzer Zweig von Meinekes.«

»Sehen Sie es mal pragmatisch – dann müssen wir keine trauernden Hinterbliebenen benachrichtigen«, meinte Monika Berger.

»Andererseits«, bemerkte Kollege Stammler, »gibt es in dem Bereich auch keine Verdächtigen. Dabei lassen sich solche Taten meistens im Familienbereich lösen. Das war's dann, jetzt wird es richtig schwierig.«

Alle drei standen einige Zeit schweigend im Raum. Nur das Hacken Heims auf ihrer Computertastatur unterbrach in unregelmäßigem Rhythmus die Stille.

»Dann halt die Ochsentour«, meinte der Hauptkommissar schließlich. »Wir lassen von den Kollegen die gesamte Nachbarschaft an Meinekes Wohnort befragen, ob denen etwas Ungewöhnliches aufgefallen ist. Dasselbe gilt für die Anwohner am Tatort. Obwohl das schwierig sein könnte – da wohnt eigentlich keiner. Zumindest nicht in Sichtweite. Aber egal, die Kollegen müssen in jedes Haus. Mal sehen, vielleicht haben wir Glück.«

»Und wir?«

»Wir reden noch mal mit den Kollegen und Kolleginnen des Opfers. Vielleicht ergibt sich etwas über verprellte Kunden oder neidische Kollegen.«

»Das ist der zweite große Sumpf – der Arbeitsplatz. Wenn du in der Familie keinen Täter findest, dann geh an den Arbeitsplatz.«

»Sagte nicht Meinekes Chef und auch ihr Ex-Lover, sie hätte gerade erst jemanden entlassen? Das könnte doch ein Grund sein, dass wir da mal nachhaken.«

Löffler schnappte sich seine Jacke. Auch die anderen standen von ihren Stühlen auf und warteten.

»Sie beide fahren noch mal bei dieser Agentur vorbei. Fragen Sie den Kleber, diesen Chef, was er über das Verhältnis der Meineke zu den anderen Mitarbeitern weiß. Dann ist da noch die Philosophin. Reden Sie auch mit der. Und mit den anderen, wenn es da noch welche gibt. Prüfen Sie die Alibis. Todeszeitpunkt etwa Mitternacht. Ist natürlich eine blöde Zeit, um ermordet zu werden. Die meisten Befragten werden ohnehin sagen, sie waren im Bett. Da kann man schwer das Gegenteil beweisen. So, und nun vorwärts. Schauen Sie, dass Sie fertig werden, ehe es im ›Bären‹ losgeht.«

Damit verließ ihr Chef den Raum und zog die Türe hinter sich zu. Stammler und Berger warteten noch eine Weile, keiner wollte so recht den ersten Schritt machen. Sie mochten diese Art der Befragungen nicht. Beide fanden es langweilig. Vor allem, weil es immer dieselben Fragen waren. Genauso wie in den Vorabendkrimis oder in den Tatorten. Bloß Til Schweiger ballerte erst und fragte dann. Der wollte nicht wissen, wer wann zu welcher Zeit was wem angetan hatte. Das hatte später Zeit – wenn der Pulverrauch weg war.

»Okay«, sagte Berger schließlich entschlossen, »dann geben wir jetzt halt den Derrick. Aber du fährst … Harry.«

»Wie immer, Horst.«

Christian Löffler war unterwegs nach Lustnau, nach Hause. In das Haus am Hang.

Der Beruf hat auch Vorteile, überlegte er, ein kurzer privater Abstecher ist immer drin.

Lange hatte er damals, als die Entscheidung anstand, welchen beruflichen Weg er einschlagen sollte, überlegt. Ein Jahr dauerte es, ehe er sich entschloss, zur Kripo zu gehen. Er hatte das Soziologiestudium abgeschlossen. Die Entscheidung für dieses Fach war die richtige gewesen. Das wusste er heute. Denn es machte ihm klar, was er *nicht* wollte. Querbeet hatte er sich gebildet, hatte alles von Luhmann bis Adorno, vom alten Klassiker Weber bis hin zu den komplexen philosophischen Auswüchsen eines Peter Sloterdijk gelesen. Er wusste, wenn er tatsächlich in den Polizeidienst wechselte, wären Gesprächspartner zu den Themen, die in seinem bisherigen Leben eine Rolle gespielt hatten, rar gesät. Also nicht vorhanden.

»Gespräche werden überschätzt«, hatte sein Vater Klaus gesagt, »außerdem hast du noch immer deinen eigenen Kopf. In den kannst du kriechen und dich mit dir selbst unterhalten, wenn es mal nicht anders geht.«

Sein Vater war reich. In seinen letzten Arbeitsjahren hatte er eine Beraterfirma aufgebaut und geleitet. Auf jedes Großunternehmen, das er sanierte, kam ein kleineres, das er ohne Honorar unterstützte.

»Das ist kein Altruismus, mein Junge«, sagte er, »das ist Weitsicht. Die Kleinen von heute können die Großen von morgen sein. Die werden sich dann an mich erinnern.«

So erklärte er seinen Altruismus der späten Jahre.

Und er war keiner der Väter, die erwarteten, dass die Söhne in ihre Fußstapfen traten. Was ihm allerdings nicht gefiel, war, dass Löffler lange Jahre in Hamburg gelebt und dort eine Familie gegründet hatte. Zudem, er hatte ihn zwar schon im Polizeidienst gesehen, aber dann in hoher, in höchster Position.

»Dort kann ich noch hin, wenn ich älter bin«, war Christian Löfflers Antwort gewesen.

Inzwischen lebte Löffler wieder in Tübingen, in der elterlichen Villa. Seine Tochter war bei ihm eingezogen und sogar seine Ehefrau wohnte mittlerweile in Tübingen, mitten in der

Altstadt. Zusammen mit der Kollegin Monika Berger. Eine Art Frauen-WG.

Aber er machte sich Sorgen um seinen Vater.

Er hatte etwas Melancholisches an sich, was neu war.

Obwohl sein Sohn und die Enkelin bei ihm lebten, außerdem Christians Kollege Gerd Stammler, schien er sich manchmal einsam zu fühlen. Er kannte die halbe Stadt, hatte Freunde und Bekannte in allen Ämtern, an allen Positionen, in Vereinen, hatte noch Kontakt zu den Schulfreunden, die wie er gealtert waren. Dennoch verbreitete er, so empfand es sein Sohn, einen Mangel an Lebensfreude. Dabei hatte er in einem Fall Löfflers sogar heimlich mitermittelt und war dabei verletzt worden. Er hatte Glück gehabt, mit dem Leben davongekommen zu sein.

Löffler fragte sich, wie er seinem Vater helfen konnte.

Als er nach Hause kam, fand er ihn schlafend in einem Liegestuhl am Pool. Es sah nicht aus, als sei er geschwommen. Löffler ging in die Küche. Die Haushälterin Martha saß am Mittagstisch und las die Zeitung. Als der Hauptkommissar eintrat, deutete sie auf die Schüsseln und Töpfe auf dem Tisch.

»Er hat wieder mal nichts gegessen«, sagte sie.

Löffler zuckte hilflos mit den Schultern. Er hatte mit seinem Vater bereits geredet. Schon ein paar Mal. Aber der beschied ihm klar, dass er erstens keinen Hunger habe und dass er, sein Sohn, sich zweitens um seine Morde kümmern solle. Dafür werde er schließlich bezahlt.

»Ich spreche nachher noch mal mit ihm. Lassen Sie das Essen stehen, meine Tochter müsste gleich aus der Schule kommen.«

»Nein, sie kommt nicht, sie besucht einen Freund im Krankenhaus. Da kann ich mir das Kochen langsam sparen, wenn das so weitergeht.«

Löffler stieg in den ersten Stock hinauf. Dort bewohnte er zwei Räume mit Durchgang und einem eigenen Badezimmer. Rings um den ersten Stock führte eine Veranda. Von da konnte man über die Stadt blicken, hatte freie Sicht in den Westen und den Süden.

Er ging zu einem Schrank und holte eine Holzkiste heraus. Er öffnete sie und stöberte darin. Nach einiger Zeit hatte er das Gesuchte gefunden. Er hielt ein Foto in der Hand, das seine ehemalige Schulklasse im Gymnasium zeigte. Der Fotograf hatte die Klasse vor der Schule versammelt und sie aufgenommen.

Er sah Maria Steinke auf den ersten Blick. Sie stand halb links, direkt neben Markus Heber, dem ehemaligen Nebensitzer Löfflers. Vor ein paar Jahren war Heber bei einem Autounfall ums Leben gekommen. Der Hauptkommissar wusste, dass Markus damals stinkbesoffen gefahren war. Aber das hatte man nie öffentlich gemacht.

Er selbst stand in der ersten Reihe und grinste in die Kamera. Von manchen anderen ehemaligen Klassenkameraden wusste er bereits die Namen nicht mehr. Nach einer Weile legte er das Bild beiseite und stieg wieder hinunter ins Erdgeschoss. Dort begegnete ihm sein Vater, der ihm barfuß, aber im Anzug entgegenkam.

Er sah seinen Sohn überrascht an.

»Was machst du denn hier?«, fragte er, »musst du nicht arbeiten?«

»Doch, schon, aber ich habe etwas vergessen. Außerdem wollte ich dir einen Vorschlag machen. Willst du nicht heute Abend mit uns in den ›Bären‹ kommen? Heute hat Jäckie seinen letzten Abend. Wir wollen alle gemeinsam Abschied nehmen.«

»Abschied nehmen? Ist er denn tot?«

Löffler lachte.

»Nein, er nicht, aber seine Kneipe. Er hört auf und wir machen auf Austrinken.«

»Ihr betrinkt euch? Mitten in einem Fall? Ihr habt doch einen Fall. Die Sache mit der toten Frau. Habe ich im Radio gehört.«

Der Hauptkommissar nickte.

»Keine Angst, Vater, wir kümmern uns schon darum. Aber auch wenn wir in die Kneipe gehen, wird uns der Täter während der Zeit nicht weglaufen.«

»Habt ihr eine Spur?«

»Nein«, schüttelte Löffler den Kopf, »wir tappen völlig im Dunkeln.«

»Kenne ich das Opfer?«

»Nein, glaube ich nicht. Es ist eine Werberin. Eine Frau aus einer Werbeagentur in Lustnau unten.«

»In Lustnau? Da gibt es doch nur eine Agentur. Ist das die von dem Rottenburger, dem Horst Kleber?«

»Du kennst den?«

»Kaum.«

»Nicht persönlich. Ich weiß nur, dass es ihn gibt.«

»Er hat schon ein paar kleinere Kampagnen gemacht für Mittelständler im Raum Tübingen. Unter anderem für deinen Freund Werner Puth und seine Firma ›webtronic‹. Wenn du Infos brauchst, dann frag den doch mal.«

Löffler überlegte einen Moment.

»Kann ich machen. Ich sehe den bestimmt heute Abend im ›Bären‹, er ist Stammgast dort. Und was ist mit dir – kommst du mit?«

Der Senior schaute auf seine nackten Füße.

»Wenn ich mir noch Schuhe anziehen darf, würde ich mir das überlegen«, sagte er lachend. »Wann soll es denn losgehen?«

»Gegen acht Uhr, schätze ich mal. Das hängt davon ab, ob sich in meinem Mordfall noch was ergibt.«

»Und was machst du bis dahin?«

»Ich?«

»Ja, sonst ist hier ja keiner.«

Löffler wurde rot.

»Ich lege mich eine Weile hin, mir geht's nicht so. Heute Abend will ich fit sein.«

»Du machst schon die ganzen letzten Tage keinen guten Eindruck auf mich. Geh doch mal zum Arzt. Muss ja nicht gleich dein Freund Kürner sein.«

Beide grinsten.

Als Stammler und Berger in den Parkplatz einfuhren, war der ziemlich zugestellt. Die Mitarbeiter der anderen Firmen, die in dem Hochhaus ihre Büros hatten, waren schon seit Stunden bei der Arbeit. Es schien, als sei in der vergangenen Nacht nichts passiert. Die Polizei hatte längst wieder alles eingepackt und war verschwunden. Nur ein dunkler Fleck auf dem Boden zeigte noch, wo die tote Lola Meineke gelegen hatte.

Stammler stellte den Wagen direkt vor dem Eingang ins Gebäude ab. Die Kommissare stiegen aus. Auf dem Weg zur Türe hörten sie einen hässlich klingenden Ruf hinter sich. Es klang wie »Uääh« oder ähnlich lautmalerisch.

Sie blieben stehen und drehten sich um.

Der Hausmeister kam angetrabt und deutete auf das Auto der beiden.

»Des bleibt do aber et stande, damit des klar isch.«

»Wir sind von der Kripo.«

»Mir doch wurscht. Ond wenn ihr vom Papst kommet. I bee sowieso evangelisch. Des Auto muaß weg.«

»Jetzt hören Sie mal zu«, mischte sich Monika Berger ein, »wir ermitteln in einem Fall. Da ist es doch normal, dass wir uns nicht extra einen Parkplatz suchen.«

»Wenn Sie falsch parket, löst sich der Fall au et schneller.«

»Mir doch egal, was Sie sagen. Der Wagen bleibt stehen.«

»Könnet se han. Aber i ruf den Abschleppdienst, damit des klar isch. Ond was i sag, des mach i au.«

Die Polizisten tauschten Blicke aus.

»Harry«, sagte dann Berger, »fahr den Wagen weg. Ich gehe inzwischen ins Haus. Wenn du einen Platz gefunden hast, dann kommst du nach.«

Damit ließ sie Stammler stehen und marschierte durch die Eingangstüre zum Bürohaus.

Im Aufzug standen hinter den Stockwerkszahlen die Firmennamen, die dort residierten. Sie drückte bei »Free Minds« und der Lift setzte sich ruckelnd in Bewegung. Als sie ausstieg, stand sie vor einer Glastür, gleich gegenüber vom Aufzug. In einer etwas stylischen Schrift stand dort der Name der Agentur. Im Innern empfing die Besucherin ein ausladender, halbrunder Schreibtisch. Drei LED-Bildschirme waren auf ihm aufgebaut. Dazwischen tauchte der Kopf Mira Bögeleins auf. Sie lachte, als sie Berger vor sich stehen sah.

»Sehnsucht nach uns, Frau Polizeikommissarin?«, fragte sie. »Bei uns sind Sie immer willkommen. Auch wenn der Anlass vermutlich ein trauriger ist. Wen wollen Sie denn sprechen?«

»Warum nicht Sie, Frau …?«

»Bögelein. Müsste man sich eigentlich leicht merken können. Der Name ist derart bescheuert, dass er hängen bleibt. Sie werden feststellen, dass Sie ihn ab heute nicht mehr vergessen können.«

»Wir werden sehen. Ist eigentlich der Herr Kleber auch hier? Oder hat er sich nach dem schweren Schlag freigenommen?«

»Na ja, schwerer Schlag. Ich weiß nicht. Sie waren ja keine Freunde. Aber geschäftlich ist das ein echtes Problem. Die Firma steht kurz vor dem Abschluss mit einem richtig großen Kunden. Damit wären wir saniert auf Jahre raus. Aber der Kunde war Laurens Kunde. Sie hatte den totalen Überblick. Jetzt steckt der Horst seine Nase in die ganzen Unterlagen und will sich schlau machen.«

»Ein großer Verlust, die Frau Meineke. Für das Unternehmen, meine ich.«

»Das schon. Privat kenne ich mich nicht so aus, ich bin erst seit ein paar Monaten hier. Aber von Frau zu Frau haben wir uns gut verstanden.«

»Gab es denn private Verbindungen? Zwischen dem Chef, meine ich, und Frau Meineke.«

Bögelein lachte glucksend.

»Tolle Verhandlungsführung, meine Liebe. Sie wollen fragen, ob der Chef und die Meineke was am Laufen hatten, richtig? Antwort: War nicht so. Die hatten ganz getrennte Leben. Der Kleber in seinem Rottenburg, die Lauren hier in Tübingen. Was man bei ihr so Leben nennen konnte.«

Ganz dicht ging Berger zum Schreibtisch Bögeleins und streckte ihr verschwörerisch den Kopf entgegen.

»Was für ein Leben war das denn?«

»Ein einsames, glaube ich. Sie sprach nie von Freunden oder Bekannten. Familie hatte sie, glaube ich, auch keine mehr. Sie hatte bloß den Job. Hat sich zwar dauernd über die Arbeitszeiten beklagt, aber sie ging trotzdem immer als Letzte aus dem Büro. Sie wollte zu Hause halt nicht einsam rumsitzen. Das ist zumindest meine Meinung.«

Stammler kam durch die Tür.

»Du bist ja über das Vorzimmer nicht rausgekommen«, sagte er, als er die beiden Frauen sah. »Wollen wir nicht mal zu Kleber gehen? Oder ist er nicht da?«

Berger sah Bögelein fragend an.

»Er sitzt drin, im Büro der Meineke. Gleich da drüben, den Gang runter, letzte Türe.«

Die Tür war nur angelehnt, Stammler stieß sie vollends auf und sie sahen Kleber tief über irgendwelche Akten gebeugt am Schreibtisch sitzen. Er schaute auf, als die beiden Kommissare vor ihm standen. Er sah aus, als sei er aus einer anderen Welt zurückgekommen ins Hier und Jetzt.

»Oh, Sie«, sagte er verträumt.

»Wir wollten uns mit Ihnen noch mal über das Opfer unterhalten. Der Großteil ihres Lebens scheint sich ja hier in der Agentur abgespielt zu haben. Irgendwo muss ja die Ursache für die Tat liegen. Zumindest, wenn man davon ausgeht, dass sie kein Zufallsopfer geworden ist. Sozusagen zum falschen Zeitpunkt am falschen Ort.«

Kleber sah sie zweifelnd an.

»Könnte das denn möglich sein? In die Gegend kommt doch kein Zufallskiller. Da geht man bewusst her, ansonsten macht man einen weiten Bogen um dieses Gewerbegebiet. Gibt ja auch nix zu gucken hier.«

»Das genau legt ja den Grund nahe, warum wir von einem ganz gezielten Mord ausgehen. Es sollte Frau Meineke treffen – und nur sie.«

»Aber wer«, fragte Stammler weiter, »könnte einen derartigen Hass auf die Frau haben, dass er ihr das ganze Gesicht zerhackt?«

Abwehrend streckte Kleber dem Kommissar die offenen Hände entgegen.

»Nun hören Sie bloß auf, mich daran zu erinnern. Ich habe dem Hausmeister schon gesagt, er solle den Blutfleck wegmachen. Der Anblick quält mich.«

»Ja, ja, schon gut«, sagte Berger ungeduldig, »dann hat der Blockwart wenigstens eine Aufgabe. – Aber jetzt zurück zu unserer Frage: Hatte jemand aus Ihrer Agentur Grund, das Opfer derart zu hassen, dass es ihm so was antut?«

Der Agenturchef winkte müde ab. Er schob die Akten auf dem Tisch zusammen und ließ sich in seinem Sessel zurückfallen.

»Ach, wissen Sie«, sagte er leise, und schloss die Augen dabei, »in unserem kleinen Unternehmen gibt es gar keine Gründe, um andere zu hassen. Mal streitet man, mal versöhnt man sich, mal mag man sich morgens nicht und am Abend verlässt man gemeinsam das Büro. Wir haben keine großen Probleme miteinander.«

»Ehemalige Mitarbeiter?«

»Haben wir auch.«

»Hat Meineke welche davon entlassen?«

Er nickte.

»Einige. Die Branche ist schnelllebig. Neulich erst haben wir uns von einem Kollegen trennen müssen. Die Lauren hat auch das in die Hand genommen.«

»In die Hand genommen?«

»Ja, sie hat ihm gekündigt. Ich bin für so etwas zu wehleidig. Ich habe ein zu gutes Herz. Deshalb habe ich unangenehme Dinge häufig der Lauren zugeschoben.«

»Warum haben Sie ihm denn gekündigt?«

»Wem? Dem Josef neulich?«

»Ja, dem. Josef – und wie weiter?«

»Birk. Josef Birk. Er hat getrunken. Bei der Arbeit. Zur Arbeit. Immer. Wegen seiner Frau, habe ich gehört. Die ist weg. Mit den Kindern. Er hat viele Chancen gekriegt, aber er vergaß Termine mit Kunden. Bumm – sprangen die ab.«

»Und wie hat er reagiert?«

»Na, wie wohl?«

»Herr Kleber!«

»Ja, ja«, sagte der, und wischte mit der Hand ein paar imaginäre Spinnweben von seinem Gesicht, »er war natürlich nicht begeistert. Er, wie soll ich sagen … er …«

»Er hat geflucht wie ein Rohrspatz«, schallte es von der Türe her.

Dort stand Mira Bögelein mit einem Packen Papier unterm Arm. Die beiden Kripobeamten und Kleber starrten sie an. Sie schauten, als seien sie in einen Hinterhalt geraten.

»Ja, was ist denn? So war es eben. Ich war doch dabei.«

»Was hat er denn gesagt?«, wandte sich Berger an die Sekretärin.

»Hat er gedroht? Oder geweint? Oder was?«

»Beides, würde ich sagen. Oder etwa nicht, Chef?«

Kleber wand sich. In seinem Gesicht stand deutlich geschrieben, dass ihm das alles höchst unangenehm war. Er schien hin- und hergerissen zwischen der unangenehmen Wahrheit und einer ihm noch unangenehmeren Lüge. Die Wahrheit siegte schließlich – er war halt ein guter Mensch.

»Er hat wohl ein wenig gedroht, würde ich sagen. Aber das kann man nicht ernst nehmen, er war etwas angesäuselt, als er das sagte.«

»Als er *was genau* sagte, Herr Kleber«, ließ Berger nicht locker.

»Dass wir das noch bereuen würden«, erlöste Bögelein den Agenturleiter. »Und dann hat er eine leere Flasche, so einen kleinen Flachmann, an die Wand gedonnert. Den Fleck kann ich Ihnen zeigen, wenn Sie wollen.«

Berger zückte ihr Notizbuch.

»Ist nicht nötig, uns genügt es, wenn Sie mir die Adresse von Herrn Birk geben. Dann kann er uns mal seine Sicht der Dinge mitteilen. War er denn noch mal in der Agentur? Nach der Entlassung, meine ich.«

Bögelein schaute Kleber fragend an. Aber der hatte einen Fleck auf dem Schreibtisch entdeckt, den er rasch entfernen musste. Währenddessen kritzelte die Philosophin der Agentur die Adresse Birks auf ein Blatt in das Notizbuch der Kommissarin.

»Ich weiß, wo er wohnt. Ich habe ihn ein paar Mal nach Hause gebracht. Alleine hätte er es nicht mehr geschafft.«

Kleber war inzwischen fertig mit seinem Akt der Reinigung. Mit einer Mischung aus Erstaunen und Verachtung betrachtete er seine Mitarbeiterin.

»Sie sind ja eine ganz schöne Petze, Bögelein, das muss ich schon sagen. So habe ich sie gar nicht eingeschätzt.«

»Das nennt man eine Zeugenaussage, Herr Kleber«, mischte sich Stammler ein. »Das hätte ich eigentlich von Ihnen erwartet. Ich bin schon überrascht, wie wenig kooperativ Sie sich zeigen. Immerhin hat man eine Mitarbeiterin von Ihnen grausam getötet. Aber so richtig zu bedauern scheinen Sie das nicht.«

Kleber sprang von seinem Sessel auf. Schlagartig hatte er einen hochroten Kopf und zitternde Hände. Eine davon erhob er und streckte den Zeigefinger in Richtung Kommissar.

»Das sagen Sie nicht noch mal«, rief er, »ich bin immer auf der Seite der Polizei. Bloß weil ich keine voreiligen Verdächtigungen äußere, heißt das nicht, dass ich mich nicht dafür einsetze, dass man den Täter schnellstmöglichst kriegt.«

»Ich bin Ihnen auch nicht böse, Herr Kleber«, meinte Bögelein auffallend munter, »jeder wie er kann. Ich mag es mehr direkt. Viel reden hilft, da fällt einem so manches wieder ein. Kennen Sie nicht den Aufsatz von Kleist, ›Über die allmähliche Verfertigung der Gedanken beim Reden‹? Da geht es um die Kraft des Herumlaberns.«

Grinsend blickte sie in die Runde. Die anderen sahen sie stumm an. Das überschäumende Temperament Bögeleins brachte Ruhe in die doch etwas angespannte Situation.

»Wie auch immer«, sagte Berger schließlich, »wir besuchen jetzt mal den Herrn Birk. Und zum Abschluss, wie immer: Falls Ihnen noch was einfällt – Sie wissen, wo Sie uns erreichen können.«

Als sie zum Wagen gingen, den Stammler am Rand der Eisenbahnstraße geparkt hatte, begegnete ihnen der Hausmeister. Er blieb stehen, als sie auf ihn zukamen.

»Sehet se, 's geht doch. Ond nächschtes Mol glei so.«

»Haben Sie eigentlich schon Ihre Aussage zum Fall Meineke gemacht?«, fragte ihn Stammler.

»Aussage? Was denn für a Aussage? I han doch nix gseh.«

»Ich schicke Ihnen eine Vorladung, dann dürfen Sie alles erzählen, was Sie nicht gesehen haben. Beim Reden fällt Ihnen ja vielleicht was ein. Fragen Sie Kleist.«

»Kleist, den kenn i net. Ond was Sie machen, des isch Schikane.«

»Jeder wie er kann.«

Als Christian Löffler aus der Praxis Schlehdorn herauskam, fühlte er sich erleichtert. Nicht dass er von dem Radiologen etwas Positives über seinen Dauerkopfschmerz erfahren hätte. Aber alleine schon das Gefühl, endlich etwas unternommen zu haben, nicht mit diesem Schmerz leben zu wollen, sich einer Diagnose zu stellen – das alles zusammen gab ihm das Gefühl, die Situation im Griff zu haben.

So ganz zufrieden war er zwar noch nicht – das Ergebnis wurde an seinen Arzt geschickt, der es mit ihm durchsprechen würde –, aber auf einen Tag mehr kam es nun auch nicht mehr an.

Er hatte eine Heidenangst.

Sich selbst konnte er das eingestehen. Er fürchtete sich vor dem Unbekannten. Vor dem, was sich möglicherweise in seinem Kopf befand und dort ausbreitete. Ausgerechnet bei ihm, dem Sportler. Aber seine Noch-Ehefrau hatte immer gesagt, sporteln bedeute nicht, dass man gesund, sondern nur dass man fit krank sein könne.

Jetzt verstand er, was sie damit sagen wollte.

Er musste sich ablenken.

Er rief seine beiden Kollegen an. Sie waren auf dem Weg zu einem gewissen Josef Birk. Der wohnte in der Charlottenstraße, gegenüber von der Staatsanwaltschaft.

»Er hat allen Grund, auf die Meineke sauer zu sein«, berichtete Stammler am Telefon, »jetzt wollen wir ihm mal auf den Zahn fühlen.«

»Wissen wir schon was über ihn?«

»Nein, nix bisher. Ich habe Heim angewiesen, mal im Computer zu kramen, aber das ist gerade mal ein paar Minuten her.«

Löffler überlegte.

»Lassen Sie mich das machen, das mit dem Birk. Fahren Sie doch inwischen zu Kofler und holen ihn ab. Er soll gucken, ob der Wagen dasteht. Und ich frage mal den Birk, welches Modell er fährt. Vielleicht reden wir ja vom selben Auto.«

»Ist aber ein Scheißverkehr jetzt in die Innenstadt.«

»Ich habe im Nonnenhaus geparkt, da bin ich gleich in der Charlottenstraße. Wir sehen uns dann bei Jäckie.«

Der Verkehr um den Alten Botanischen Garten herum hielt sich in Grenzen. Es wurde langsam dunkel, obwohl es erst halb fünf Uhr war. Dem Hauptkommissar fiel ein, dass er heute noch nicht gelaufen war. Der Nikolauslauf stand vor der Tür und er wollte wie jedes Jahr daran teilnehmen. Ein schwerer Halbmarathon. Löffler wusste, er musste in guter Form sein, ansonsten hieß es bei diesem Lauf einundzwanzig Kilometer leiden. Seit er die Kopfschmerzen hatte, war ihm die Lust am Laufen vergangen. Wofür Sport treiben, fragte er sich, wenn ich wahrscheinlich schwer krank bin. Außerdem spürte er den Schmerz bei jedem harten Aufprall seiner Füße beim Rennen. Manchmal lief er sonntagmorgens mit den Leuten vom Lauftreff des Post SV oben auf dem Sand. In der Gruppe, wenn man sich unterhielt während des Zweistundenlaufs, vergaß er manchmal den Druck auf seinen Schädel. Aber rannte er alleine, konzentrierte er sich förmlich darauf, in dem Kopfschmerz zu versinken.

Manchmal jammerte er in sich hinein: Warum habe ich mich bloß nicht früher darum gekümmert? Das mit der leichten Migräne begann ja bereits vor einem Jahr. Aber nein, ich habe es beiseite geschoben: Wird schon nichts sein, nicht in meinem Alter. Und jetzt – im schlimmsten Fall Tod durch Versäumnis.

Vollbremsung.

Fast wäre er auf seinen Vordermann in Höhe des Supermarktes in der Herrenberger Straße aufgefahren. Er hatte nicht aufgepasst. War in Selbstmitleid versunken. Mist, so ging das nicht weiter. Was war eigentlich los mit ihm? Quälte sich über einen Marathon, lief unter Schmerzen über die Ziellinie und kotzte dann erst einmal. Galt als richtig harte Sau unter den Laufkollegen. Und jetzt schloss er auf Verdacht mit dem Leben ab.

Aus.

Schluss.

Jetzt wurde die ganze Geschichte erst mal verdrängt, bis er am nächsten Tag das Ergebnis der Untersuchung erhielt. Dann konnte er noch immer in einen Weinkrampf ausbrechen. Aber bis dahin galt die Konzentration dem Job. Er hatte einen Mordfall zu lösen.

Er stellte den Wagen auf einen Parkplatz der Staatsanwaltschaft. Die hatte ihre Büros in der Charlottenstraße. Birk wohnte genau gegenüber.

Die Charlottenstraße ist Wohngegend pur, abgesehen von der Tübinger Staatsanwaltschaft. Eine schmale Straße, die leicht ansteigend Richtung Frauenklinik führt. Früher mal war die Straße zweispurig gewesen, heute kann man nur noch in eine Richtung fahren.

Birk wohnte in einer Art Terrassenhaus, im Erdgeschoss mit pflanzen- und blumenumranktem Balkon zur Straße hin. Darüber befanden sich zwei weitere Etagen, die obere Wohnung mit Dachterrasse. Vom gegenüberliegenden Gehsteig aus musterte Löffler das Gebäude.

Er hörte zuerst den Knall, dann pfiff etwas direkt an seinem Kopf vorbei. Instinktiv ließ der Hauptkommissar sich auf den Boden fallen. Aber da war nichts, hinter dem er Deckung nehmen konnte, bloß der Asphalt des Gehsteigs, auf dem er lag.

Er sprang auf und rannte auf das Haus zu. Wieder hörte er einen lauten Knall. Er duckte sich, rannte aber weiter. Vor dem Haus befand sich eine Mauer, direkt neben der Einfahrt in die Tiefgarage. Dicht an der Steinmauer kauerte er sich nieder. Für den Augenblick befand sich der Hauptkommissar in Sicherheit.

Er konnte es kaum fassen – man hatte auf ihn geschossen. Mitten in Tübingen. Gegenüber dem Amtsgebäude der Staatsanwaltschaft. Man hatte noch nie auf ihn geschossen, nicht mal in Hamburg.

Der Schütze musste sich im Erdgeschoss befinden, vermutete Löffler. Also in der Wohnung mit der ausladenden Terrasse. Er blieb auf dem Boden sitzen und lehnte sich gegen die Mauer. Mit dem Smartphone rief er die Kollegen.

»Man schießt auf mich«, sagte er denen mit einem erstaunten Unterton. Am anderen Ende kam keine Antwort. »Man schießt *wirklich* auf mich. Schicken Sie die Kollegen her.«

Er blieb eine Weile sitzen. Über seinem Kopf sah er die Zweige des Busches, der die Terrasse zur Straße hin begrenzte.

Dann hörte er die Schritte. Sie kamen eindeutig von der Terrasse. Der Mann – es musste sich um Birk handeln, mutmaßte Löffler – versuchte, sich anzuschleichen.

Mist, und ich habe keine Waffe dabei, dachte der Hauptkommissar. Er robbte Richtung Tiefgarage. Dann sprang er auf und rannte die abschüssige Zufahrt hinunter. Ein weiterer Knall zeigte ihm, dass er keine Minute zu früh losgerannt war.

Er ging zum Ende der Garage, dort führte eine Türe ins Innere des Gebäudes. Sie war verschlossen. Schweiß rann ihm über die Stirn, das Hemd klebte am Körper, obwohl es draußen kalt war.

Endlich hörte er das Martinshorn der Kollegen. Langsam schlich er zum Ausgang. Autotürenklappern, Stimmen, weitere Sirenen. Er sah nach oben, zum Eingang der Zufahrt. Dort tauchte eine Figur in einer grünen Uniform auf. Kommandos waren zu hören.

»Ich bin hier unten«, rief Löffler der Uniform zu.

Der Polizist schaute angestrengt in Richtung Hauptkommissar. Dann winkte er ihm zu.

»Kommen Sie, wir haben die Sache im Griff. Der Mann ist in seine Wohnung zurück.«

Langsam ging Löffler nach oben, grüßte den Kollegen und marschierte zu einem der Einsatzwagen, die die Charlottenstraße abgesperrt hatten. Er ging zum Kollegen Bernd Mattes, der für den Einsatz verantwortlich war.

»Kannsch du mir sage«, fragte er den Hauptkommissar, »was do los isch? Was isch denn des für ein Kerle? Der hot doch uff dich gschosse, oder?«

Löffler nickte.

»Ich denke, es handelt sich um Josef Birk. Wir wollten ihn als Zeugen in einer Strafsache vernehmen. Ich kam sozusagen überraschend vorbei. Aber er hat auf mich gewartet, hatte ich den Eindruck.«

»Na gut, dann holet mir den mal aus seim Bau raus.«

Er ging zum Einsatzwagen und ließ sich von einem Kollegen ein Megafon geben. Währenddessen hatte sich eine Menschentraube gebildet, die alle neugierig um die Polizisten herumstanden. Die meisten hatten ihre Smartphones gezückt und machten Selfies mit sich und der Wohnung Birks im Hintergrund. Dazu grinsten sie in die Kameras und machten Faxen, grimassierten oder hielten einfach den Daumen nach oben. Einer schnappte sich einen Polizisten, stellte sich neben ihn und machte ein Foto. Der Polizist stieß ihn zurück, aber das Bild war bereits gemacht. Andere knipsten regelrechte Gruppenfotos wie an einem Urlaubsort oder bei einem Rockkonzert.

»Herr Birk, kommen Sie bitte raus, machet se koin Blödsinn«, schallte es durchs Megafon. »Wir wartet auf Sie, kommet se raus, aber ohne Waffe, gell. Ond die Händ bitte nach oben halte.«

Keine Reaktion. Die anderen Polizisten hatten sich mittlerweile an die Terrassenmauer herangeschlichen. Andere standen mit gezückter Waffe hinter den Streifenwagen. Eine dritte Gruppe schlich sich vorsichtig am Haus vorbei Richtung Eingangstüre.

Dann bewegte sich das Gebüsch, einzelne Zweige wackelten und wurden auseinandergedrückt. Es gab einen weiteren Knall – einen Schuss – und ein junger Mann auf der gegenüberliegenden Straßenseite stieß einen Schmerzensschrei aus. Er griff sich mit der Hand an den Hals, zog sie dann zurück und starrte sie ungläubig an. Er hatte Blut auf der Handfläche. Seine Freunde starrten auf den Hals, an dem eine winzige Wunde zu erkennen war, aus der ein wenig Blut tropfte. Sie zückten wie bei einer abgesprochenen und oftmals eingeübten Choreografie die Smartphones und hielten die Kameras auf den Hals des Kumpels. Nach dem ersten Schreck lachte dieser, deutete mit dem Daumen nach oben und grimassierte herum wie ein Affe. Dann scharte die Gruppe sich um ihn, stellte ihn in die Mitte, er hielt den Blutfleck in die Kamera und grinste dazu.

Anschließend gab es Bilder zuhauf in wechselnder Besetzung. Immer mittendrin der Verletzte.

Löffler schüttelte den Kopf.

»Bring bloß die Typen hier weg«, sagte er angewidert zu Mattes, »oder ich vergesse mich. So viel Dummheit an einem Ort – *das* müsste man mal fotografieren. Zur Abschreckung.«

Mattes schnappte sich einen Kollegen und einen Sanitäter. Zusammen holten sie den jungen Mann aus seinem Bewundererkreis und begleiteten ihn zum Sanitätswagen. Die Freunde und anderen Gaffer vertrieben sie hinter eine Absperrbande, die die Kollegen in der Zwischenzeit aufgespannt hatten.

»Wie gehen wir jetzt vor?«, fragte Mattes den Kripomann.

»Hast du die Wunde bei dem Affen gesehen?«, fragte Löffler nachdenklich. »Das war ein Kratzer, der stammt von keiner Kugel aus einer schweren Waffe. Das sieht eher so aus, als wenn der Birk mit einer CO_2-Luftdruckwaffe hantiert. Tut weh, ist aber nicht tödlich.«

Mattes schaute skeptisch.

»Bist du sicher? Und was ist, wenn du dich irrst und wir unsere Leute auf den loslassen? Und der dann mit ’ner Magnum losballert?«

»Glaube ich zwar nicht, aber du hast recht: Sicher ist sicher. Gib mir bitte die Flüstertüte, ich versuche es selbst mal.«

Er nahm das Megafon, stellte sich hinter einem Polizeiwagen in Richtung Terrasse auf und schaltete das Gerät ein.

»Hören Sie, Herr Birk, hier spricht Hauptkommissar Löffler. Bisher ist noch nichts passiert. Und das soll auch so bleiben. Deshalb ist es wichtig, dass wir das Ganze hier beenden und Sie zu uns herauskommen. Am besten, Sie lassen Ihre Waffe im Haus und kommen mit erhobenen Händen her zu uns. Das lässt sich alles klären.«

Der blecherne Klang des Geräts verhallte. Polizei, Sanitäter und Passanten warteten gespannt, was passierte. Es blieb ruhig. Kein Ton war zu hören, außer dem Autoverkehr von der nahen Herrenberger Straße.

Plötzlich brach eine dunkle Gestalt durch die Büsche der Terrassenbegrenzung, ein Schrei war zu hören. Dazu eine laute Knallerei. Die Gestalt warf die Arme in die Höhe, taumelte und fiel über die Böschung auf den etwa eineinhalb Meter tiefer liegenden Boden, auf dem Löffler vor ein paar Minuten noch Zuflucht gesucht hatte.

Drei, vier Polizisten rannten zu dem Mann auf dem Boden. Etwas verdreht lag er da, ganz in schwarz gekleidet. Ein Sanitäterteam eilte mit Notfallkoffern hinzu. Sie knieten bei dem Mann, als endlich auch Löffler neben ihm stand.

Der Mann schien bewusstlos zu sein. Aus der Schulter quoll Blut, das auf der schwarzen Kleidung kaum sichtbar war. Aber auf dem Steinboden bildete sich eine kleine Blutlache.

»Was ist mit ihm?«, fragte Löffler einen Sanitäter.

»Er wurde in die Schulter getroffen. Aber das ist, glaube ich, nicht so schlimm. Der Sturz allerdings könnte Folgen haben. Wir bringen den Mann erst mal ins Krankenhaus, er ist nicht bei Bewusstsein.«

»Es ist Josef Birk«, sagte Mattes und deutete auf den Bewusstlosen. »Es ist seine Wohnung, und das hier«, zeigte er Löffler eine Pistole, »ist seine Waffe. Es ist eine Beretta Elite 2. Eine CO_2-Pistole. Nicht lebensgefährlich.«

Löffler nahm die Waffe, die in einer Plastiktüte steckte, in die Hand.

»Die sieht ja aus wie eine echte Beretta.«

»Sie wird mit Stahlrundkugeln abgeschossen. Schmerzhaft, aber nicht tödlich. Aber wenn sie ins Auge treffen…«

Löffler sah sich um.

»Wer hat ihn denn getroffen?«

»Der Kollege da drüben. Er sitzt in seinem Einsatzwagen. Ist etwas durch den Wind. Aber man kann ihm keinen Vorwurf machen, er dachte, der Mann will hier ein Blutbad anrichten. Da hat er sich gewehrt. Ein normaler Polizeieinsatz, würde ich sagen.«

»Rede mit ihm. Sag ihm, dass er keinen Fehler gemacht hat.«

»Hab ich schon. Wir haben den Polizeipsychologen angefordert, aber das dauert, bis der hier eintrifft.«

Der Notarzt kam zu ihnen.

»Der Mann«, sagte er, »ist offensichtlich total betrunken. Der stinkt nach Schnaps, als wenn er in einem Obstlerbad geschwommen wäre. Ist natürlich schwierig, ihn in dem Zustand zu behandeln.«

»Na schön, gehen wir rein in seine Wohnung. Immerhin ist er der Hauptverdächtige in einem Mordfall.«

In der Wohnung sah es aus wie nach einem Überfall auf eine Kneipe. Überall lagen leere Schnaps-, Bier- und Weinflaschen herum. Im Wohnzimmer, das direkt auf die Terrasse führte, von der aus Birk geschossen hatte, lag eine Dose mit Rundkugeln. Auf dem Glastisch lagen weitere leere Flaschen. Essensreste. Alte Zeitschriften. Kleidungsstücke. Aschenbecher und leere Zigarettenpackungen. Das reinste Chaos. Es war offensichtlich, dass hier jemand seine Orientierung verloren hatte. In der Glastüre, die zur Terrasse führte, war ein Einschussloch – vermutlich eine verirrte Kugel der Polizisten.

Ein Eckschrank fiel bei dem Anblick aus dem Rahmen. Er bestand aus unbearbeitetem Holz. Auf der Oberplatte standen gerahmte Bilder, in Reih und Glied angeordnet. Löffler schaute sie sich genauer an. Auf den Bildern waren Birk, eine Frau und Kinder zu sehen. Manchmal ein Kind, dann zwei, ein Mädchen und ein Junge, beim Spielen. Dann wieder die ganze Familie oder auch nur ein Porträtfoto der Ehefrau.

Eindeutig ein Gruß aus glücklichen Zeiten. Wie ein heiliger Schrein ragten sie aus dem allgemeinen Chaos heraus. Möglicherweise eine Handreichung an Birk, den Gefallenen, ein Aufruf, dass noch nicht alles verloren sei.

Aber er hatte dieser Möglichkeit wohl nicht getraut. Er hatte aufgegeben.

Aber war er so weit gegangen, Lola Meineke umzubringen? Hatte er sie für sein Unglück verantwortlich gemacht? Hatte er derart die Kontrolle über sich verloren?

Es hatte ganz den Anschein.

»Wir müssen die Tatwaffe suchen«, sagte Löffler zu Mattes. »Einen Hammer. Lass dir von unserer Frau Heim die Details dazu geben, dann schick deine Leute los, sie sollen die Wohnung auf den Kopf stellen.«

Während der Kollege nach draußen ging, um sein Team zusammenzustellen, streifte Löffler durch die Wohnung. Die Verwahrlosung dort verbreitete ein Gefühl von Hoffnungslosigkeit, die auch Löffler verspürte.

Könnte in dieser Umgebung die Idee eines Mordes geboren werden? Ein einsamer Mann vor den Trümmern eines Lebens, betrunken, verlassen von allen? Stets die Bilder vor Augen, auf dem Holzschrank, die ihn zeigten, seine Kinder, seine Frau, die guten Zeiten. Dennoch: Verzweiflung ist eine Sache, aber jemandem mit einem Hammer Gesicht und Schädel zertrümmern, eine andere. Aber vieles sprach für Birk als Täter. Nicht zuletzt sein Angriff auf die Polizisten, auf ihn, Löffler, und überhaupt auf alle, die ihm zu nahe kamen. Andererseits handelte es sich um eine Druckpistole. Damit schoss man auf Papierzielscheiben im Keller. Birk konnte nicht ernsthaft damit gerechnet haben, jemanden mit diesem Ding auf Distanz zu halten oder gar schwer zu verletzen.

Aber er hatte sie erwartet, eindeutig. Woher wusste er, dass die Polizei ihn besuchen würde? Vielleicht rechnete er einfach damit, dass man ihm auf die Spur käme, und er war vorbereitet. Nein, überlegte der Hauptkommissar, so lief das nicht. Der Täter war derart vorsichtig vorgegangen, dass er sich unbedingt sicher fühlen musste. Passte Birk in dieses Bild? Ein verwirrter Mensch, der in den Abgrund seines Lebens starrte und dort nur Hoffnungslosigkeit entdeckte?

Nun, alles war möglich. Falls die Suche nach der Tatwaffe erfolgreich war, konnten sie den Fall wohl abschließen.

Löffler öffnete ein paar Schubladen. In einer von ihnen ein Stapel dünne Ordner. Ganz oben entdeckte er eine Broschüre über die Anonymen Alkoholiker. Darunter eine Sammlung von Zeugnissen, die in einer Bewerbungsmappe steckten. Daneben ein weiterer Ordner, in der Birk die Absagen gesammelt hatte. Etwa ein halbes Dutzend war zusammengekommen.

Der Hauptkommissar ging nach draußen. Es war inzwischen dunkel geworden. Noch immer hatte die Polizei den Zugang zum Haus abgesperrt, für die Autos war die Straße freigegeben.

»Herr Löffler, Herr Löffler.«

Er drehte sich zu der Stimme um.

Hans Bausch von der hiesigen Lokalpresse winkte ihm zu. Löffler ging zu ihm hin. Man kannte sich, auch wenn stets ein wenig Misstrauen zwischen ihnen herrschte. Die Lokalpresse vermutete stets ein Komplott in den Reihen der Polizei, die irgendwie nie alles erzählen wollte und aus allem ein Geheimnis machte. Und wer ein Geheimnis hatte, der verbarg automatisch etwas vor dem Rest der Welt. Also vor dem armen, betrogenen Bürger.

Und die Polizei fürchtete stets, dass die Presse Geschichten aufbauschte, das Volk beunruhigte mit Gerüchten und Halbwahrheiten und der Polizei ständig wegen erfundener Geschichten an den Karren fahren wollte.

Also begegneten sich beide Seiten immer etwas zurückhaltend.

»Hören Sie, Herr Hauptkommissar«, empfing ihn Bausch, »was ist denn da genau passiert? Es soll eine Schießerei gegeben haben und Ihre Kollegen haben einen Mann niedergeschossen. Wie hat sich das denn genau abgespielt?«

»Ach, Herr Bausch, seien Sie mir nicht böse, aber ich kann da nichts dazu sagen. Gehen Sie zur Pressestelle. Oder gleich zum Staatsanwalt. Die sollen Ihnen alles erzählen.«

»Sie wissen doch ganz genau, dass die selbst noch keine Ahnung haben. Sie aber, Sie haben mitgemischt. Wie wäre es mit einem Live-Interview direkt vom Tatort?«

»Tatort?«

»Wie würden Sie einen Ort nennen, an dem jemand getötet oder zumindest schwer verletzt wurde?«

»Sehen Sie, Herr Bausch, wenn wir bereits in dieser Phase des Gesprächs unterschiedlicher Meinung sind – wie soll das dann weitergehen? Die Pressestelle wird sich auf Ihre Anfrage freuen.«

Löffler tauchte unter der Absperrung durch und ging zu seinem Wagen. Bausch folgte ihm. Aber Löffler reagierte nicht mehr auf seine Zurufe. Er setzte sich in den Wagen, fuhr die Charlottenstraße hinab, bog in die Herrenberger Straße ein und fuhr dann geradewegs in Richtung Polizeipräsidium. Es war dunkel, der Feierabendverkehr sorgte für gehörige Staus, als der Hauptkommissar durch den Tunnel auf die andere, auf die Südseite der Stadt fuhr. Von der Rheinlandstraße aus bog er ab in Richtung Konrad-Adenauer-Straße.

Heim war noch im Präsidium.

»Haben die anderen sich gemeldet?«, fragte Löffler durch den Urwald hindurch.

»Ja, haben sie«, schallte es zurück, »sie fahren mit einem gewissen Herrn Kofler auf den Österberg, um sich nach einem Auto umzugucken. Sie wüssten schon Bescheid, hieß es. Mir sagt ja keiner mehr was.«

»Würden Sie uns denn hören – bei all dem Gestrüpp?«

Heims Kopf tauchte zwischen den Blättern einer Palme auf.

»Hören ja – sehen nein. Aber das muss ich ja auch nicht, oder?«

Löffler lachte. Heim war Pragmatikerin. Das war beim Job hilfreich. Sie suchte stets den kürzesten Weg zum Erfolg, ohne sich um die Auswüchse links und rechts zu kümmern.

»Hören Sie, was gibt es eigentlich zum Thema Josef Birk? Haben Sie etwas gefunden zu dem Mann? Haben wir Unterlagen von ihm?«

»Nein«, schüttelte diese Mitarbeiterin resignierend den Kopf, »strafrechtlich gibt es den Mann nicht. Ansonsten haben wir bloß Adresse und Familienstand. Das war's eigentlich bereits. Er ist beim Arbeitsamt gemeldet und war da auch regelmäßig vorstellig. Sagte sein Sachbearbeiter dort. Wussten Sie eigentlich, dass man im Jobcenter die Arbeitslosen nicht Arbeitslose oder Arbeitssuchende nennt? Die heißen dort Kunden. Ich frage mich bloß, was die dem Jobcenter abkaufen. Die Kunden sind ja ohne Geld und Job.«

»Da sehen Sie, wie schnell durch eine Wortverdrehung aus einem armen Schwein ein wertvolles Mitglied der steuerzahlenden Gesellschaft wird.«

Löffler ging in sein Büro, machte die Türe hinter sich zu und setzte sich an seinen Schreibtisch. Er brauchte jetzt Ruhe.

Die Aufregung um Birk hatte ihm gut getan. In seiner Situation, überlegte er, war es ein Vorteil, etwas Hektik um sich zu haben. Er liebte es, Rätsel zu lösen und dabei intensiv nachzudenken und sich auf den Punkt zu konzentrieren. Das brachte bereits der Beruf mit sich.

Aber es war etwas anderes, sich selbst in den Mittelpunkt der eigenen Gedanken zu stellen. Zum Beispiel, um darüber nachzudenken, was es mit dem Ding in seinem Kopf auf sich hatte.

Er hatte plötzlich Angst.

Todesangst.

Gegen zwanzig Uhr hatten Stammler und Berger den Gigolo wieder in der Haaggasse abgesetzt.

»Wenn er noch weiterhin so angegeben hätte«, sagte die Kommissarin zu ihrem Kollegen, »dann hätte ich ihm eine reingehauen.«

Stammler nickte, während er mit dem Wagen durch die Altstadt brauste, um einen Parkplatz zu suchen.

»Das habe ich gesehen, deshalb musste er auch mal um den Block laufen, um die Autos genauer zu betrachten. Du kannst keinem Zeugen eine reinhauen.«

»Na hör mal. Der Kerl hat mir ein Angebot gemacht. Ich sollte seine Kundin werden – und das mit Rabatt, weil ich Polizistin bin. Dem muss man doch eine reinhauen.«

Zudem war der Ausflug auf den Österberg ergebnislos geblieben. Von dem Wagen war nichts zu sehen gewesen. Und Kofler hatte von Autos nach wie vor keinerlei Ahnung.

»Die meisten haben vier Räder«, sagte er, »das war's. Mehr kann ich nicht dazu sagen.«

Stammler gab auf. Er fuhr ins Parkhaus König. Offizielle Parkplätze in der Innenstadt gab es ohnehin so gut wie keine. Bloß Anwohner durften über Nacht ihre Karre abstellen. Das Parkhaus war nach einem Restaurant benannt, das früher dort gestanden hatte. In den Hügel zur Nervenklinik hineingebaut, war es eine frühe Kultstätte für Studenten in den Sechzigern und Anfang der Siebziger des vorigen Jahrhunderts gewesen. Dann musste es der Verbreiterung der Straße weichen. An seine Stelle kam das Parkhaus, ein terrassenförmiger Betonklotz.

Stammler stellte den Wagen ab.

»Sind wir nicht noch etwas früh dran für den ›Bären‹?«, fragte er.

»Ich gehe noch mal nach Hause und ziehe mich um. Außerdem muss ich duschen und Beatrice abholen.«

Beatrice war Löfflers Noch-Ehefrau, mit der zusammen Monika Berger sich eine Wohnung in der Weststadt teilte. Ehrlich gesagt, hätte sie sich so eine große Wohnung in Tübingen alleine ohnehin nicht leisten können. Da kam es ihr gerade recht, dass Beatrice eine Auszeit von ihrem Leben in Hamburg nehmen und in Tübingen bleiben wollte.

»Da komm ich mit.«

»Zu mir?«

»Klar, ich dusche bei dir. Nach Lustnau zu fahren, dauert jetzt zu lange bei dem Verkehr. Musst mir bloß ein Handtuch geben.«

»Und was ist mit Unterwäsche, Hemd, Socken? Meine Schlüpfer geb ich dir nicht, damit das klar ist.«

Stammler öffnete den Kofferraum des Wagens und nahm einen Rucksack heraus.

»Den«, er schwang den Rucksack vor den Augen der Kollegin, »habe ich immer dabei. Da ist alles drin, was ich für eine Restaurierung brauche. Das kommt noch aus der Zeit, als meine Frau mich rausgeschmissen hat und ich nie wusste, wo ich die Nacht verbringe.«

Berger erinnerte sich an die Zeiten, als Stammler tagelang im Polizeipräsidium genächtigt hatte, ehe er von Christian Löffler aufgenommen wurde.

»Na gut, dann komm mit. Vielleicht hat Bea ja sogar was zum Essen hergerichtet. Wäre keine schlechte Grundlage für das Fest im ›Bären‹.«

Christian Löffler schreckte auf, als plötzlich die Türe zu seinem Büro aufgestoßen wurde. Er war wohl für einen Augenblick in seinem Sessel eingenickt.

Oberstaatsanwalt Marek Bürger stand vor Löfflers Schreibtisch.

»Hab ich dich geweckt, Christian?«

»Dann müsste ich ja geschlafen haben, mein lieber Marek. Und das im Dienst.«

»Sah nur einen Moment so aus.«

»Das ist dann meist der Augenblick, in dem ich am tiefsten nachdenke. – Was führt dich denn zu mir?«

Bürger räusperte sich laut. Löffler wusste, was das bedeutete: Bürger wollte ihm mitteilen, dass er seine Hausaufgaben gemacht hatte und jetzt Bescheid wüsste – egal worüber.

»Ich sage nur: Hammer. Frau mit Hammer getötet. Und jetzt habt ihr offensichtlich einen großen Fang gemacht. Ihr habt den Mörder doch in der Charlottenstraße drüben angeschossen, oder? Direkt vor meiner Haustüre, sozusagen. Ich habe von meinem Bürofenster aus zugeschaut. Beeindruckender Einsatz, mein Lieber. Ich hätte am liebsten mitgemischt.«

Er sah, dass Löffler bei diesen Worten lächelte.

»War ein Witz. Ich stelle mich doch nicht in den Kugelhagel, das macht ganz schön mal ihr. Jeder an seinen Platz.«

»Ich weiß nicht, ob dieser Mann, Josef Birk heißt er, der Täter ist. Wir haben noch keine Mordwaffe gefunden. Und auch sonst wurde bisher nichts überprüft. Ich besuche nachher seine geschiedene Frau, vielleicht kann sie uns weiterhelfen.«

»Aber er hat doch auf euch geschossen.«

»Das macht ihn aber nicht gleich zum Killer. Wer weiß, wozu einer fähig ist, der grad Frau, Kinder und Job verloren hat und außerdem an der Flasche hängt. Der sieht überall weiße Mäuse und böse Bullen.«

Der Oberstaatsanwalt war inzwischen hinter den Hauptkommissar getreten und täschelte ihm die Schulter.

»Ja, ja, Gutmensch Christian Löffler. Aber soweit ich weiß, macht er für das Böse, das ihm widerfahren ist, ausgerechnet die Person zuständig, der man grade mit dem Hammer das Gesicht eingeschlagen hat. Ist das vielleicht Zufall?«

Löffler lachte.

»Ist die Presse hinter dir her? Brauchst du Stoff für die morgige Ausgabe?«

Bürger wand sich. Dann wanderte ein helles Grinsen über sein Gesicht. Wer ihn kannte, wusste, dass er stets so reagierte, wenn man ihn bei etwas ertappte. Dann versprühte er das, was er für ein einnehmendes Grinsen hielt, das so viel bedeuten sollte wie: erwischt – aber das ist doch alles nicht so böse gemeint.

»Die wollen mehr wissen als bloß eine polizeiliche Kurznotiz. Haben wir denn etwas für sie?«

Löffler schüttelte den Kopf.

»Wenn du dich nicht um Kopf und Kragen reden willst, dann hältst du besser den Mund.«

»Das geht nicht«, jammerte Bürger, »die wollen Stoff. Und sie haben ja gesehen, dass wir einen Mann nach einer Schießerei festgenommen haben. Was soll man da anderes daraus schließen, als dass der Verhaftete der Mörder ist?«

»Unsinn. Die wissen doch nicht mal, dass die Schießerei mit Birk in Zusammenhang mit dem Tod an der Lola Meineke steht.«

Der Oberstaatsanwalt schwieg. Er starrte auf den Boden zu seinen Füßen, als entdecke er dort gerade den Sinn des Lebens.

»Marek?«

Marek Bürger zierte sich. Hochroter Kopf, Vermeidung von Sichtkontakt mit dem Hauptkommissar und einige winzig kleine Schweißtropfen auf der Stirn – eine Blaupause für die Begriffe Verlegenheit und Schuldgefühl.

»Mir ist da was rausgerutscht«, kam es dann mühsam von Bürgers Seite. »Es schien alles so klar zu sein, da wollte ich einfach mal positive Meldungen weitergeben. Jetzt beginnt ja bald die Adventsszeit, da will man ja die gute Laune nicht stören.«

»Du hast gesagt, dass Birk der Täter ist, richtig?«

Bürger nickte.

»Na, sauber. Jetzt kannst du aber selbst schauen, wie du da wieder rauskommst. Ich glaube nämlich nicht unbedingt, dass der Birk das war. Möglicherweise schon – aber sicher ist da gar nichts. Bloß weil der im Fünf-Promille-Zustand mit Druckpatronen auf uns schießt, heißt das nicht, dass er mit einem Hammer auf Köpfe haut. Also ganz ehrlich – ich sehe ihn als Opfer, nicht als Täter.«

Das Gesicht des Oberstaatsanwalts zeigte puren Kummer. Ein klägliches Barmen um Hilfe sprang einem da entgegen.

»Können wir nicht ein bisschen lügen?«, fragte er mit dünner Stimme. »Bloß ein klein wenig. Zum Beispiel, dass er erst gestanden hat und dann wieder davon zurückgetreten ist? Schau mal, Christian, das weiß der morgen doch selbst nicht mehr. Wenn wir dem das erzählen, dann bestätigt der es hundertprozentig. In seinem Zustand bestätigt man am Tag danach alles. Was meinst du?«

Löffler musste lachen.

»Mensch, Marek, du kennst gar keine Grenzen. Jetzt verhalte dich einfach mal ganz ruhig, wir müssen erst mal sehen, was sich alles ergibt. Du gehst in Deckung – du weißt ja wie das geht, oder? – und dann lösen wir in der Zeit die Sache auf. Geh doch in Urlaub. Alles klar?«

Die Sonne schien im Gesicht Bürgers aufzugehen.

»Ach, Christian, was würde ich auch ohne dich anfangen. Unsere beiden Stärken ergänzen sich absolut perfekt.«

»Welche Stärken?«

»Ach, du weißt schon. – Aber jetzt geh ich zurück ins Büro, die kommenden Schritte müssen gut geplant sein. Viel Erfolg auch bei der Ermittlung.«

Ziemlich zügig verließ er den Raum, durchmaß im Stechschritt das andere Zimmer und verschwand irgendwo in den Tiefen des Präsidiums.

Christian Löffler hatte sich die neue Meldeadresse der Ehefrau Birks geben lassen. Susanne Birk. Sie wohnte erst seit ein paar Wochen dort, auf Waldhäuser-Ost, im Weißdornweg, der für seine Siebzigerjahre-Bausünden berüchtigt war.

Schon von Ferne, wenn man von Osten, Westen oder Süden auf Tübingen zufährt, leuchten einem die Riesenhäuser mit bis zu zwanzig Stockwerken entgegen.

Andererseits, argumentieren inzwischen manche, es sei damals weitsichtig gebaut worden: Angesichts der heutigen Wohnungsnot könne man nur nach oben bauen, denn das Bauland sei endlich und Einfamilienhäuser seien nicht mehr zeitgemäß, geradezu asozial.

Löffler brauchte lange, ehe er endlich den Namen Birk auf dem Klingelschild im elften Stockwerk entdeckte. Auf sein Läuten hin ging die Sprechanlage. Er sagte seinen Namen, die Tür ging auf und er hatte die Wahl zwischen drei Aufzügen.

Als er im elften Stock ausstieg, stand er in einem langen Gang, der links und rechts von ihm verlief. Er sah links hinten einen Lichtstrahl aus einer geöffneten Wohnungstüre scheinen. Dann erkannte er jemanden, der oder die ihm offensichtlich zuwinkte. Die Frau erwartete ihn und ließ ihn in die Wohnung ein. Von einem kleinen, viereckigen Empfangsraum gingen vier Türen ab, eine, genau gegenüber, führte in die Küche. Die Türe war offen. Die Frau ging voraus und bot ihm einen Stuhl an einem schmalen Plastiktisch an. Dann schloss sie die Türe.

Die Frau war etwa Mitte dreißig, schwarzhaarig mit Pagenschnitt und mindestens einsfünfundsiebzig groß. Attraktiv, abgesehen von ihrem Gesichtsausdruck. Er hatte etwas Leidendes, Verhärmtes, vom Leben Gestreiftes.

»Josef?«, fragte sie, als beide sich gegenüber saßen.

Löffler nickte und legte automatisch sein leidendes Gesicht auf. Die Frage war so abgrundtief resigniert gestellt, dass er nicht anders konnte.

»Was hat er angestellt?«

Löffler stellte sich ihr vor. Dann erzählte er der Frau die Geschichte mit der Schießerei in der Charlottenstraße. Er verzichtete auf Details. Danach schwiegen beide eine Weile. Draußen war es inzwischen zappenduster geworden. Vor dem Küchenfenster, das das ganz Ende der Küche zum Schönbuch hin einnahm, zogen Nebelschlieren auf.

»Ich habe ihm immer gesagt, er soll die Waffe wegwerfen. In den Händen eines Trinkers sei sie zu gefährlich. – Aber was wollten Sie überhaupt von ihm? Sie sind doch von der Mordkommission.«

»Eine ehemalige Kollegin von ihm wurde gestern Nacht getötet. Ermordet. Mit einem Hammer. Wir wollten ihn deshalb befragen.«

»Kollegin? Welche Kollegin?«

»Lola Meineke.«

»Lauren, meinen Sie wohl.«

»Sie kennen Sie?«

»Natürlich kenne ich sie. Sie hat mit Josef zusammengearbeitet. In seinen guten Zeiten. Sie waren ein Team.«

»Bis sie ihn rausgeworfen hat.«

»Lauren? Ihn? Wer behauptet denn das?«

»War es nicht so?«

Einen Augenblick schloss sie die Augen. Es kam Löffler vor, als versuche sie, sich in der Vergangenheit zurechtzufinden.

»Sie hat ihm nur gesagt, dass es so nicht weitergeht«, fuhr sie fort, »rausgeworfen haben ihn alle zusammen. Er konnte da nicht mehr arbeiten. In seinem Zustand. Mein Mann ist Alkoholiker. Schwerer Alkoholiker. In einem Beruf, der jeden Tag vollen Einsatz verlangt, kann er sich nicht mehr behaupten. Das hat man ihm gesagt. Und er hat es verstanden. Er wollte einen Entzug machen. Aber er hat ihn abgebrochen.«

»Sie meinen, er hatte keinen Grund, Frau Meineke zu hassen?«

»Sie zu hassen? Nein, er hasste sie nicht. Er hasste sich selbst.«

Sie hielt einen Augenblick inne.

»Kennen Sie sich mit Alkis aus, Herr Hauptkommissar?«

»Nein«, Löffler schüttelte den Kopf, »nicht richtig. Ich weiß nur das, was alle wissen. Als Auskennen würde ich das nicht bezeichnen.«

Sie lächelte resigniert.

»Es ist die Hölle. Für den Trinker und für seine Familie und für alle anderen, die mit ihm zu tun haben. Man glaubt immer, die Alkoholiker lieben das Trinken, sie freuen sich auf ihren ersten Schluck des Tages. Dabei hassen sie ihn. Damit beginnt der Teufelskreis immer aufs Neue. Sie würgen diesen ersten Drink hinunter, manchmal übergeben sie sich. Dann nehmen sie einen zweiten Schluck, den sie bei sich behalten. Und danach beginnen sie zu funktionieren. Und wenn die Kraft nachlässt, braucht es wieder Stoff. Sie würgen das Zeug in sich hinein, weil es nicht anders geht. Nicht, weil sie es genießen.«

Beide schwiegen eine Weile.

»Und da haben Sie ihn verlassen«, fragte Löffler, »mit den Kindern?«

»Ja«, nickte sie, »ich war drauf und dran, co-abhängig zu werden. Das durfte aber nicht sein, wegen der Kinder. Ich habe ihm ein Ultimatum gestellt. Aber ich befürchte, das Gift war stärker als er.«

Sie weinte. Eine Weile ließ Löffler sie gewähren. Schließlich trocknete sie sich die Augen mit einem Küchentuch und sah den Hauptkommissar an.

»Was ist denn nun mit Josef, wie geht es ihm? Haben Sie Nachricht aus dem Krankenhaus?«

»Nein, bisher nicht. Aber der Notarzt sagte, dass die Verletzung nicht schlimm sei. Sein Zustand allerdings verhindert eine Operation. Er ist so voll mit Alkohol, dass man ihn nicht anästhesieren kann. Wollen Sie ihn denn besuchen?«

»Nein«, antwortete sie nach kurzem Nachdenken, »das würde nichts bringen. Er muss sein Leben leben, wir das unsere. Und wenn er es nicht schafft, liegt das in seiner Verantwortung. Ich habe jahrelang gekämpft – jetzt ist damit Schluss.«

Damit hatte Christian Löffler gerechnet. Wenn es der Frau gelang, überlegte er, sich von ihrem Mann zu trennen, die beiden Kinder mitzunehmen und sich eine neue Wohnung zu suchen, dann bewies das ungeheure Stärke. Sie musste sich nun selbst schützen. Das geschah am besten dadurch, dass sie sich von Josef Birk fernhielt.

»Hören Sie, Frau Birk, wir sind uns nicht sicher, ob Ihr Mann für den Mord an der Frau Meineke infrage kommt. Was können Sie uns denn über das Verhältnis der beiden sagen?«

Die Frau nahm sich Zeit. Überlegte. Schließlich schien sie alles Wissenswerte gefunden und sortiert zu haben.

»Die beiden hatten immer ein gutes Verhältnis. Bis zum Schluss. Manchmal hat die Meineke sogar die Arbeit von Josef miterledigt. Sie sagte, dass zu Hause eh keiner auf sie warte, da könne sie auch ein wenig länger im Büro bleiben. Mein Mann hat schon lange auf die Entlassung gewartet, für ihn war das eine Erlösung.«

»Kein böses Blut also?«

Sie schüttelte den Kopf.

»Am Tag, als er das Unternehmen endgültig verlassen musste, hat er noch getobt und gewettert. Dann hat er sich betrunken. Am nächsten Morgen hat er sich telefonisch bei allen entschuldigt. Das war es.«

»Folglich auch kein Grund, sich an jemandem zu rächen?«

»Nein. Kann ich mir nicht vorstellen. Und dann noch mit einem Hammer? Niemals.«

»Warum hat er dann auf mich geschossen? Und auf die anderen Polizisten?«

Susanne Birk blickte ihm direkt in die Augen.

»Er wollte sterben. Ich glaube, er wollte, dass man ihn erschießt. Das wäre dann wie Selbstmord und doch keiner. Und damit er keinen tötet, hat mein Mann die Druckpistole genommen.«

»Sind Sie sicher?«

»Nein, aber das ist für mich die einzige Erklärung. Alles andere macht überhaupt keinen Sinn.«

Löffler erhob sich. Susanne Birk ebenfalls. Vom Nebenraum hörte man Kindergeschrei. Löffler nickte in diese Richtung.

»Sie werden als Schiedsrichterin gebraucht, habe ich den Eindruck.«

Die Frau lächelte.

»Ja, jetzt haben sie lange genug Ruhe gegeben. Aber irgendwann ist es halt vorbei damit. – Halten Sie mich auf dem Laufenden darüber, wie es meinem Mann geht?«

»Ich versuche es. Aber besser wäre, wenn Sie sich selbst darum kümmern und ihn im Krankenhaus besuchen. Er ist Ihr Mann. Das da drüben sind seine Kinder. Vielleicht sehen Sie ihn lange Zeit nicht mehr, wenn man ihm den Prozess wegen der Geschichte heute Mittag macht.«

»Ich denke darüber nach.«

Es klingelte an der Tür. Susanne Birk schaute überrascht. Dann ging sie zur Wohnungstür, der Hauptkommissar folgte ihr.

»Wollen Sie nicht die Sprechanlage benutzen?«, fragte er, als sie durch den Spion schaute.

»Das ist die Klingel an der Wohnung. Draußen steht jemand, aber es ist zu dunkel, ich kann kein Gesicht erkennen.«

»Lassen Sie mich.«

Löffler trat an die Wohnungstür heran, drückte die Klinke nieder und riss sie mit einem schnellen Ruck auf. Im Licht, das aus der Wohnung nach draußen fiel, sah er ein Gesicht, das ihm bekannt vorkam. Maria Steinke stand vor ihm und starrte ihn ebenso überrascht an wie er sie.

»Ich muss mich in der Wohnung geirrt gaben«, sagte sie schnell und wollte sich wegdrehen.

»Aber Maria«, meinte Löffler, »du als rasende Reporterin wirst dich doch nicht derart geirrt haben. Oder wo wolltest du hin?«

Sie schien es sich anders überlegt zu haben und trat dicht an Löffler heran.

»Ich will genau dahin, wo du jetzt bist«, flüsterte sie, ohne dass Susanne Birk das hören sollte. »Man hat mir erzählt, dass es da eine Familie gibt, die zu dem Mann gehört, den ihr vor ein paar Stunden umgenietet habt.«

Der Hauptkommissar trat einen Schritt zurück. Das war eher ein psychologischer Kniff, als dass er tatsächlich erschrocken wäre. Mit so einer Meldung hatte er gerechnet. Polizei erschießt Mann. Polizei prügelt, lügt, betrügt oder lässt die Großen wieder laufen. Das waren Meldungen, die ankamen. Ihm selbst war das ziemlich egal. Er fühlte sich als Polizist, aber nicht als die Polizei. Wer mit ihm nicht klarkam, sollte es bleiben lassen. Dennoch: Er war bei der Schießerei selbst dabei, war sogar Ziel des Schützen gewesen. So ging das nicht, ihn und die Kollegen als Killer darzustellen.

»Du bist privat hier, oder?«

Sie schien zu überlegen, welche Antwort die für sie günstigste sein könnte.

»Halb privat, halb dienstlich, würde ich sagen«, entschied sie sich für den breitest möglichen Spagat.

»Erkläre mir mal das ›dienstlich‹.«

»Ich habe Bausch getroffen, den Typen von der Zeitung hier. Irgendwie sagte dem keiner was. Funkstille von eurer Seite. Also bat er mich, mal ein bisschen zu recherchieren. Ist ja mein Job, oder?«

»Und woher hast du diese Adresse hier?«

»Nachbarin in der Charlottenstraße. Ist ja kein Geheimnis, wo Frau Birk mit ihren Kindern wohnt.«

Löffler dachte nach. Die Situation war für alle Seiten unangenehm. Ein Presserummel mit Gegendarstellungen, Berichtigungen, Rechtfertigungen und der ganzen verbrannten Erde, die dieses Szenario zurückließ, konnte von niemandem gewollt sein. Außer von der Presse natürlich. Sie hatten ihre Schlagzeilen. »Mann mit harmloser Spielzeugwaffe von Killerkommando der Tübinger Polizei abgeschossen.« Dazu war Birk, zumindest so wie Löffler die Sache beurteilte, unschuldig. Er hatte mit der Tat, mit dem Mord an Lola Meineke, ziemlich sicher nichts zu tun.

Er brauchte eine schnelle Lösung.

»Frau Birk«, wandte er sich an die Hausherrin, »hier ist jemand von der Presse. Wollen Sie mit der Dame reden?«

»Worüber?«, fragte Susanne Birk etwas ratlos.

»Über Ihren Mann«, tönte Steinke von hinten, »wir wollen Gerechtigkeit für Ihren Mann, den die Polizei niedergeschossen hat. Er hatte doch bloß eine Druckluftpistole.«

»Muss ich mit der Frau reden?«, fragte Susanne Birk in Richtung Hauptkommissar.

»Nein, müssen Sie nicht. Und ich würde es auch nicht. Sie werden durch die Zeitung gezerrt, ihre Kinder werden fotografiert, Sie werden auf ewig die Frau bleiben, deren Mann sich mit der Polizei ein Schießduell geliefert hat. Sie geben einen Teil Ihres Lebens auf, wenn Sie mit dieser Frau da sprechen.«

Steinke drückte Löffler rüde beiseite.

»Das ist nicht fair, die Öffentlichkeit hat ein Recht auf Berichterstattung«, schrie sie die arme Frau an, »dem kann man sich nicht verweigern. Lassen Sie sich bloß nicht von diesem … diesem … Polizisten einschüchtern.«

Löffler zog die Journalistin am Arm von der armen Frau weg und schob sie nach draußen in den noch immer kaum beleuchteten Gang.

»Ich kläre das«, sagte er zu Susanne Birk, »und gehen Sie die nächsten Stunden und Tage besser nicht ans Telefon oder an die Tür. Da werden noch mehr Geier auf Sie warten.«

Die Frau schob rasch die Wohnungstüre zu und Löffler und Steinke standen davor.

»Mist«, rief Steinke, »was machst du mit mir? Das ist Polizeiwillkür, da schreib ich drüber.«

»Ach, hör doch auf«, meinte Löffler ruhig, dem die Situation langsam auf die Nerven ging. »Was für eine Journalistin bist du eigentlich, dass du dich auf so ein Niveau herablässt? Das ist ja übel.«

Sie stemmte die Ellbogen in die Hüfte.

»Was für eine Journalistin ich bin? Eine, die keinen Job hat und alles annimmt, was sich ihr bietet. So einfach ist das. Ich habe keine Festanstellung wie du und zu Hause eine Familie, die auf Kohle gebettet ist. Also muss ich nehmen, was geht. Und genau das hast du mir gerade zerstört.«

Löffler drückte den Aufzug herbei. Beide warteten schweigend vor der Lifttür. Die alte Schulfreundin tat ihm leid. Langsam ahnte er, dass in ihrem Leben so gut wie gar nichts zum Besten stand. Sein Helferimpuls regte sich. Immer wenn es so weit war, musste er aufpassen, nicht übers Ziel hinauszuschießen. Vielleicht konnte er ihr später eine Information zukommen lassen, die beiden half – ihm und ihrem Job.

»Was meinst du?«, fragte er, als sie beide im Aufzug nach unten fuhren, »sollen wir gleich in den ›Bären‹ fahren? Die Party hat bereits begonnen. Oder wolltest du vorher noch nach Hause?«

»Willst du dich bei mir einschleimen?«, gab sie giftig zurück. »Dann ist es dir gelungen. Ich bin nicht mehr sauer.«

Sie grinste den Polizisten an.

»Gehen wir gleich zu Jäckie«, fuhr sie fort, »zu so einem Absturzabend zieht man sich am Besten nicht um, dann versaut man sich schon nicht die Klamotten.«

»Na dann: Gemeinsam in die Hölle der Tübinger Altstadt.«

Oh Mann, dachte Rüdiger »der Wolf« Kamke, als er über seine eigenen Beine stolperte. Er konnte sich gerade noch halten, sonst läge er jetzt der Länge nach auf dem Boden. Und das, nachdem er es schon so weit unfallfrei geschafft hatte. Immerhin war er den Weg von der Südstadt, von der Eberhardstraße aus, bis ins Französische Viertel gelaufen. Getorkelt. Hatte sich mühsam geschleppt. Jedenfalls so gar nicht wie ein Wolf.

Diesen Spitznamen, »der Wolf«, hatte er sich selbst gegeben. Nur wenige wussten überhaupt von dieser Selbsteinschätzung Kamkes. Er fand das cool, so einen »Nick« zu haben. Und passte das etwa nicht zu ihm? Wanderte er nicht wie ein einsamer Wolf durch die Tübinger Nachtszene, immer auf der Suche nach einer Gefährtin? Eigentlich hätte er sich »einsamer Wolf« nennen müssen, aber der negative Einschlag dieses Namens wäre seinen Aufreißplänen abträglich gewesen.

Heute hatte er den Abend im »Schwarzen Schaf« verbracht. Sein Stammplatz war am Ende des Tresens, von da hatte er den besten Überblick. Und er war nahe beim Barkeeper, das hieß schnelle Drinks. »Der Wolf« fauchte zwar gelegentlich, aber so recht wollte keines der Mädels darauf einsteigen. Dabei übernahm er, ganz der Gentleman im Wolf, die Getränke für sie. Vielleicht war seine Vorstellung auch ein wenig zu protzig geraten. »Nenn mich den Wolf«, pflegte er zu sagen, wenn ihn jemand nach dem Namen fragte. Die meisten hielten das für einen Scherz, dabei meinte er das in der Regel todernst. Aber wenn die anderen lachten, lachte er vorsichtshalber mit. Ein guter Witz, über den man selbst mitlachte, war immer noch besser, als für plemplem gehalten zu werden. Manchmal kam er im Gespräch sogar so weit, dass man gegenseitig die Berufe austauschte. Im »Schwarzen Schaf« hieß es allerdings eher: »Was studierst du?« Es war eine Studentenkneipe, ganz in der Tradition der alten »Tangente«, die es in dieser Form bis in die Achtzigerjahre in der Mühlstraße gab.

Also hatte er es sich angewöhnt, den alten Studenten zu geben. Zwanzig Semester und mehr, »aber die kriegen mich nicht aus der Uni raus, die nicht.« Mehr Rebellion ging heute nicht mehr auf deutschen Universitäten. Die Rebellion machte Bachelor und Master, ließ sich danach von der Industrie verheizen und legte sich eine stromlinienförmige Körperhaltung zu. Die Deutschen wurden zum Land der Fachidioten – das war Kamkes Thema. Man konnte nicht mehr experimentieren auf den Hochschulen. Nicht länger herausfinden, welches Studium *wirklich* zu einem passte. Dann war man schneller exmatrikuliert, als man Studienfachwechsel sagen konnte.

Dabei hatte »der Wolf« noch nie eine Uni von innen gesehen.

Okay, er war ein paar Mal im Clubhaus bei Festen gewesen. Auch mal im Sportinstitut in Lustnau bei einem Faschingsball. Aber da war nichts für ihn zu holen gewesen. Sexuell gesehen. Gequatscht wurde viel, aber danach kam nichts mehr. Kamke hatte ohnehin das Gefühl, dass es heute nicht mehr so einfach war wie vor ein paar Jahren noch, eine Frau nach Hause zu kriegen. Zumindest was ihn betraf, war da absolute Ebbe.

Dazu kam noch sein Alter. Die Konkurrenz war locker zehn Jahre und mehr jünger als er. Noch fünf Jahre und er ging als Prof durch. Dann könnte eine neue, erfolgreiche Zeit für ihn beginnen, spekulierte er. Einem Prof würden die Mädels sich bestimmt nicht verweigern. Das hieß, noch fünf Jahre darben und warten, dann die Ernte einfahren.

Mit diesen Gedanken im Hinterkopf gönnte er sich einige, etliche, viele Drinks zu viel. Das bemerkte er aber erst, als er sich von seinem Barhocker erhob und schlagartig heftig ins Schwanken geriet. Das war das Heimtückische an den Longdrinks.

Er stellte für sich fest, dass nun eh schon alles egal war, und trank weiter, bis der Barkeeper signalisierte, jetzt sei Schluss – Sperrstunde. Trotz seines Zustandes hörte er aus dem Gespräch der Jungs neben sich heraus, dass sie ein Taxi bestellten und ins Landestheater fuhren. Einer wohnte da oder war da Schauspieler oder hatte sonst einen Grund, so spät noch dort aufzukreuzen. War ja auch egal. Jedenfalls schloss er sich den Jungs an, als sie nach draußen zum wartenden Taxi gingen. Er klemmte sich auf den Rücksitz zwischen die anderen, einer saß vorne. Am LTT stiegen alle aus, einer bezahlte und dann stand »der Wolf« alleine da – sturzbetrunken, einsam, über einen Kilometer von zu Hause entfernt.

Das hieß marschieren. Kamke rechnete sich aus, dass er bestimmt wieder nüchtern war, wenn er zu Hause ankam. Zu Hause bedeutete in seinem Fall Aixer Straße im Französischen Viertel. Also ging's über den Sternplatz vor zur Galgenbergstraße und dann die Eisenhutstraße entlang ins Viertel.

Kamke schwitzte. Bei dem dichten Wolfsfell kein Wunder, dachte Kamke und lachte über seinen eigenen Humor. Vor allem angesichts der Tatsache, dass er ohnehin kaum mehr Haare auf dem Kopf hatte.

Ein Wagen überholte ihn. Jetzt noch den Daumen rauszuhalten, lohnte nicht mehr. Es waren bloß noch ein paar Minuten zu gehen. Also stolperte er zäh weiter.

In der Mitte der Eisenhutstraße, ehe die Marienburger Straße von ihr abgeht, stand ein Wagen mit Abblendlicht. Der Fahrer versuchte wohl, dort wild zu parken. Parkplätze in der »Grünen Hölle«, wie der »Spiegel« das Viertel mal genannt hatte, waren rar. Und teuer.

Kamke kam näher an den Wagen heran. In einer Mischung aus Mondschein und Abblendlicht erkannte er zwei Gestalten, zwei hochgewachsene Menschen, neben dem Auto. Scheinbar bewegungslos standen sie einander gegenüber. Dann machte einer einen Schritt nach hinten, bis er von dem Auto gebremst wurde. Der andere rückte nach.

Kamke blieb stehen, gerade einmal dreißig Meter entfernt. Er schaute fasziniert zu, es sah aus wie ein Tanz. Dann hob der Mann mit dem Rücken zu Kamke den Arm. Im Mondlicht schimmerte etwas, das wie eine Verlängerung der Hand des Mannes aussah. Hoch über dem Kopf schwang dieses Ding. Dann stieß es nieder und endete auf dem Kopf des anderen Mannes.

Kamke zuckte zusammen.

Als habe er den Schlag abbekommen.

Doch die Person mit dem Ding in der Hand hatte noch nicht genug. Wieder und wieder fuhr der Arm nach oben, wieder hinab, wieder hoch und abermals Richtung Kopf der anderen Person.

Die lag mittlerweile auf dem Boden. Sie war mit dem Rücken nach unten gerutscht, entlang der Karosserie des Autos. Der andere bückte sich und schlug weiter auf den am Boden Liegenden ein.

»He du«, schrie »der Wolf« Kamke, »hör auf mit dem Scheiß, du bringst den doch um.«

Als er den Mund schloss, war er selbst überrascht, dass er es war, der in die Nacht hinausgeschrien hatte. Er empfand gleichzeitig Furcht und Erleichterung. Als die Person, die auf die andere einschlug, sich zu ihm hindrehte, überwog allerdings die Furcht. Blitzschnell überlegte er, ob er wegrennen sollte. Doch sein Zustand erlaubte keine schnellen Entscheidungen, vor allem keine blitzschnellen. Also blieb er einfach wie erstarrt stehen und erwartete das Schlimmste.

Er schloss die Augen.

Nichts geschah. Nach einer Weile vollkommener Ruhe, nicht einmal Straßenlärm von der Reutlinger Straße drang herüber, öffnete Kamke wieder die Augen.

Er war alleine.

Die dunkle Gestalt bei dem Auto war verschwunden. Doch im Schein des Abblendlichts war deutlich zu sehen, dass die Person, auf die sie eingeschlagen hatte, noch immer an ihrem Platz lag.

Offensichtlich bewegungslos.

Langsam ging »der Wolf« auf das dunkle Bündel neben dem Auto zu. Er kam immer näher, sah, dass der Körper des Menschen lang ausgestreckt dalag. Die Arme lagen friedlich an seinem Körper, so, als würde er einen kleinen Verdauungsschlaf halten.

Kamke stand nun direkt vor der Gestalt.

Es war ein Mann. Das war allerdings eher an der Kleidung und am Körper festzumachen als am Gesicht. Denn das war zertrümmert. Eingeschlagen. Zu blutigem Brei zermalmt.

Kamke ließ den Anblick auf sich wirken. Dann übergab er sich, achtete aber darauf, den im Gras liegenden Körper nicht damit zu beflecken. Das wäre ihm pietätlos erschienen.

Kamke spürte seine Erschöpfung.

Das war alles zuviel für ihn gewesen heute. Er lehnte sich gegen den Wagen, dann ließ er sich langsam an ihm herabgleiten. Er saß nur wenige Zentimeter von der Leiche des Mannes weg. Kamke beugte sich vor und griff nach dem Arm des Mannes.

Es war kein Puls zu spüren. Er ließ den Arm in seinen Schoß gleiten, von da fiel er auf das dünne, kalte Gras.

Rüdiger »der Wolf« Kamke schloss für einen Augenblick die Augen.

Er war müde.

Mit Wucht prallte der Ton an Christian Löfflers Ohr. Da dam, da da dam. Helle Gitarre, glasklar und schneidend. Er orientierte sich in Richtung dieser Töne, die tief in sein Gehirn schnitten.

Patti Smith. »Ask the Angels«. Klingelton seines Smartphones. Ersatz für »Atemlos«, das ihm seine Tochter vor einiger Zeit aufgespielt hatte. Patti Smith hat keiner, dachte er, und der Klingelton ist gleichzeitig Weckruf.

Heute bereute er es.

Der Klang grenzte an Körperverletzung.

Doch es half alles nichts, er musste reagieren.

Mit geschlossenen Augen tastete er sich in Richtung des Tones.

Zum Telefonieren muss man nichts sehen, überlegte er. Er ließ seine Hand über das Betttuch gleiten wie eine Schlange auf der Flucht. Aber er stieß auf ein Hindernis. Ein Widerstand hatte sich vor den Fingern aufgebaut. Er tastete sich nach oben. Auf der Kuppe war es weich und warm.

Was, fragte er sich, kann in meinem Bett weich und warm sein und nicht zu mir gehören? Vielleicht sollte ich es doch mal mit offenen Augen probieren. Aber die waren verklebt, nur mühsam bekam er die Lider auseinander.

Der erste Blick war verschwommen. Dann sah er einen Arm. Er bewegte seine eigenen Arme. Der andere Arm bewegte sich nicht. Er versuchte es noch einmal. Wieder nichts.

Sein Blick wurde klar, der Ton an seinem Ohr schmerzte inzwischen wie ein Messerstich.

Wie kamen drei Arme in sein Bett?

Er berührte den dritten Arm. Der bewegte sich jetzt gleichfalls. Dann kam ein leises Stöhnen. Stöhnende Arme? Was war das für ein Traum?

Christian Löffler richtete sich im Bett auf. Mühsam war das und der Kopf zerplatzte ihm schier. Aber er musste wissen, was hier vor sich ging.

Er drehte den Kopf nach rechts. Dort entdeckte er einen weiteren Kopf, der nicht der seine war. Aber er kannte ihn irgendwoher. In dem Kopf steckte ein Gesicht und darin zwei Augen. Die starrten ihn verwundert an.

»Was ist?«, fragte der Mund in dem Gesicht.

Mund, Gesicht und Augen zusammengenommen ergaben Monika Berger.

Kollegin Monika Berger, Kommissarin in der Abteilung Tötungsdelikte, wozu man umgangssprachlich gerne Mordkommission sagte.

Sie sah ihn an, als wollte sie ihn gleich verhaften. Unwillkürlich zuckte er zurück. Aber der Ton von Patti Smith erinnerte ihn, weshalb er aufgewacht war. Er beugte sich über Gesicht und Arm der Frau neben sich und griff nach dem Smartphone.

Die Kollegen waren am anderen Ende der digitalen Geisel.

Ihm genügten drei knappe »Ja«, ehe er das Gespräch beendete.

»Was ist passiert?«, fragte eine Stimme wie aus dem Geisterreich.

»Man braucht uns.«

Die Stimme stöhnte.

Löffler hob die Bettdecke und schaute darunter.

»Was gibt es da zu sehen?«, fragte die Geisterstimme. Allerdings war eine gewisse Spannung herauszuhören.

»Ich bin jedenfalls nicht nackt. Und Sie?«

Berger schaute ebenfalls nach und sie schien erleichtert zu sein.

»Ich glaube, wir können beide aufstehen, ohne uns Hollywood-mäßig die Bettdecken um die Körper zu schlingen. Es gibt nichts Peinliches zu sehen.«

Löffler schwang die Beine aus dem Bett. Er hatte immerhin noch ein T-Shirt und eine Unterhose an. Auch die Kollegin zog ihre Decke weg und ließ die Beine aus dem Bett gleiten.

So saßen sie eine Weile stumm da, jeder auf seiner Seite. Rücken an Rücken.

»Wir haben keine Zeit, um uns jetzt darüber zu unterhalten«, sagte der Hauptkommissar schließlich, »wir müssen an einen Tatort. Das andere hat Zeit.«

»Wobei dieses andere vielleicht unter uns beiden bleiben sollte. Man kann ja nicht an die Öffentlichkeit gehen, ohne genügend beweisbare Fakten zu haben, nicht wahr?«

Löffler grinste. Berger ebenfalls.

»Ich gehe ins Bad beim Gästezimmer«, sagte Berger, »ich kenne mich ja noch aus.«

Damit erhob sie sich, klaubte ihre Kleider vom Boden und vom Ledersessel zusammen und verschwand durch die Zimmertür auf den Flur. Bis vor ein paar Wochen war sie selbst noch Mitbewohnerin im Löffler-Haushalt gewesen. Dann hatte sie die WG mit Beatrice, Löfflers Noch-Ehefrau, gegründet.

Was ist da bloß passiert, fragte der Hauptkommissar sich, während er aus dem Schrank frische Wäsche holte. Andererseits: So schwer zu rekapitulieren war das nicht. Knapp gedacht, hatten sie Jäckie besucht, hatten ordentlich getrunken und waren schließlich in Löfflers Haus und Bett gelandet. Die Details müssten sie wohl oder übel später mühselig zusammensuchen.

Als er frisch geduscht und angezogen aus dem Badezimmer kam, saß Berger bereits wieder in seinem Zimmer. Sie hatte die Gardinen aufgezogen und blickte auf den Österberg. Die Sonne schien, aber der Reif der Nacht lag wie weißes Pulver auf der Landschaft.

Heute wird es schneien, mutmaßte Löffler, nur um nicht an die zurückliegende Nacht denken zu müssen.

»Heute wird es noch schneien«, sagte Berger. »Und jetzt würde ich gerne wissen, was Sie mit Tatort meinten. Was ist denn passiert?«

»Der Schattenmörder hat zugeschlagen.«

»Der wer?«

»Schattenmörder. Das hat mir der Kollege am Tatort gerade so erzählt. So wurde er in den Morgennachrichten im Radio genannt. Die glauben nämlich, der Mörder von Meineke habe vergangene Nacht noch jemanden umgebracht.«

»Und warum Schattenmörder?«

»Fragen Sie die Leute von den Medien. Ich vermute mal, weil es gut, gefährlich und auflagenstark klingt.«

»Was machen wir mit Stammler?«

»Wenn er sich so fühlt wie ich, geht es ihm nicht gut. Grund genug, ihn zu wecken, er soll gefälligst mitleiden.«

Zusammen gingen sie ins Erdgeschoss. Dort lag die Küche. Als Löffler die Türe aufstieß, sah er seinen Vater mit einer Frau beim Frühstück sitzen. Vollkommen überrascht blieb er stehen, sodass die hinter ihm gehende Monika Berger auf ihn auflief.

»Aua.«

Klaus Löffler drehte sich zur Türe hin und strahlte seinen Sohn an.

»Du siehst aber gar nicht gut aus«, begrüßte er Christian, »da hat auch die Dusche nichts gebracht. Dass du aber auch immer derart übertreiben musst.«

»So war er schon immer«, sagte die Frau, »schon in der Schule wollte er immer der Schnellste, der Beste, der Beliebteste sein. Daran hat sich nichts geändert.«

Maria Steinke grinste ihn vergnügt an und schob sich ein Stück Toast in den Mund.

»Was machst du denn hier?«, fragte der Junior, »hier gibt es nichts zu recherchieren. Oder verfolgst du mich?«

»Ich arbeite heute nicht, Klaus hat mich zu einem Ausflug eingeladen. Schwäbische Alb mit seinem Oldtimer. Vielleicht fahren wir ja dann durch ein Schneegestöber, nicht wahr, Klaus?«

»Können Sie mal den Stammler wecken?«, wandte Löffler sich an seine Kollegin, »ich mache inzwischen Kaffee.«

Berger nickte und marschierte zu Stammlers Zimmer.

»Kaffee haben wir bereits«, meinte Steinke. »Aber findest du es nicht ein wenig merkwürdig, dass du mit deiner Freundin immer noch per Sie bist? Oder ist das eine Marotte von dir? Ein Spiel? Etwas, das dich anmacht?«

Löffler schenkte sich eine Tasse Kaffee im Stehen ein.

Er musste seine Gedanken sortieren. Was war gestern eigentlich passiert? Wurden zu fortgeschrittener Stunde die Frauen versteigert? Oder die Männer? Hatte er bei Berger mitgeboten? Oder sie bei ihm? War er wirklich so betrunken, dass er von all dem nichts mehr wusste? Er musste dringend mit den anderen reden. Mit Stammler. Mit Berger. Mit seinem Vater unter vier Augen. Dessen Konstellation mit Maria war ihm ein absolutes Rätsel. Hatte sie hier übernachtet? Ja, das hatte sie auf jeden Fall, denn an eines erinnerte er sich ganz bestimmt: Die Kleider, die sie jetzt trug, hatte sie auch bei der Frau von Birk getragen. Er hatte sie mitgenommen zu Jäckie und ihr die ersten Getränke besorgt. Danach war sie aus seinem Blickfeld verschwunden. Und jetzt tauchte sie hier bei seinem Vater auf. Immerhin: Der Mann war annähernd doppelt so alt wie seine ehemalige Schulkameradin.

Scheiß drauf, sagte er sich. Er konnte sich jetzt nicht damit beschäftigen, er hatte zu arbeiten.

Stammler und Berger erschienen.

Der Kollege war noch ungeduscht und sah aus, als komme er geradewegs aus einem viertägigen Abenteuerurlaub in einem finsteren Waldgebiet zurück.

»Hören Sie, Stammler«, sagte er zu ihm, »Sie duschen jetzt, dann kommen Sie nach. Wir sind im Französischen Viertel, Eisenhutstraße, und schauen uns den Tatort an.«

»Tatort?«

»Man hat schon wieder jemanden erschlagen. Der Schattenmörder.«

»Schattenmörder? Wer soll das denn sein?«

»Tja, derselbe, der die Meineke getötet hat. Sagen die Kollegen. Ob das stimmt, wissen wir nicht, aber die Leute behaupten das. Wir schauen uns um, Sie kommen nach.«

Er nahm Berger die Kaffeetasse aus der Hand, aus der sie gerade trinken wollte.

»Dafür haben wir jetzt keine Zeit mehr. Wir müssen gehen.«

Zu Steinke gewandt sagte er:

»Und dich will ich nicht am Tatort sehen, damit das klar ist. Wir unterhalten uns später.«

»Was hast du denn, mein Junge?«, fragte der Senior, etwas angesäuert. »Wie redest du denn mit meinem Gast? Warum sollte sie den Tatort aufsuchen?«

»Weil sie Journalistin ist und weil sie eine Story braucht – deshalb.«

»Aber ganz sicher keine Mordgeschichte. Und sicher nicht so früh am Morgen, nicht wahr, Maria?«

Diese hielt Klaus Löffler galant die Wange hin und der drückte ihr einen Kuss auf.

Der Sohn drehte sich kopfschüttelnd ab und folgte Monika Berger, die bereits Richtung Auto unterwegs war. Löffler nahm seinen Privatwagen, der andere musste noch irgendwo in der Innenstadt stehen.

Wenigstens bin ich in dem Zustand nicht nach Hause gefahren, lobte er sich selbst. Filmriss ja – besoffen Auto fahren nein. Wenigstens diese Konditionierung schien bei ihm zu funktionieren.

»Sie wollten gestern nach Hause fahren«, meinte Berger gerade, als sie zusammen durch Lustnau, die Steinbösstraße hinunterfuhren. »Aber ein paar Fußgänger haben Ihnen den Schlüssel abgenommen und ihn mir gegeben. Sie wollten schon Ihre Dienstwaffe ziehen, aber zum Glück hatten Sie die nicht dabei.«

»Sie gaben *Ihnen* den Schlüssel? Wieso Ihnen, waren Sie etwa nüchtern?«

Er fuhr gerade die Umgehungsstraße entlang, über die Neckarbrücke, oberhalb des Lustnauer Sportgeländes des TSV. Dabei erinnerte er sich an alte Fotografien aus den Fünfzigerjahren. Sein Vater hatte sie ihm gezeigt. Darauf war der alte Sportplatz zu sehen. Dort hatte ein Turnfest stattgefunden, Barren, Recks und Bodenmatten auf dem Rasen des Fuß- und Feldhandballfeldes. Damals war der Platz genau an der Stelle, an der heute das neue Wohngebiet »Die Weberei« steht. Direkt neben dem Neckar.

»Wir sollten wirklich später darüber reden. Mir macht, ehrlich gesagt, die Sache mit dem neuerlichen Mord etwas zu schaffen. Was, wenn es wirklich derselbe Killer ist? Was haben wir dann hier in Tübingen? Einen Spinner? Einen Serienkiller? Oder Auftragsmord im großen Stil?«

»Na schön, schauen wir uns das mal aus der Nähe an. Dort drüben«, er zeigte mit der Hand auf eine Ansammlung von Polizeiautos und Notarztwagen, als er von der Marienburger Straße in die Aixer Straße einbog, »dort haben die Kollegen schon alles Nötige veranlasst.«

Tatsächlich war der Platz mit Bändern abgesperrt, die Polizisten leiteten den Verkehr an der Wiese vorbei, auf der die Tat begangen worden war. Ganz vorne parkte der Wagen des Gerichtsmediziners, Markus Kürner, Löfflers altem Freund. Der Tatort befand sich offensichtlich auf der Wiese längsseits der Marienburger Straße.

Zwei Kollegen der Polizei und Oberstaatsanwalt Marek Bürger empfingen die beiden Kommissare neben einem Auto, das Blutspritzer an seiner Fahrertüre aufwies. Bürger schaute bekümmert. Marke Dackelblick.

»Christian«, empfing er den Hauptkommissar, »du hattest recht mit dem Birk. Bin ich froh, dass ich den nicht zum Mörder ausgerufen habe. Da wäre spätestens jetzt ein kräftiges Dementi fällig gewesen. Guck dir bloß mal den Schlamassel an.«

Er zeigte auf die Blutspuren am Wagen, auf die auf dem Boden und auf den zugedeckten Körper des Opfers. Löffler kniete sich daneben und schlug die Decke über dem Gesicht zurück.

Der Anblick war furchtbar. Wieder, ebenso wie bei Lola Meineke, war das Gesicht vollkommen zerstört. Der Hammer hatte ganze Arbeit geleistet. Alleine schon die Art der Wunden zeigte, dass es sich auch dieses Mal eindeutig um dasselbe Tatwerkzeug handelte. Die Hirnplatte war eingeschlagen und von der Nase nicht mehr viel übrig. Ohne Foto würde man den Mann wahrscheinlich gar nicht mehr erkennen. Löffler fragte sich, wie ein Mensch zu so einem Ausbruch an Gewalt, an Hass fähig war. Was war da passiert? Handelte es sich bei dem Täter oder der Täterin um einen Wahnsinnigen? Lief da jemand Amok, war unberechenbar und brachte Menschen um, ganz ohne Motiv oder System?

Falls dem so war, hatten sie ein noch größeres Problem als gedacht. Wie, überlegte Löffler, soll man so einem Menschen auf die Spur kommen? Wenn er wirklich spontan und planlos zugeschlagen hat, gibt es auch keinen Gegenplan, um ihn davon abzuhalten.

»Wer ist denn der Tote?«, fragte er Bürger.

»Josef Reichert. Eigentlich Doktor Josef Reichert. Er ist Arzt, wohnt da drüben in der Aixer Straße. Er wollte wohl hier parken. Dann hat es ihn erwischt.«

»Er wollte hier im Parkverbot seinen Wagen abstellen. Vielleicht haben die einen Blockwart, der Falschparker bestraft.«

Löffler sah die Kollegin Berger ernst an.

»Nicht witzig, Frau Kommissarin, gar nicht witzig.«

Der Polizist reichte ihm einen Ausweis. Löffler überflog ihn kurz, dann gab er ihn zurück.

»Wer hat denn hier auf den Boden gekotzt?«, fragte Monika Berger. Sie deutete auf eine Lache, die von der Leiche bis zum Hinterreifen des Wagens führte. Eine Gerade, schnörkellos, wie abgemessen.

»Der da drüben«, deutete der Polizist auf einen Mann, der auf dem Beifahrersitz des Polizeiautos saß und mit dem Kopf auf dem Armaturenbrett liegend zu schlafen schien.

»Und wer ist das?«

»Er hat den Toten gefunden. Er hat sogar den ganzen Mord beobachtet. Als er die Leiche sah, kam es über ihn. Kein Wunder, bei dem Zustand.«

»Wessen Zustand?«

Der Polizist lachte.

»Bei beiden, würde ich sagen.«

»Wie heißt der Mann denn?«

Der Polizist holte einen Ausweis aus seiner Tasche und reichte ihn Berger.

»Er heißt Rüdiger Kamke. Aber er nennt sich dauernd Wolf. Keine Ahnung, was mit ihm los ist. Ich wollte mit der Vernehmung warten, bis Sie hier sind.«

Gemeinsam gingen die beiden Kommissare zu dem Mann hin. Marek Bürger folgte ihnen und zupfte Löffler am Ärmel. Der drehte sich zu ihm hin und wartete. Er wusste, was jetzt kam.

»Christian«, jammerte der auch erwartungsgemäß, »was soll ich denn jetzt der Presse sagen? Die warten doch alle auf eine Nachricht. Die wollen Informationen. Die wollen einen Mörder, und zwar einen in der Zelle.«

»Den Schattenmörder.«

»Genau, hast du das also auch bereits gehört? Schattenmörder, so ein Scheiß.«

»Ganz einfach, Marek – du sagst ihnen alles, was wir wissen.«

»Aber wir wissen doch nichts.«

»Exakt. Und genau das sagst du ihnen.«

»Meinst du? Und dann?«

»Dann machen sie das, was sie ohnhin tun – sie erfinden ihre eigene Story. Lass ihnen doch die Freude.«

Er ließ den Oberstaatsanwalt stehen und schloss zu Berger auf. Als sie vor dem Mann im Polizeiauto standen, hörten sie ein leises Schnarchen. Berger stieß den Schnarcher an der Schulter an. Der Kopf Rüdiger Kamkes, des Wolfes, rutschte vom Armaturenbrett und der ganze Oberkörper kippte in den Fußraum des Wagens. Mit einem Schrei fuhr der Kopf nach oben, stieß sich am Handschuhfach und der Schrei ging in heftiges Jammern über.

Löffler stieß Kamke gegen die Brust und der fiel in den Beifahrersitz zurück. Er hatte die Augen schreckensweit geöffnet. Und starrte die beiden Kommissare an.

»Ich war es nicht«, stammelte er.

Löffler hielt ihn fest, damit er nicht erneut nach vorne kippte. So blieben sie eine Weile stehen. Dann schien Kamke sich beruhigt zu haben und in der Realität zu weilen.

»Wo ist der Tote?«, fragte er leise, und schaute sich um. »Haben Sie sein Gesicht gesehen? Ich schon, ich habe sogar davon geträumt.«

»Herr Kamke, wir sind von der Polizei, Mordkommission. Ich bin Hauptkommissar Löffler, das da ist meine Kollegin Berger. Wir wollen von Ihnen nur wissen, was Sie letzte Nacht beobachtet haben.«

Da tauchte ein wahrer Hüne neben Löffler auf: Der Gerichtsmediziner Markus Kürner klopfte dem Kommissar auf die Schulter.

»Ist das der Augenzeuge?«, polterte er gleich los. »Ist das der Typ, der alles beobachtet hat und sich erst Stunden später bei der Polizei gemeldet hat? Und der dann gekotzt hat wie ein Reiher?«

Löffler machte sich von Kürners Umarmung los.

»Wie kommst du darauf? Hast du den Toten schon untersucht?«

»Soweit es hier möglich war schon. Und der ist bereits seit Stunden tot. Angerufen hat der Kerl hier aber erst vor nicht mal einer Stunde. Frag ihn doch mal, warum.«

»Bist du sicher?«

»Bin ich hier der Professor oder du?«

Berger grinste.

»Also, Herr Kamke«, wandte sich der Hauptkommissar an den Mann, der dem Gespräch mit großen Augen gefolgt war, »dann erklären Sie mal, was hier passiert ist.«

»Der Wolf« Kamke winkte Löffler zu sich. Der beugte den Kopf nach unten.

»Es war furchtbar. Ich werde das nie vergessen.«

»Sie stinken nach Alkohol.«

»Sie aber auch.«

Ein dunkles, leicht röhrendes Lachen ertönte. Kürner fand das lustig, es entsprach seinem eher rustikalen Humor. Auch Kollegin Berger grinste stumm vor sich hin, wie Löffler bemerkte, als er ihr einen Blick zuwarf. Na toll, dachte er, dann sind sich die beiden Streithähne wenigstens ein Mal einig. Bloß blöde, dass das ausgerechnet auf meine Kosten sein muss.

»Werden wir mal sachlich. Und von Anfang an, bitte. Dann dürfen Sie auch ganz schnell nach Hause und sich ausschlafen.«

»Gut, dann fange ich mal an. Also, ich gehe die Eisenhutstraße vor, und ehe ich in die Marienburger Straße einbiege, sehe ich da drüben, da, wo der Tote liegt, zwei Männer stehen.«

»Männer? Sind Sie sicher, dass beide Männer waren? Keine Frau?«

Kamke überlegte kurz. Wiegte den Kopf hin und her.

»Also der eine, der Tote, war auf jeden Fall ein Mann.«

»Der Wolf« war enttäuscht, dass keiner über seinen Spruch lachte.

»Die andere Person«, fuhr er nach kurzem Innehalten fort, »könnte natürlich auch eine große Frau gewesen sein. Auf jeden Fall war die Figur, also war die Person außerordentlich schlank. Mager. Wie so ein Model-Hungerhaken. Andererseits, wie der zugeschlagen hat – da steckte eher die Kraft eines Mannes dahinter. Auch die Bewegung ... nein, ich bin sicher, das war ein Mann.«

»Was war mit dem Gesicht? Konnten Sie das nicht erkennen?«

»Leider nein, ich war zu weit entfernt. Außerdem – selbst wenn ich näher gestanden hätte –, die Person hatte eine Kapuze auf dem Kopf. Die Kapuze von einer dunklen Winterjacke. Da blieb kein Platz fürs Gesicht. Ich bin ja auf den zugegangen. Beziehungsweise der auf mich. Aber als ich die Augen wieder öffnete, war er weg. Spurlos verschwunden kann man ja nicht sagen, immerhin ließ er ja den Toten zurück.«

»Wieso mussten Sie die Augen wieder öffnen? Waren die denn geschlossen?«

»Der Wolf« winkte ab.

»Nicht so wichtig. Aber noch was anderes: Der eine, also der Tote, hat den anderen angeschrien. Ich konnte nicht genau hören, was es war, aber er rief etwas von wegen, das habe man nicht sehen können. Niemand habe das sehen können. Oder so ähnlich. Also sinngemäß. Aber dann hat der Mann bereits zugeschlagen.«

»Josef Reichert – sagt Ihnen der Name etwas?«

»Wohnt der nicht da drüben in dem gelben Haus mit den kleinen Balkons vorne raus? Der Arzt?«

»Sie kannten ihn also?«

»Upps, Präteritum. Also tot. Dann ist das da drüben der gute Onkel Doktor. Brutal – ich hätte den nicht erkannt mit der eingeschlagenen Fresse. Pardon, mit dem in Mitleidenschaft gezogenen Gesicht.«

»Wie gut kannten Sie den Mann?«

»Gar nicht, ich wusste nur, wer er war. Das ist ein kleiner Kiez hier. Vom Sehen kennt jeder jeden. Aber wir reden nicht untereinander. Oder miteinander. Wenn man ausgeht, dann nach Tübingen rein. Aber wir gehen nicht aus, weil wir anspruchsvolle Jobs haben. Dann muss man sich schonen, über die Stränge schlagen ist nicht. Die grüne Hölle wird von Biedermännern bevölkert.«

»Schön, jetzt haben wir eine soziologische Abhandlung gehört«, meinte Berger, etwas bissig, »könnten Sie uns jetzt sagen, was Sie über den Mann, Josef Reichert, wissen?«

»Nichts, absolut nichts.«

»Und warum«, klinkte sich Löffler ein, »haben Sie die Polizei so spät verständigt?«

Kamke lächelte verlegen.

»Nun ja, ich war etwas angeheitert, gestern. So wie Sie, Herr Kommissar.«

Er machte eine Pause, aber keiner reagierte auf die Spitze.

»Jedenfalls«, fuhr er schließlich fort, »sah ich das Gesicht des Toten, zumindest das, was übrig war. Da habe ich erst mal gekotzt. Und dann setzte ich mich kurz, bloß ganz kurz, auf den Boden neben den Wagen. Vielleicht habe ich ein wenig geweint. Oder mich gefürchtet. Und eigentlich wollte ich mich dann bei der Polizei melden. Und dabei bin ich eingeschlafen. Als ich aufwachte, habe ich aber sofort bei euch angerufen. Tut mir leid, aber ich hoffe, dass auch der gute Wille zählt.«

»Wie spät war es denn, als Sie den Vorfall, den Mord, beobachteten?«

»Weiß ich nicht genau, jedenfalls nach Mitternacht. Deutlich danach.«

Löffler und Berger schauten sich an. Dann nickten beide.

»Sie können jetzt erst mal nach Hause gehen, Herr Kamke. Ein Kollege kommt vorbei und wird ein Protokoll mit Ihnen machen. Jedenfalls halten Sie sich zu unserer Verfügung, falls wir noch was wissen wollen.«

Erschöpft nickte »der Wolf« und ließ sich in den Beifahrersitz des Polizeiwagens zurückfallen.

Die beiden Kommissare bewegten sich zu dem Gerichtsmediziner hin, der gerade dabei war, für den Abtransport der Leiche Reicherts zu sorgen. Mit den Händen in der Hüfte erwartete er die zwei.

»Na, gibt es schon was für uns?«, fragte Löffler.

»Ein Duplikat der anderen Leiche, der Frau. Genauso den Kopf eingeschlagen. Und ich könnte wetten, dass es auch der gleiche Hammer war.«

»Derselbe.«

Kürner schaute irritiert zu Berger hin.

»Was meinen Sie?«

»Es heißt derselbe Hammer, nicht der gleiche. Wenn Sie den Hammer meinen, der auch bei Lola Meineke benutzt wurde, heißt es derselbe.«

Kürner schlug sich mit der flachen Hand gegen die Stirn.

»Ticken Sie noch richtig? Was soll das denn? Sind wir im Germanistikseminar oder liegt da drüben eine Leiche, der das gleiche oder dasselbe scheißegal ist?«

Löffler trat vor.

»Stopp«, rief er, »hiermit ist der Disput beendet. Ich brauche den Kindergarten jetzt nicht.«

Er wandte sich wieder Kürner zu.

»Du meinst also, die Verbindung zwischen den beiden Leichen ergibt sich über die Tatwaffe? Kannst du definitiv herausbekommen, ob es sich um dieselbe«, dabei sah er streng in Richtung Berger, »dass es *derselbe Hammer* ist wie bei der vorigen Toten?«

Kürner nickte.

»Kann ich.«

»Wann?«

»Lass mich nur in meine Hexenküche, dann geht das zügig.«

»Schön, Markus, ich melde mich bei dir. Heute noch.«

Unzufrieden bewegte der Gerichtsmediziner sich zu seiner Leiche, die gerade im Transporter verschwunden war. Löffler kannte das: Wenn sein Freund sich schweigend und grußlos entfernte, dann kochte es in ihm. Aber er als Hauptkommissar, der in mittlerweile zwei Morden ermittelte, konnte sich nicht von den beiden Streithähnen auf der Nase herumtanzen lassen.

Was ihn zu seinem nächsten Problem brachte. Die vergangene Nacht ließ ihn nicht los. Und das war nicht gut. Das mit Berger musste auf jeden Fall warten, das konnte er später mit ihr gemeinsam besprechen.

»Haben wir die Adresse des toten Arztes?«

»Haben wir, er wohnt gleich da drüben. Ich vermute, er wollte den Wagen hier abstellen und dann nach Hause gehen. Es gibt hier kaum Parkplätze, da schaut jeder, dass er sein Vehikel irgendwo unterbringt.«

»Na schön, gehen wir zu den Angehörigen.«

»Sie reden, ich packe das heute nicht.«

Löffler schaute die Kollegin neugierig an.

»Wieso? Was ist heute Besonderes?«

»Es sind die Verletzungen im Gesicht des Toten. Da bleibt mir echt die Sprache weg. Was soll man den Angehörigen erzählen, wenn sie danach fragen?«

»Nichts. Dazu schweigen wir.«

Die Familie wohnte in einem eher bunt eingefärbten Wohnblock in der Aixer Straße. Zur Straße hin zierten kleine, Hamsterkäfigen ähnliche Balkons die Fassade. Die meisten waren mit Pflanzen zugestellt. Sie wuchsen wie Efeu nach unten, so, als wollten sie den Beton verdecken. Die Kommissare gingen in einen Hinterhof. Dort war eine Art Kinderspielplatz angelegt, bei der Kälte natürlich verlassen, aber eine Wäschespinne stand da, bestückt mit einem einsamen Hemd.

Auf das Läuten an der Haustürklingel hin schepperte eine Frauenstimme aus einem Lautsprecher neben der Türe. Sie sagten ihre Namen, der Türöffner summte und die beiden stiegen in den ersten Stock hoch. Dort wurden sie bereits vor der Türe von einer Frau erwartet. Sie stand da in einer Jeans und dickem Pullover mit Rollkragen. Löffler schätzte ihr Alter auf etwa vierzig Jahre.

»Die Polizei? Bei uns? Was ist da denn passiert? Ist meinem Mann was zugestoßen? Autounfall? Oder ist er gestürzt? Sie wollen doch zu Reichert, oder?«

»Nun beruhigen Sie sich doch erst mal, Frau Reichert. Sollten wir nicht in die Wohnung gehen? Es ist doch recht zugig, hier im Treppenhaus.«

»Darf ich mal Ihre Ausweise sehen? Man will doch genau wissen, wen man vor sich hat.«

Löffler und Berger zückten sie, die Frau schaute genau hin. Dann gab sie die Papiere zurück und ging den beiden voraus ins Wohnzimmer. Eine Seite war zum Hinterhof hin ausgerichtet. Löffler hatte das Gefühl, er könnte, wenn er die Hand ausstreckte, ins Wohnzimmer des Appartements gegenüber greifen und ein Buch aus dem Regal holen. Perfekte architektonische Leistung diese Anlage, dachte er, wenn man darauf Wert legt, stets genau zu wissen, wann die Nachbarn was und wo veranstalten.

»Sie sind also Frau Reichert«, sagte der Hauptkommissar, nachdem sie sich um einen Glastisch gesetzt hatten, auf dem ganz offensichtlich ärztliche Fachzeitschriften gestapelt lagen. »Wie ist denn Ihr Vorname?«

»Ursula. Und nun sagen Sie mir endlich, wieso Sie hier sind.«

»Sie hatten schon recht, es geht um Ihren Mann. Wissen Sie denn, wo er sich befindet?«

»Mein Mann? Ich hatte gehofft im Bett. Aber so, wie Sie hier auftauchen, weiß ich gar nichts mehr. Ich kann ja mal nachsehen, wenn Sie wollen.«

Sie machte Anstalten aufzustehen, aber Löffler beugte sich zu ihr und drückte sie sanft am Arm auf ihren Sitz zurück.

»Sie schlafen getrennt?«, fragte Berger.

Man sah der Frau an, dass sie sich nicht sicher war, ob sie die Frage beantworten wollte. Doch sie schien sich einen Ruck zu geben.

»Ja, das tun wir. Aber nicht so, wie Sie denken. Am Wochenende, wenn mein Mann keinen Dienst hat, schlafen wir im gemeinsamen Bett. Während der Woche kommt er immer so spät von der Arbeit und dann weckt er mich auf. Also schläft er dann im ehemaligen Kinderzimmer. Unser Sohn studiert in München, der braucht das jetzt nicht mehr.«

Bei Ursula Reichert machte sich Unruhe bemerkbar. Auch Berger erkannte die Zeichen und nickte ihrem Chef kurz zu.

»Frau Reichert«, holte Löffler Anlauf, »ich befürchte, wir haben keine gute Nachricht für Sie. Es sieht so aus, als wurde Ihr Mann nur ein paar Meter von hier, vorne auf der Wiese, heute Nacht getötet. Wir wissen weder warum noch von wem.«

Die Frau starrte ihn stumm an. Löffler kannte das – die Menschen brauchten Zeit, wenn sie mit so einer Nachricht konfrontiert wurden. Aus dem Nichts. Wie ein unvorhersehbarer Sommerregen – bloß mit lebensvernichtenden Konsequenzen. Das Alttestamentarische, so nannte es Löfflers Vater immer. Das Alte Testament mit seinen vielen Grausamkeiten meinte er damit, die in unser heutiges wohlgeordnetes Leben eindrangen.

»Wie? Wie ist es passiert?«

»Man hat ihn mit einem Gegenstand am Kopf getroffen.«

»Und das kann kein Unfall gewesen sein?«

Berger und ihr Chef schüttelten gemeinsam den Kopf.

»Es gibt einen Zeugen«, berichtete die Kommissarin, »der hat beobachtet, dass ein anderer Mann auf Ihren eingeschlagen hat.«

»Und warum hat er ihm nicht geholfen?«, schrie die Frau plötzlich, als sei sie ihrer Lethargie entronnen. »Wenn er zugeschaut hat, hätte er auch helfen können.«

Berger setzte sich neben die Frau und legte ihre Hand auf deren Unterarm. Der Arm zitterte. Eine Weile schwiegen alle drei, Ursula Reichert schluchzte leise, mit dem Unterärmel ihres dicken Pullis wischte sie sich den Rotz von der Nase und die Tränen aus den Augen.

»Dürfen wir Ihnen ein paar Fragen stellen?«, begann Löffler nach einer Weile.

Tonlos nickte die Frau.

»Wann haben Sie ihn denn zurückerwartet? War klar, dass er so spät kommen würde?«

»Ja, er hat das angekündigt. Gestern war sein OP-Tag, da kommt er immer spät. So eine Operation kann man immer schlecht einschätzen.«

»Worauf ist er denn spezialisiert?«

»Er ist Chirurg. Onkologe. Im Uni-Klinikum.«

»Also Krebspatienten. Ist denn in letzter Zeit etwas passiert? Etwas Ungewöhnliches, über das er mit Ihnen gesprochen hat?«

»Vielleicht ist etwas schiefgelaufen und jemand hat ihn deshalb bedroht«, ergänzte Berger.

Die Frau lachte. Aber es war ein freudloses Lachen, irgendwie schmierig.

»Wenn bei meinem Mann etwas schiefläuft, dann ist am Ende jemand tot. Zu bedrohen ist da nicht mehr viel.«

»Die Hinterbliebenen? Familie? Freunde? War da etwas in letzter Zeit?«

»Nein«, sagte sie kopfschüttelnd nach einer Weile, »ich kann mich an nichts erinnern. Aber mein Kopf ist jetzt ohnehin leer, ich weiß nicht einmal mehr, was ich denke.«

»Haben Sie Verwandte oder Freunde hier in der Nähe, die Sie anrufen können?«

»Ja, aber nicht hier im Getto. In der Innenstadt wohnen meine Freunde. Und in Lustnau. Und ich muss meinen Sohn anrufen, er sollte Bescheid wissen.«

»Wir haben einen Kollegen, mit dem können Sie reden, wenn Sie wollen. Ich brauche ihn nur anzurufen.«

»Nein, nein«, wehrte sie ab, »ich habe Psychotherapeuten im Freundeskreis, die wissen ganz sicher, was sie mit mir machen müssen. Aber danke für das Angebot.«

Wieder gab es eine lange Pause.

»Um noch mal darauf zurückzukommen«, begann Berger von Neuem, »hatte er denn Schwierigkeiten mit Kollegen? Oder Kolleginnen?«

Wieder das freudlose Lachen.

»Manchmal«, antwortete die Ehefrau leise, »aber nicht so sehr, dass man ihm deshalb auf den Kopf schlagen würde.«

»Wer waren denn die Kollegen, mit denen er im Streit lag?«

»Er lag mit gar niemandem im Streit«, sagte sie scharf, »man hat diskutiert über Diagnosen und Behandlungsmethoden. Alles ganz fachlich. In so einem Job gibt es keinen Platz für profanen Streit. Außerdem sind die Kollegen am Ende des Tages froh, ihn überstanden zu haben, sodass sie kaum noch die Kraft hätten, meinen Mann vor der Haustür zu töten.«

»Was ist mit den Namen der Kollegen?«

»Die erhalten Sie im Krankenhaus. Dazu habe ich jetzt keinen Nerv. Entschuldigung.«

»Schon gut. Ich schicke jetzt eine Beamtin zu Ihnen, die wird warten, bis Ihre Freunde aufgetaucht sind. – Was arbeiten Sie denn? Sie sind ja offensichtlich auf dem Weg zur Arbeit gewesen, oder?«

»Ich bin Lehrerin. Grundschule. Aber da sage ich heute ab.«

»Und heute Nacht – Sie haben nichts gehört? Schreie? Lärm? Oder hat vielleicht Ihr Telefon geklingelt?«

»Nein, nichts von alldem. Auf dem Smartphone ist kein Anruf vermerkt und ein Festnetztelefon haben wir gar nicht mehr.«

Die beiden Kripobeamten erhoben sich. Löffler beobachtete, wie seine Kollegin durchatmete. Auch er übernahm die Aufgabe, die Angehörigen zu verständigen, nicht gerne.

Wer tat das schon?

Doch irgendwie gelang es ihm meist, die notwendige Distanz zwischen den Personen und der Tat herzustellen. Er verdrängte, so wie heute, einfach das Bild des toten Arztes und stellte sich vor, er käme zu der Frau ins Haus, um ihr einen Gruß von einem entfernten Verwandten zu überbringen.

Unter der Türe drehte sich Monika Berger noch einmal zu der Frau hin.

»Sagen Sie«, fragte sie, »kennen Sie eigentlich eine gewisse Lauren oder Lola Meineke? Sagt Ihnen der Name etwas?«

Wieder dieses lange Nachdenken. Löffler fragte sich, ob die Frau überhaupt imstande war, nach diesem Schock ihr Gehirn und ihr Gedächtnis zu durchwandern.

»Nein«, kam schließlich die Antwort, »nie gehört. Was hat sie mit meinem Mann zu tun?«

»Wahrscheinlich nichts. Wir versuchen nur manchmal, Verbindungen herzustellen. Andere Fälle mit diesem hier zu vergleichen. Möglicherweise war sie ja eine Patientin Ihres Mannes.«

»Wenn das so war, dann weiß ich es ohnehin nicht. Ich weiß doch nicht die Namen der Patienten in der Uni-Klinik. Aber die haben dort ja Unterlagen zu allen Patienten, fragen Sie da doch mal nach.«

»Und was ist mit Josef Birk? Den Namen schon mal gehört?«

Wieder schüttelte die Frau den Kopf.

»Ja, klar, ich weiß schon«, winkte Berger müde ab, »ich frage in der Klinik. Dann … danke … ich meine … auf Wiedersehen … oder auch nicht … jedenfalls wünsche ich Ihnen …«

Da hatte die Frau die Tür bereits geschlossen und Berger redete mit einem Holzviereck.

Löffler grinste.

»Wir haben es überstanden«, sagte er dann, »es wird Zeit, dass wir uns den Ermittlungen widmen. Zunächst mal müssen wir ins Klinikum, mit den Kollegen Reicherts reden. Dann schauen, was wir über vergangene Patienten herausbekommen. Und vor allem – was verbindet Reichert und Meineke? Außer das zerstörte Gesicht und der unbändige Hass, den jemand auf die beiden auslebte.«

»Schicken wir Stammler ins Krankenhaus. Strafe fürs Schwänzen heute Morgen.«

»Und wir?«

»Schauen, was die Spurensicherung bringt. Gerichtsmediziner. Zusammen mit Heim Spurensuche in den Datenbanken. Irgendwie muss es doch eine Verbindung zwischen den beiden Morden geben. Alles andere wäre doch vollkommen unlogisch.«

»Das absolute Böse.«

»Was? Was soll das sein?«

»Jemand tötet aus Freude daran. Hat sonst nichts zu tun. Hasst sich und die Menschen. Eine Art Amoklauf auf Raten.«

»Halten Sie das für möglich?«

»Für möglich schon. Aber wir wissen noch zu wenig. Es wäre etwas zu früh, um von dieser Horrorthese auszugehen. Wünschen wir uns, dass es nicht so ist.«

»Fahren wir zurück ins Präsidium?«

»Ich setze Sie dort ab. Dann fahre ich zu Werner Puth. Sein Unternehmen hat mit dem Werbeheini, dem Kleber, zusammengearbeitet. Und mit der Meineke. Er soll mir was darüber erzählen.«

»Dann sagen aber Sie dem Stammler, dass er alleine ins Klinikum muss.«

»Es wird mir eine Freude sein.«

Gerd Stammler fluchte vor sich hin. Eine unübersehbare und mühevolle Arbeit lag vor ihm. Und unangenehm zu werden, versprach sie ebenfalls. Eine Institution zu befragen, gehörte zu den härtesten Herausforderungen eines Kommissars. Und dann auch noch Ärzte. Die verkrümelten sich immer mit dem Totschlagargument: »Ich muss zu meinem Patienten.«

Aber nicht mit mir, nicht heute, nahm sich Stammler vor. Das ziehe ich jetzt durch. Der Brummschädel von der vergangenen Nacht bestärkte ihn massiv in diesem Plan.

Er fuhr an der Hermann-Hepper-Turnhalle vorbei, dann links in Richtung Schnarrenbergstraße. Er dachte an das Fest im »Bären«. Rammelvoll war es gewesen. Man traf Leute, die man seit Jahren nicht gesehen hatte. Jäckie in seinem Werder-Bremen-Trikot zwirbelte durch die Reihen. Endzeitstimmung, als gäbe es kein Morgen. Selten hatte er erlebt, wie die Menschen sinnlos Getränke in sich hineinstürzten. Zu Beginn hatte er sich noch zurückgehalten. Aber das war nicht durchzuhalten. Also machte er mit. Eine Weile hatte er sich überlegt, seine Kollegin Monika Berger anzumachen. Aber trotz seines bereits fortgeschrittenen Zustandes war ihm gleich klar, dass das aussichtslos war.

Er war chancenlos.

Dabei fragte er sich, wieso eine derart attraktive Frau nicht schon längst einen Typen hatte, mit dem sie all das tun konnte, was eine attraktive Frau eben so tat mit einem Mann. Dieser Gedanke brachte ihn dann auf seine Situation. Seit seiner Scheidung war er ebenfalls ohne Partnerin. Nicht mal zu einem One-Night-Stand hatte er es gebracht in all der Zeit. Was war bloß los mit ihm?

Immerhin lebte er in einer veritablen Villa bei Löfflers, mit Pool, Haushälterin und Köchin. Wer konnte das schon vorweisen in Tübingen, außer ein paar Professoren-Haushalte auf dem Österberg. Schön, es war nicht seine Villa und auch nicht sein Pool, aber immerhin wohnte er da. Eine Zeit lang hatte er mit dem Gedanken gespielt, sich wieder etwas Eigenes zu suchen. Aber das gute Leben bei Löffler hatte ihn versaut. Und es war ja auch nicht so, dass die Löfflers ihn los haben wollten. Seitdem Löfflers Tochter ebenfalls in der Villa wohnte, hausten sie da wie eine Luxus-WG.

Nein, hatte er entschieden, freiwillig gehe er da nicht weg.

Aber die Sache mit den Frauen bedrückte ihn schon. Er war Ende dreißig, im besten Mannesalter. Da musste doch was gehen. Im »Bären« gestern hatte er es versucht. Aber zu vorgerückter Stunde war er derart betrunken, dass eine Erfolg versprechende Ansprache an eine der Frauen nicht mehr möglich war. Dennoch: Das Problem war da und er nahm sich vor, sich dem zu widmen.

Nach dem Fall.

Er parkte den Wagen im Parkhaus des Klinikums. An der Pforte ließ er sich den Weg zu Reicherts Abteilung zeigen und machte sich auf den Weg.

Leider aber ist das Uni-Klinikum ein fast unüberwindliches Labyrinth, wenn man sich nicht auskennt. So irrte Stammler richtungslos wie eine Flipperkugel durch die Gänge des Riesengebäudes. Irgendwann endete er im Erdgeschoss in der Notaufnahme. Er setzte sich einen Augenblick auf eine Bank zu irgendwelchen Angehörigen, die auf Nachricht von ihren Familienmitgliedern warteten.

Eine Frau in Klinikkleidung kam vorbei. Stammler erhob sich und hielt sie am Arm fest. Sie machte sich los und stand ihm mit zornesrotem Gesicht gegenüber.

»Was soll das denn?«, schrie sie ihn an, »ich lasse mich nicht anfassen. Ich hole gleich meine Kollegen, dann fliegen Sie hier raus.«

Stammler streckte ihr abwehrend beide Hände entgegen.

»Verzeihung, aber ich brauche Ihre Hilfe. Dringend.«

»Das geht auch mit dem Mund. Da sagt man was und wartet auf Antwort. Das machen nämlich normale Menschen.«

»Ich bin kein normaler Mensch, ich bin von der Kripo. Und ich habe mich total verlaufen in dem Riesengebäude. Wenn Sie mir nicht helfen, verhungere ich hier drin.«

Sie lachte.

Na immerhin, dachte Stammler. An ihrem Revers war ein Namensschild angebracht. Gülcin Mehmedi.

»Und ich dachte, die Polizei ist im Spurenlesen ausgebildet. Und jetzt finden Sie sich nicht mal in einem Krankenhaus zurecht. – Wo wollen Sie denn hin?«

Stammler erklärte es ihr und sie stupste ihn gegen die Schulter.

»Mir nach, dann zeige ich Ihnen mal, wo es langgeht.«

Augenzwinkern.

Mit ihrer Hilfe durchschritt Stammler wenige Minuten später die Doppeltür zur Abteilung Reicherts. Gülcin Mehmedi brachte ihn bis zur Anmeldung, dann machte sie kehrt.

»Meine gute Tat für heute«, sagte sie noch, dann verschwand sie hinter der Milchglasscheibe der Tür.

Der Kommissar ließ sich von der Frau an der Anmeldung zu Professor Gunter Mader führen, dem Leiter der Abteilung. Gern machte die Schwester das nicht, aber der Ausweis der Mordkommission zog. Der Professor empfing den Polizisten sitzend hinter einem Schreibtisch, der über und über vollgestopft war mit Akten und Ordnern. Und das im Zeitalter, in dem alles elektronisch verwaltet wird, überlegte Stammler.

»Die Polizei hier im Haus und dann gleich bei mir – das haben wir nicht jeden Tag.«

Der Arzt hatte sich in seinem Schreibtischstuhl zurückgelehnt und betrachtete seinen Besucher eher neugierig. Dabei trommelte er unablässig mit dem Zeigefinger auf die Lehne des schwarzen Ledersessels, der immer leicht nach vorne und hinten wippte. Außerdem schien er ständig auf etwas herumzukauen, möglicherweise auf seiner Unterlippe.

»Ich bin hier wegen Doktor Josef Reichert« – Stammler beschloss, gleich mit der Tür ins Haus zu fallen – »den man gestern Nacht vor seinem Haus umgebracht hat.«

Wumms. Das Gesicht des Professors blieb mitten in der Kaubewegung förmlich stehen. Das rhythmische Klopfen hörte auf, selbst der wippende Sessel schien mit einem Mal festgewachsen zu sein. Stammler freute sich heimlich über die Wirkung seiner Worte.

»Das ist jetzt natürlich ein Schock«, presste Mader nach einer Weile heraus. »Ich habe den Kollegen gestern noch gesehen. Und gesprochen. Wie ist das denn passiert? Wer hat ihn denn ... getötet?«

Stammler beugte sich nach vorne, als würde er dem Arzt ein Geheimnis verraten. Der schob sich ebenfalls aus seinem Sessel und seinen Oberkörper Richtung Stammler.

»Er wurde erschlagen. Und wir haben keine Ahnung von wem. Können Sie uns da vielleicht weiterhelfen?«

Der Professor warf sich erschrocken nach hinten.

»Ich? Wie soll ich Ihnen helfen können? Ich bin doch Arzt.«

Er bemerkte selbst, dass dieses Argument nicht so richtig stimmig war.

»Ich meine, ich war ja nicht bei dem Kollegen, als er erschlagen wurde. Ich war zu Hause. Bei meiner Frau. Die ganze Nacht. Sie können sie fragen.«

Zwar sah Stammler sein Gegenüber gerne zappeln, fand dann aber, dass die Situation so nicht zielführend war.

»Herr Professor, ich habe nicht Sie in Verdacht. Wir werden Ihr Alibi natürlich trotzdem überprüfen, aber nur, um Sie als Täter auszuschließen.«

Da winkte Mader ab.

»Ich schaue jeden Sonntag Tatort. Und genau mit dem Spruch wollen die Kommissare dort die Täter in Sicherheit wiegen. Mich legen Sie nicht herein. Rufen Sie sofort meine Frau an. Und meine Tochter, die war zu Hause, auf ihrem Zimmer.«

Stammler überging die aufkeimende Panik Maders.

»Sagen Sie, Herr Professor, hatte Reichert denn Feinde hier im Haus? Kollegen, Kolleginnen, Konkurrenten innerhalb der Ärzteschaft, die ihm so etwas angetan haben könnten?«

»Ihn erschlagen? Niemals. Nun mal ganz im Ernst – wenn ein Arzt einen umbringt, dann hat er andere Möglichkeiten, als auf ihn einzuschlagen. Hat man denn auf Reichert eingeschlagen? So richtig eingeprügelt?«

Stammler nickte.

»Sehen Sie – und das kann ich mir von keinem Kollegen und keiner Kollegin vorstellen. Trotz aller Schwierigkeiten, die es manchmal gab.«

»Was für Schwierigkeiten denn?«

»Der Schwabe, vor allem der Tübinger Schwabe, würde sagen, dass Reichert ein Schnallentreiber war. So jedenfalls hat es mal ein Kollege bezeichnet.«

»Schnallentreiber, Sie meinen, er hat jede Frau angemacht, die nicht bei drei auf dem Baum war?«

Mader zögerte. Offensichtlich hatte er plötzlich das Gefühl, zu viel gesagt zu haben. Oder das Falsche zum falschen Zeitpunkt. Ihm schien der Satz, dass man Toten nichts Schlimmes nachsagen sollte, eingefallen zu sein.

»Nun ja«, sagte er dann, »er hat halt gerne geflirtet. Vielleicht ein wenig mehr als andere. Ja, so könnte man es ausdrücken. Obwohl es möglicherweise doch ein wenig hart klingt, das mit dem Baum.«

»Solange die Frauen da mitmachen und sich nicht beschweren, ist es ja seine Privatsache. Zumindest könnte man das so sehen. Aber haben die Frauen sich vielleicht bei Ihnen gemeldet? Oder deren Freunde und Ehemänner?«

Mader zögerte.

»Ja, in der Tat, es gab da ein paar Vorfälle. Der Mann von Doktor Messner, Doktor Ulrike Messner, kam eines Tages zu mir. Ich meine, zuerst ging er zu Reichert, aber der hat ihn rausgeschmissen. Dann klagte er mir sein Leid.«

»Und das war?«

»Reichert würde seine Frau betatschen. Beziehungsweise, erst habe er sie betatscht, und als sie das nicht wollte, habe er Doktor Messner bei der Arbeit gemobbt. Als Oberarzt hätte er natürlich schon die Möglichkeit dazu, aber mir ist da nie etwas aufgefallen. Und das habe ich dem Mann gesagt.«

»Und dann?«

»Er war nicht gut gelaunt danach.«

»Geht das auch etwas genauer?«

»Den mach ich fertig.«

»Wie bitte?«

»Das hat er gesagt – den mach ich fertig. Also der Messner wollte den Reichert fertigmachen. Das lasse er sich nicht bieten. Klinik-Mafia. Dann habe ich ihn rausbringen lassen.«

»Wie ging es weiter?«

»Gar nicht, die Messner hat gekündigt, sie hat einen Job in einer Klinik in der Pfalz angenommen. Nächste Woche ist ihr letzter Arbeitstag.«

»Ist sie im Haus?«

Mader wühlte in seinem Wust aus Papieren, Ordnern und Akten. Dann wedelte er mit einem Blatt. Mit dem Finger strich er darüber, dann lächelte er Stammler an.

»Ja, laut Arbeitsplan ist sie heute da. Falls Sie die Kollegin sprechen wollen, kann ich sie rufen lassen.«

»Nein, nein«, wehrte Stammler ab.

»Ich gehe nachher selbst bei ihr vorbei. Was können Sie mir denn sonst noch zu Reichert sagen? Gibt es keine Patienten, die sich über ihn beschwerten? Keine, die sich falsch behandelt fühlten? Kunstfehler, irgend so was? Prozesse, Verleumdungen, Ärztekammer? Sexuelle Nötigung? Irgendwas?«

Mader lachte.

»So einfach, wie Sie sich das vorstellen, Herr Kommissar, ist das nicht. Erstens passieren ganz wenige Fehler, gemessen an der hohen Zahl der Behandlungen. Und außerdem – einen Kunstfehler, wie Sie das nennen, nachzuweisen, gelingt fast nie. Da fällt Ihnen eher ein Meteoritenteilchen auf den Kopf, als dass einem Arzt so was nachgewiesen wird.«

»Eine Krähe hackt der anderen kein Auge aus – so etwa?«

»Das behaupten Sie, ich sehe das anders. Aber wir sollten das Thema wechseln.«

Stammler sah, dass ihn das Gespräch tatsächlich ins Abseits manövrierte, was seinen Mordfall betraf.

»Schön, dann versuchen Sie sich doch bitte trotzdem zu erinnern, ob es jemals Vorwürfe gegen Reichert gegeben hat. Egal, wie haltlos sie waren. Es würde, das kann ich Ihnen versprechen, absolut unter uns bleiben.«

»Das können Sie gar nicht versprechen.«

»Doch, versprechen kann ich es.«

Der Arzt erhob sich aus seinem Sessel.

»Ich habe jetzt zu arbeiten, Herr Kommissar. Leider kann ich mich im Augenblick nicht länger mit Ihnen unterhalten. Die Patienten rufen.«

»Ich höre nichts.«

»Ich werde Ihrem Vorgesetzten sagen, wie witzig Sie sind.«

Stammler seufzte. Er hatte es vermasselt. War aber auch zu blöd, nach einer durchzechten Nacht gleich mit filigraner Ermittlungsarbeit loslegen zu müssen. Und dann auch noch alleine. Und das Ganze mit einem Weißkittel.

Berger hätte die Situation bestimmt gerettet. Sie hätte ihn gar nicht erst mit dem Professor sprechen lassen, das hätte sie selbst getan. Nun gut, dann musste er eben darauf vertrauen, dass die Kollegin Reicherts, die Frau, die der Tote karrieremäßig auf dem Gewissen hatte, etwas Unrat absonderte.

Er ließ sich von der Sekretärin Maders zum Ärztezimmer bringen. Sie ging ihm voraus in den Raum. Eine Frau saß dort vollkommen alleine an einem Tisch und blätterte in einer Akte. Sie sah neugierig auf, als Stammler vor ihr stand.

»Das ist Herr Stammler, Kommissar bei der Kripo in Tübingen«, stellte ihn die Sekretärin vor, »er möchte sich mit Ihnen über Doktor Reichert unterhalten.«

Sprach's, drehte sich um und verschwand.

Die Frau, geschätzte Mitte dreißig, saß stumm an ihrem Tisch und starrte den Polizisten an.

»Die Kripo bei mir?«, fragte sie schließlich, als Stammler keine Anstalten machte, das Schweigen zu beenden. »Was wollen Sie denn? Was habe ich angestellt? Falsch geparkt kann es ja nicht sein, ich stehe im Parkhaus.«

Man konnte deutlich bemerken, dass sie versuchte, einen Witz zu machen, um darüber in die Situation hineinzufinden. Stammler hatte das schon häufg bemerkt – dass die Menschen bei Befragungen, mochten sie noch so harmlos sein, entweder aggressiv, verklemmt, lustig oder schlicht und einfach stumm und hilflos dasaßen. Keiner hatte ihnen je beigebracht, wie man auf Polizisten zu reagieren hatte, und das gekünstelte Zeug, das in den Fernsehkrimis vorkam, half dabei ganz sicher nicht.

»Nein, es hat eigentlich gar nichts mit Ihnen direkt zu tun. Ich bin hier wegen Doktor Josef Reichert. Er … nun ja, … er hat … Schwierigkeiten, um es mal so auszudrücken. Und da ich hörte, dass Sie und er nicht die besten Freunde sind, dachte ich, ich rede mal mit Ihnen.«

Sie betrachtete ihn misstrauisch.

»So ein Unsinn«, sagte sie, »Sie kommen doch nicht zu mir und fragen mich über den Kerl aus, bloß weil er Schwierigkeiten hat. Also – worum geht es?«

»Er ist tot. Ermordet. Heute Nacht. Sind Ihnen das Schwierigkeiten genug?«

Sie stand von ihrem Stuhl auf und ging ein paar Schritte zum Fenster. Mit dem Rücken zu Stammler blieb sie ein paar Minuten so stehen. Schließlich drehte sie sich zu ihm, lehnte sich gegen das Fenster und schaute ihn an.

»Und was wollen Sie von mir wissen?«, fragte sie. »Ob ich es gewesen bin? Ich kann Ihnen sagen, dass ich es nicht war.«

»Ich dachte dabei eher an Ihren Mann. Er hat Reichert doch besucht und ihm gedroht. Außerdem passt die Tat von der Ausführung her auch zu einem Mann.«

»Wie ist es denn passiert?«

»Ich würde sagen, es war ein heftiger Schlag gegen den Kopf.«

»Das schaffen Frauen auch.«

»Aber Sie nicht, oder?«

»Ich habe ein Alibi.«

»Für welche Zeit denn?«

»Für die gesamte Tatzeit. Denn wenn es gestern Nacht passiert ist, habe ich einige Zeugen, die mich hier im Krankenhaus gesehen haben. Ich hatte Nachtschicht, meine letzte, ehe ich von hier weggehe. Wir haben zur Feier des Tages noch eine Tasse Kaffee getrunken, so gegen Mitternacht. Und danach habe ich mit ein paar Kolleginnen zusammen aus dem Pflegedienst meine Siebensachen gepackt. Die will ich heute nämlich mitnehmen.«

»Dann wissen Sie aber nicht, was Ihr Mann währenddessen gemacht hat, oder?«

Sie schaute den Kommissar an und grinste.

»Doch, weiß ich. Er war in Landau. Neue Wohnung einrichten. Zusammen mit ein paar Freunden sind sie vorgestern hingefahren, morgen kommen sie zurück. Ich gebe Ihnen die Namen der Freunde, unsere neue Adresse und die Telefonnummern von allen. Können Sie gerne überprüfen.«

Sie lachte nun förmlich in einer Mischung aus Erleichterung und Schadenfreude. Aber Stammler konnte ihr nicht böse sein. Er hätte sich eher gewundert, wenn sie als Täterin infrage gekommen wäre. Jemand, der den Arbeitsplatz ohnehin wechselt, würde sich möglicherweise – was menschlich wäre – bei dem dafür Schuldigen gerne rächen. Das schon. Aber Mord, zumal in dieser grausamen Variante, machte da wenig Sinn. Und der Mann? Wenn das Alibi stimmte, dann war der sowieso raus aus dem Fall.

»Wie wäre es«, fragte der Kommissar, »wenn Sie mir die Namen der Freunde aufschreiben, die mit Ihrem Mann in der Pfalz waren? Und dazu auch die der Kolleginnen, mit denen Sie zusammen Nachtdienst hatten.«

Die Frau nickte und begann damit, das Gewünschte auf ein Blatt Papier zu schreiben.

»Sagen Sie, Frau Messner«, fragte Stammler plötzlich, »kennen Sie eigentlich eine Frau Meineke? Lauren oder Lola Meineke?«

Die Ärztin unterbrach ihren Aufschrieb. Dachte ganz offensichtlich höchst gewissenhaft nach. Dazu kräuselte sie die Stirn und starrte auf ihren Stift.

»Nie gehört«, sagte sie dann, »wer soll das denn sein?«

»Vielleicht ist Ihnen der Name im Zusammenhang mit Doktor Reichert begegnet?«

Wieder kurze Denkpause.

»Nein, ebenfalls nicht. Aber mein Kontakt zu Reichert war ja auch nicht der beste – sozusagen.«

»War er wirklich so schlimm?«

Sie lachte. Irgendwie freudlos. Eher verächtlich. Vielleicht war es auch gar kein Lachen, sondern eher ein Schnauben.

»Der war nicht nur schlimm, wenn du eine Frau bist, der war auch schlimm, wenn du bloß mit ihm zusammengearbeitet hast. Ein inkompetenter Rechthaber. Aber wenn ein Arzt mal eine bestimmte Position hat, dann bleibt er da, gleichgültig, was er sich leistet. Aber das ist ja in anderen Branchen genauso, wenn man den Erzählungen glauben darf.«

»Wollte ihm denn keiner an den Karren fahren?«

»Nein, nicht so richtig. Die Patienten erfahren ja auch nie, was ihr Arzt vermurkst hat. Also lassen sie uns in Ruhe. Neulich war einer da, dem hatte Reichert eine falsche Diagnose gestellt. Das war dem Herrn Doktor völlig egal, der hat den einfach rausgeschmissen.«

»Woher wissen Sie das?«

»Hat er selbst erzählt. Im Ärztekreis.«

»Wie hieß der Mann denn?«

»Keine Ahnung, hat er nicht gesagt. Da müssen Sie schon in den Unterlagen nachgucken. Irgendwie hat er eine Krebsdiagnose verdaddelt – und jetzt ist es zu spät. Der hat sich auch schon früher solche Dinger geleistet. Einmal, ganz zu Beginn, hat er einer Frau gesagt, sie sei schwanger, war sie aber nicht. Die hat es dem Ehemann erzählt, der aber gar nicht der Vater sein konnte. Da hat der sie rausgeworfen, ein Kind kam aber nie. Das hat der Reichert bloß gemacht, um sich an der Frau zu rächen, weil die ihn abgewiesen hat. Hat man jedenfalls so rumerzählt. Muss aber schon Jahre her sein, da war er noch in einer anderen Abteilung.«

»Sonst noch ein paar Geschichten?«

»Nee, die reichen mir, da wird mir sonst schlecht.«

»Und Sie wissen nicht, wie die Fehldiagnose hieß? Der Mann, meine ich.«

»Nein«, sagte sie, und reichte ihm das Blatt Papier. »Hier, unsere Alibis. Telefonnummern weiß ich nicht, aber Sie sind ja bei der Polizei. Kann ich jetzt in Ruhe weitermachen? Ich muss noch ein paar Sachen fertigstellen, ehe ich mich von hier verabschiede.«

Stammler erhob sich und streckte der Frau die Hand hin.

»Ich wünsche Ihnen alles Gute für Ihren Job in der Pfalz. Es ist schön dort, auch wenn zwischen Kandel und Bergzabern jeder Ort gleich aussieht.«

Sie lachte und schüttelte ihm die Hand.

Stammler beschloss, das Krankenhaus über einen Umweg zu verlassen. Er marschierte Richtung Notaufnahme. Tatsächlich fand er sie auf Anhieb. Er schaute zu, wie ein Krankenwagen einen jungen Mann anlieferte, der offensichtlich ein Bein oder mehr gebrochen hatte.

»Typisch Motorradunfall«, sagte jemand in Stammlers Ohr.

Er drehte sich zu der Stimme und erkannte Gülcin Mehmedi.

»Wegen Ihnen bin ich hier«, sagte der Kommissar, »ich wollte Sie fragen, ob Sie mir noch mal den Weg zu Professor Mader zeigen können. Alleine finde ich den nie mehr.«

»Eigentlich bin ich keine Fremdenführerin, aber für die Polizei mache ich eine Ausnahme. Aber sagen Sie mal, was machen Sie eigentlich die ganze Zeit hier?«

»Das erzähle ich Ihnen unterwegs.«

Als sie vor Maders Arbeitszimmer standen, wusste die Frau zumindest grob Bescheid. Alles könne er ihr nicht erzählen, hatte Stammler gemeint, aber das, was am nächsten Tag in der

Zeitung zu lesen sein würde, das könne sie auch jetzt schon erfahren.

»Und was wollen Sie noch beim Mader?«

»Unterlagen von Reichert. Ich suche nach dem Namen mit der Fehldiagnose. Man weiß ja nie, wie die Menschen auf so was reagieren.«

»Na, dann viel Vergnügen, Herr Kommissar«, sagte die Schwester und wollte sich auf den Weg zurückmachen.

»Hören Sie«, hielt Stammler sie mit leicht belegter Stimme auf, »Sie haben doch sicher auch ein Leben außerhalb des Krankenhauses.«

Sie trat einen Schritt zurück und sah ihn erstaunt an.

»Wollen Sie mich anmachen?«

»Anmachen? Nein, gar nicht. Ich wollte Sie nur mal einladen. Zum Essen. Oder auf einen Kaffee. Oder so.«

Stammler fühlte sich sichtlich unwohl. Er hatte seit Jahren keine Frau mehr eingeladen, nicht seit seiner Ex-Frau. Als er Gülcin Mehmedi anschaute, fragte er sich, ob man heutzutage die Frauen anders einlud als früher. Möglicherweise hatten die Codes sich geändert, ohne dass er es mitbekommen hatte.

»Na ja, wenn ein Polizist das Angebot macht, kann man ja wohl kaum Nein sagen. Und Angst braucht man auch nicht zu haben. Und wie stellen Sie sich das vor?«

»Ich könnte Sie anrufen?«

»Haben Sie denn meine Nummer?«

»Wie? Nein. Aber … Sie könnten sie mir ja geben … jetzt vielleicht?«

Sie lachte glucksend. Offenbar machte es ihr Spaß, den nun ziemlich hilflos wirkenden Stammler in der Bredouille zu sehen.

»Glauben Sie wirklich, ich gebe meine Nummer so schnell einem Fremden? Ich weiß ja noch nicht mal Ihren Namen.«

»Gerd Stammler. Kommissar bei der Polizei. In Tübingen. Wohnhaft in Lustnau. Alleinstehend. Reicht das für den Anfang?«

»Ja, ja, mehr brauche ich nicht. Haben Sie denn ein Stück Papier dabei?«

»Wozu?«

»Meine Nummer. Oder wollen Sie sich die Zahlen alle merken?«

Rasch zog er seinen Notizblock heraus und sie diktierte ihm die Telefonnummer.

»So«, sagte sie, »jetzt gehe ich mal wieder. Schauen wir mal, was jetzt passiert, Herr Polizist.«

Sie drehte sich um und ging endgültig auf ihre Station zurück. Stammler schaute ihr eine Weile nach, dann stieß er die Türe zu Maders Büro auf.

Christian Löffler fuhr die Derendinger Straße entlang. Gleich um die Ecke war die Konrad-Adenauer-Straße mit dem Polizeipräsidium. Er stellte den Wagen auf dem Parkplatz hinter der Derendinger Straße 40 ab. Im Erdgeschoss befand sich Werner Puths Unternehmen »weptronic«, das elektronische Baugruppen, Chips und allerhand mehr in diesem Sektor produzierte. Der Hauptkommissar kannte Puth schon seit Jahren. Oft waren sie sich in der Tübinger Altstadt begegnet, danach auch auf den ausgedehnten Laufstrecken rund um die Uni-Stadt herum. Puth, der Pfälzer, hatte Löffler auch stets besucht, wenn er in Hamburg zu tun hatte.

»Was machst du denn hier?«, fragte Puth erstaunt, als Löffler dessen Bürotüre aufstieß. »Du hast mich hier doch noch nie besucht. Ist irgendein Notstand ausgebrochen?«

»Mord – und du hängst mitten drin.«

Puth hob die Hände hoch.

»Erwischt, aber ich brauchte das Geld. Gibt das mildernde Umstände?«

»Normalerweise schon, aber nicht für dich. Ein Pfälzer unter lauter Schwaben hat keine Gnade zu erwarten. Wer Saumagen isst, gehört weggesperrt.«

»Das sagt der Schwabe mit seinen Buabaspitzla und Sauren Kuttle. Der Erfinder von dem Zeug müsste heute noch eingesperrt werden.«

»Remis. Das Bier soll uns beide verbinden.«

»Einverstanden. Und warum bist du wirklich hier?«

Er war inzwischen aufgestanden und ließ aus einer Kaffeemaschine zwei Espressi einlaufen. Löffler hatte sich inzwischen hingesetzt.

»Tja, da gibt es eine merkwürdige Sache. Kennst du Lauren Meineke?«

Puth konzentrierte sich auf die Espressomaschine. Als die beiden Tassen gefüllt waren, bugsierte er sie auf einem Tablett zu seinem Schreibtisch. Eine der Tassen stellte er vor Löffler ab.

»Ich erinnere mich. Werbeagentur. Sie heißt ›Free Minds‹, glaube ich. Die haben mal für uns gearbeitet. Warum willst du das wissen?«

»Zeitung gelesen heute?«

»Den Sportteil, Kaiserslautern hat auf dem Betze verloren. Das hat mir den Rest gegeben.«

»Da hast du einen wichtigen Teil weggelassen. Man hat eine Frau getötet, erschlagen. Den Täter nennt man bereits den Schattenmörder. In Tübingen. Schattenmörder. Wie eine Figur aus CSI oder irgendeiner schwedischen TV-Serie.«

»Doch, das habe ich tatsächlich gelesen. Auch das mit der Frau … Moment mal – ist das etwa die Meineke von der Agentur? Die Frau wurde doch draußen im Lustnauer Gewerbegebiet gefunden. Mist, ich kenne die Tote tatsächlich. Ist zwar schon eine Weile her, aber trotzdem.«

Puth schien tatsächlich erschüttert. Er trank seinen Espresso in einem Zug leer, stand auf und ließ aus der Maschine gleich den nächsten ein.

»Mensch, dass ich mit einer Leiche mal Geschäfte gemacht habe. Ich kann es kaum glauben.«

»Nun ja, mein Lieber, so furchtbar neu ist so was nicht. In zehn Jahren kannst du nicht mal mehr an einer Hand aufzählen, mit wie vielen Toten du schon gearbeitet hast.«

»Ja, klar, aber die sind dann eines natürlichen Todes gestorben. Zumindest werden das die meisten sein. Aber hier, der Schattenmörder – das ist schon was Außergewöhnliches.«

»Jetzt setz dich mal her, du machst mich ganz nervös.«

Puth setzte sich hin und sah Löffler auf einmal ganz misstrauisch an.

»Du willst jetzt aber kein Alibi von mir, oder?«

Löffler lachte.

»Wahrscheinlich sollte ich eins von dir verlangen. Bloß um dich zu erschrecken. Aber ich bin nicht deshalb hier, sondern weil ich wissen will, was dir zu der Frau, zu der Lauren Meineke, einfällt.«

»Oh je, das ist ja Monate her. Wir haben damals eine kleine Kampagne gestartet für unsere Kunden. Für unsere B2B-Kunden. Eine Broschüre über unsere Firmenleistungen. Aber eigentlich hat da ein anderer Typ daran gearbeitet. So ein dünner, ausgemergelter Kerl. Erst als der weg war, hat die Meineke das übernommen.«

»Weg war? Was heißt das – weg war?«

»Was weiß ich? Irgendwann tauchte die Meineke auf und sagte uns, dass sie jetzt übernimmt. Der Herr … keine Ahnung, wie der hieß, jedenfalls sei der gegangen. Und dann ging alles ganz schnell. Die Frau war echt auf Zack. Klasse Flyer für uns produziert.«

»Hast du sie auch mal außerhalb getroffen?«

»Außerhalb? Wie – außerhalb?«

»Na, privat halt.«

Puth tippte sich an die Stirn.

»Bist du wahnsinnig? Du solltest eigentlich wissen, dass ich immer privat und Geschäft trenne. Jedenfalls kenne ich die

Meineke bloß von den Meetings bei ›Free Minds‹. Das hat mir aber auch schon gereicht.«

»Wieso das?«

»Weil die Frau unangenehm war. Ehrgeizig. Aber auch aufdringlich. Und irgendwie klang alles, was sie an Freundlichkeiten sagte, unecht. Da kommst du dir als Kunde irgendwie verarscht und eingelullt vor.«

»Josef Birk. Hieß der magere Typ, den die Meineke ersetzt hat, Josef Birk?«

Der Pfälzer dachte nach.

»Ich bin nicht sicher, aber eher nicht. Ich glaube, er hieß so was wie Johannes oder Julian. Irgendwas mit J. Aber nagel mich nicht fest. Frag doch einfach den Chef, den Kleber, der wird das schon wissen.«

Löffler spielte eine Weile mit dem Löffel seines Espressos herum. Er liebte diesen Zustand. Er dachte dann an nichts, an absolut gar nichts. Viele behaupteten ja, das ginge nicht, an nichts zu denken. Löffler jedenfalls war da anderer Meinung. Aber schließlich kehrte er gedanklich zurück in Puths Büro.

»Wir haben zwei Leichen, beide auf dieselbe Weise getötet, aber es gibt augenscheinlich keine Verbindung zwischen ihnen. Ich gestehe, ich bin im Augenblick etwas ratlos.«

»Das darfst du mir eigentlich gar nicht sagen.«

»Doch, wenn ich dich anschließend töte.«

Der Firmenchef gluckste vor Lachen.

»Kommen wir zum Ende«, meinte Löffler. »Du kannst mir also gar nichts sagen zu der Frau? Du hast nichts mitbekommen in der Zeit, als sie für euch gearbeitet hat? Streit? Mobbing? Intrigen?«

»Nein«, sagte Werner Puth und schüttelte den Kopf, »da war nichts. Die haben da ziemlich professionell gearbeitet. Zumindest die, die für uns zuständig waren. Andere kenne ich nicht.«

»Na gut«, sagte der Hauptkommissar seufzend und stand auf, »dann bleibe ich halt weiterhin ratlos. Apropos ratlos – wo warst du eigentlich gestern bei Jackies Ausstand? Du warst da doch immer Stammgast.«

»Ich war da.«

»Du? Wo denn? Ich habe dich gar nicht gesehen.«

»Wir haben uns unterhalten. Aber nur kurz, du warst so schwer zu verstehen.«

Löffler grinste verlegen.

»Ich gehe in Sack und Asche«, murmelte er dann, »aber manchmal reitet uns halt alle mal der Teufel. Dann kommt so was dabei heraus.«

Er schüttelte Puth die Hand, dann ging er nach draußen zu seinem Wagen. Er ließ sich hinter das Lenkrad gleiten. Dort verharrte er eine Zeit lang. Auf seinem Stick kam gerade Israel Nash mit seinem Westcoast-Hippie-Zeug. Löffler hörte zu und schloss dazu die Augen. Als er nach mehr als einer halben Stunde wieder aufwachte, weil zwei Männer sich lautstark um einen Parkplatz stritten, war die Musik zu Ende. Er setzte sich aufrecht in seinen Fahrersitz und kramte sein Smartphone hervor.

»Hör zu, Markus«, sagte er zu dem Gerichtsmediziner Kürner, als er ihn erreichte, »ich brauche deine Kompetenz. Nein, es geht nicht um die Tote. Nein, es geht auch nicht um den Toten. Es geht um mich. Nein, ich will den Job nicht wechseln. Nun hör mir endlich mal zu, verdammt.«

Am anderen Ende hörte Löffler heftiges Keuchen. Dann Ruhe. Dann eine leise Stimme.

»Leg los, ich höre zu.«

»Schön. Du bist genau der Fachmann, den ich brauche. Ich war beim Arzt. Beim Neurologen. Dann im Krankenhaus. Ich hatte Sehstörungen und Gleichgewichtsprobleme. Also habe ich mich untersuchen lassen. Jetzt erst. Nach dem MRT gibt es eine Biopsie. Stereotaktische Biopsie, heißt das. Aber du kennst so was ja.«

Er machte eine kleine Pause.

»Jedenfalls habe ich den Arzt, Professor Heuberger, gebeten, dich die Biopsie machen zu lassen. Also auswerten zu lassen.

Du als Gerichtsmediziner bist da doch Fachmann. Und du hast die richtigen Geräte in deiner Kräuterkammer. Was meinst du? Kannst du das? Kannst du das für mich tun? Kannst du für mich herausfinden, ob das, was in meinem Kopf wächst, gut- oder bösartig ist?«

Schweigen auf der Seite Kürners. Löffler konnte nur den angestrengten Atem seines Freundes hören.

»Das ist jetzt ziemlich überraschend«, kam schließlich Kürners leise Stimme.

Der Hauptkommissar konnte sich nicht erinnern, von dem Gerichtsmediziner jemals eine ähnliche Reaktion erfahren zu haben. Als Arzt und Zyniker stand er selbst dem Tod eher krachledern gegenüber. Über den Tod dürfe der Lebende Witze machen, hatte er immer gesagt, denn wenn man erst mal tot sei, gehe das ja nicht mehr.

»Ich werde mich natürlich um die Sache kümmern, Heuberger soll mir die Unterlagen vorbeischicken. Ich rufe ihn an, ich kenne ihn ganz gut. Überlasse das alles mir.«

Wieder Schweigen beider.

»Und wie geht es dir aktuell«, fuhr Kürner dann fort. »Hast du Schmerzen? Schwindel? Lähmungen?«

»Nein, es geht mir gut im Augenblick. Wie einem, der kein Geschwulst im Kopf hat. Heuberger sagte, dass zwei Drittel solcher Wucherungen gutartig seien. Es gibt da so eine Einstufung …«

»Ja, kenn ich. Malignitätsgrade nennen sie sich. Eins und zwei sind gut, der Rest eher nicht. Aber selbst dann ist nichts verloren. Man kann immer noch etwas unternehmen. Vor allem: Nicht gleich das Schlimmste vermuten.«

»Nun ja, es ist ein Tumor, das hat das MRT ergeben. Das ist irgendwie schon ziemlich schlimm. Oder etwa nicht?«

»Ach, Christian, wir Ärzte haben da andere Kriterien«, klang Kürners Stimme nun direkt erholt, da er von Dingen sprach, in denen er sich auskannte und bei denen es nicht um konkrete Menschen ging. Bloß um abstrakte Geschwüre, die keinen Familiennamen hatten. »Schlimm ist es nur dann, wenn uns nichts mehr einfällt, wie man helfen kann. Aber das kommt fast nie vor. Ich würde also fast behaupten, dass es dir bloß mit einer Erkältung auch nicht deutlich besser ginge als mit so einem Klops im Schädel.«

»Wie lange brauchst du für die Analyse? Wann kannst du mir Bescheid geben, was es mit dem Ding in mir auf sich hat?«

»Bald. Jetzt besorge ich erst mal die Unterlagen und das Material.«

»Ach ja, Markus, und bitte nichts weitersagen. Wir wollen die Freunde und die Familie doch nicht nervös machen, oder?«

»Gebongt, bleibt unter uns. Tschüss dann, ich melde mich.«

Kürner legte auf und Löffler ließ in Gedanken noch einmal das Gespräch Revue passieren. Am Ende stellte er fest, dass er sich jetzt wieder sicherer fühlte. Ruhiger. Beruhigt. Etwas zumindest.

Kürner war der einzige Mitwisser, abgesehen natürlich von Heuberger. Dennoch war Christian Löffler über die Reaktion seines Freundes verwundert. Der Lebemensch, der nie etwas ernst zu nehmen schien, war ganz offensichtlich betroffen. Was aber nichts anderes bedeutete, als dass die Lage für Löffler ernster war, als Kürner sie ihm gegenüber darstellte. Dieser Gedanke verdrängte das positive Gefühl wieder, das der Hauptkommissar gleich nach der Unterhaltung mit dem Gerichtsmediziner gehabt hatte. Aber es nützte alles nichts – er musste jetzt einfach warten, bis er ein Ergebnis bekam. Und bis dahin, so beschloss er für sich, würde er schlicht und ergreifend nicht daran denken, was da in seinem Kopf langsam, aber unaufhaltsam heranwuchs.

Er hatte einen Fall zu lösen.

Zwei grausame Morde. Und er hatte vorhin die Wahrheit gesagt: Er hatte keine Ahnung, in welche Richtung sie ermitteln konnten. Natürlich mussten sie von ein und demselben Täter ausgehen. Daran ließ die Art der Taten keinerlei Zweifel aufkommen. Aber wenn es keine Verbindung gab zwischen den beiden Opfern, was steckte dann dahinter?

Die Verbindung zwischen den beiden war der Täter. Und sonst?

Genau das war auch das Problem. Solange sie über den Killer nichts, aber auch *gar nichts* wussten, war es so gut wie unmöglich, eine Spur aufzudecken.

Löffler ging von keinem Zufallstäter aus.

Das würde auf einen psychisch vollkommen enthemmten Täter schließen lassen. Die kamen zwar in Massen in den gängigen TV-Serien vor, in der Realität aber ausgesprochen selten. Er glaubte eher an eine Art Feldzug, dem ganz bestimmte Personen zum Opfer gefallen waren. Er fürchtete allerdings, dass der Feldzug noch nicht zu Ende war.

Was, wenn der Killer noch mehr Opfer auf seiner Liste hatte?

Und vor allem – was hatten sie in seinen Augen verbrochen?

Was bedeutete deren Tod für ihn?

Und warum so grausame Morde?

Monika Berger war verwirrt.

Auch wenn sie nach außen hin so tat, als ließe sie die merkwürdige Nacht mit ihrem Vorgesetzten kalt, entsprach das ganz und gar nicht den Tatsachen. Allerdings hätte sie nicht zu sagen vermocht, welche Gefühle genau das in ihr hervorrief. Klar – Verwirrung. Aber war das jetzt ein gutes oder ein schlechtes Gefühl? Kam sie sich belastet vor? Oder eher erfreut? Erleichtert? Vielleicht sogar glücklich? Oder war es das alles zusammen, was sie vor ihrem Computerbildschirm sitzen ließ, ohne ihre Umgebung wahrzunehmen?

Schluss damit, beschloss sie abrupt.

Sie hatten zwei Leichen in der Gerichtsmedizin liegen, grausam verstümmelt – und sie hing Pennälergedanken nach. Der erste Kuss, das erste Date, die erste Berührung: Alles Kinderkram, der – zumindest gegenwärtig – keinen Raum in ihrem Denken einnehmen durfte.

Lustlos hackte sie auf ihrem PC herum.

Sie suchte nach einer Idee.

Jeder Fall war aufs Neue ein Rätsel, das es zu lösen galt. Alle Rätsel waren zu lösen, wenn es um Mord ging. Jede Tat hatte ihre Begründung. Und einen Täter oder eine Täterin. Man musste nur den roten Faden finden, irgendeinen Anfang. Danach konnte man sich an dem entlanghangeln, am Schluss stand die Lösung. Irgendein Mensch hielt das andere Ende des Fadens in der Hand und der oder die waren die Täter.

Die Grausamkeit der Taten ließ auf eine ungeheuere Wut, auf Hass schließen. Aber selbst dann war es für einen Menschen schwierig, einem anderen von Angesicht zu Angesicht das Gesicht und den Kopf mit einem Hammer zu zertrümmern. Aber wer konnte eine Frau in den Dreißigern und einen Arzt Mitte vierzig derart hassen, dass er ihnen das antat? Und was verband die beiden?

Da war sie wieder: Die Frage nach der Verbindung der beiden Fälle, nach der Gemeinsamkeit, nach dem Merkmal, das sie für den Täter zu seinen Opfern machte.

Und was hatte Löffler gedacht, als sie beide am Morgen in seinem Bett erwachten?

Beide nebeneinander liegend?

Weg damit, weg mit diesen Gedanken. Immer wieder hinderten sie sie an der Konzentration auf den Fall.

Sie rief die Daten der beiden Opfer auf den Bildschirm. Sie waren in verschiedenen Städten geboren, hatten an unterschiedlichen Unis in verschiedenen Städten studiert. Ihre Vergangenheit ließ keinerlei Gemeinsamkeit erkennen. Beide hatten keine polizeilichen Eintragungen, keine Brüche in den

Lebensläufen. Null Auffälligkeiten. Ihre Biografie gab nichts her, das darauf schließen ließ, dass sie sich kannten.

Okay, Tübingen war keine Großstadt, hier läuft man sich schon mal über den Weg. In einer Altstadtkneipe, einem Konzert, auf dem Weihnachtsmarkt oder auf dem Stadtfest. Aber der Weg von einer kurzen, wenngleich vielleicht unfreundlichen Begegnung zu einem Hammerschlag ist ein weiter.

Für die Kommissarin blieb nur der Schluss übrig, dass beide in der Vergangenheit den Täter auf fürchterliche Weise behandelt, verraten, betrogen haben mussten und dass der sich plötzlich dazu entschlossen hatte, dafür Rache zu nehmen.

Ich drehe mich im Kreis, befand Berger und spielte eine Partie Solitaire zur Beruhigung. Sie war unkonzentriert. Ihr war durchaus klar – wenngleich bloß untergründig dank aufwendiger Selbstverdrängung –, dass sie die Begegnung mit Löffler fürchtete. Andererseits, beruhigte sie sich umgehend, was sollte schon groß passieren? Sie würden die Sache gemeinsam aus der Welt schaffen und danach wieder wie normale Kollegen zusammenarbeiten. Dennoch schwante ihr insgeheim, dass das vielleicht gar nicht so einfach werden würde.

Zurück zum Fall, zwang sie sich, das Private muss jetzt nach hinten treten.

Doch wo sollte sie anfangen zu ermitteln? Es gab nicht den Hauch eines Verdächtigen. Keine Spur. Super, überlegte sie, zwei verstümmelte Leichen und keinerlei Anhaltspunkte. Wenn der Killer sich sicher fühlte, nicht entdeckt zu werden, so schien er damit momentan richtig zu liegen. Was blieb, war weiter im Leben der Getöteten zu suchen, es auseinanderzunehmen, Spuren zu suchen, etwas zu finden. Irgendetwas.

»Wie läuft es?«

Kollegin Heim stand plötzlich vor ihr. Irgendwie war sie aus ihrem Urwald gekrochen und suchte den Kontakt zu den Menschen.

»Beschissen, Heimchen, beschissen«, antwortete Berger resigniert, »wir stecken fest. Wohin man schaut – Sackgassen. Keine Spuren, keine Verdächtigen, keine Ahnung.«

»Wie immer also am Anfang eines Falles.«

Berger musste grinsen. Irgendwie hatte die Kollegin ja recht. Jeder Fall war ein Puzzlespiel, in dem man zu Beginn vor einer leeren Platte stand. Darauf galt es nun, die einzelnen Teile zusammenzufügen.

Okay, dachte sie, dann mal los damit.

Als Erstes sah Hauptkommissar Christian Löffler, als er in das Büro kam, seine Kollegin Heim, die ihm zuwinkte und dabei den Zeigefinger der rechten Hand über den Mund legte. Das Zeichen für leise sein und keinen unnötigen Lärm machen.

Löffler hob fragend die Schultern. Sie deutete neben sich, zum Schreibtisch Monika Bergers. Als Löfflers Blick ihr folgte, entdeckte er dort die Kollegin über dem Schreibtisch liegend. Die Arme hatte sie ausgebreitet, der Bildschirm war dunkel und leise Brummtöne verkündeten, dass Berger schlief.

Der Hauptkommissar schüttelte fassungslos den Kopf. Dann lächelte er. Sie hatten eine lange Nacht hinter sich, an die er sich zwar nicht erinnerte, aber auch er fühlte sich nicht in bester Verfassung. Das Telefon auf Bergers Schreibtisch läutete in diesem Augenblick. Ihr Kopf schnellte hoch, die Hand griff automatisch nach dem Hörer und zog ihn an ihr Ohr. Als sie die Stimme am anderen Ende vernahm, richtete sie sich auf und streckte den Oberkörper, dann ließ sie sich in ihren Sessel zurückfallen.

»Ich bin hier, Gerd, im Büro«, sagte sie, »ich arbeite an dem Fall. Hast du etwas Neues für uns? Etwas Handfestes, mit dem wir arbeiten können?«

Sie hörte eine Weile den Worten Stammlers zu.

»Dann komm hierher ins Büro, lass uns noch mal alles zusammenfassen … ja, den Löffler rufe ich an … schaff ich schon … kannst du machen, für mich mit Pilzen … bis dann.«

Sie legte auf. Dann saß sie eine Weile ruhig da, ehe sie sich erhob. Als sie sich umdrehte, stand Löffler vor ihr. Die Kommissarin zuckte vor Schreck zusammen und machte einen Schritt zurück. Dabei stolperte sie über ihren Stuhl und mit einem Plumps saß sie auf dem Boden.

Der Hauptkommissar streckte ihr seine Hand hin. Aber sie schob sie beiseite und stand von alleine wieder auf.

»Nachwehen von gestern?«, fragte Christian Löffler und grinste.

»So neu schauen Sie auch nicht aus. Da hilft auch viel Schminke nichts.«

Löffler spielte den Missverstandenen.

»War doch nicht so gemeint. Ich wollte nur meine Anteilnahme zeigen.«

»Noch bin ich nicht tot.«

»Wenn wir schon beim Thema sind«, lenkte Löffler die Situation auf minenfreies Gelände, »wie geht es denn unserem Pistolenschützen Birk? Gibt es Neuigkeiten aus dem Krankenhaus? Frau Heim, haben Sie was für uns?«

Die hatte sich inzwischen wieder hinter ihre Büsche zurückgezogen. Nach dem Aufruf Löfflers teilte sich der Palmendschungel und die Kollegin zeigte sich. In der Hand hielt sie einen Notizblock.

»Der Birk ist noch auf der Intensiv, aber bei Bewusstsein«, las sie von ihrem Blatt.

»Wegen seinem Alkohollevel kann man nicht operieren, die Kugel ist noch in der Schulter. Ein Steckschuss. Nichts Besonderes, sagt der Arzt.«

»Kann man ihn besuchen? Mit ihm reden?«

»Klar«, nickte Heim, »er kann zumindest reden. Allerdings redet er zurzeit noch wirr. Sagt der Arzt. Entzug. Aber phasenweise ist er auch klar. Wenn wir wollen, können wir zu ihm ins Krankenhaus fahren. Also nicht ich, aber einer von Ihnen, meine ich.«

Löffler wandte sich der Kollegin Berger zu.

»Sollen wir? Hier können wir ohnehin nichts tun. Und ehe Sie weiterschlafen, können wir uns auch beim Arbeiten fit halten.«

Berger schnappte sich ihre Jacke und stiefelte zur Tür. Dort blieb sie stehen und schaute zurück.

»Was ist?«, fragte sie. »Kommen Sie nun oder muss ich alleine gehen?«

»Ist gut, ich beeile mich ja. Der Birk rennt uns schon nicht davon.«

Löffler fuhr, während die Kollegin auf dem Beifahrersitz ihr Gesicht gegen die Scheibe gelehnt hatte. Sie schien die Kühle des Fensterglases zu genießen. Erst als sie bereits hinter dem Schlossbergtunnel waren und auf der Straße Richtung Unterjesingen fuhren, richtete sie sich in ihrem Sitz ein und ließ sich bequem nach hinten an die Lehne fallen.

»Geht es Ihnen jetzt besser?«, fragte der Hauptkommissar und bog in den Hagellocher Weg ein. Dort ging es aufwärts, am Weingut Gugel mit der Besenwirtschaft vorbei, dann rechts Richtung Kliniken.

»Nein, es geht mir nicht gut. Aber wenn Sie mir eine Kopfschmerztablette hätten, könnte das vielleicht helfen.«

»Wer säuft, kann auch arbeiten. Das ist der Härtetest. Und zwar ohne Hilfsmittel.«

»Bloß weil Sie hier den Macho spielen, muss ich nicht dabei mitmachen. Wenn wir im Krankenhaus sind, besorge ich mir ein paar Schmerzhämmer. Da geht alleine schon vom Geruch der Kopfschmerz vorbei.«

Im Klinikum ließen sie sich von einer Rezeptionsschwester zum Krankenbett Birks führen. Als sie eintraten, sahen sie Susanne Birk am Krankenbett sitzen. Sie hielt die Hand ihres Mannes, dessen Kopf in dem weißen Kopfkissen zu verschwinden schien. Als die Kripobeamten näherkamen, sahen sie das kreideweiße Gesicht des Verletzten, über das schmale Schweißfäden liefen.

»Wie geht es ihm?«, fragte Monika Berger die Ehefrau.

Der Mann im Bett murmelte etwas Unverständliches.

Berger schaute fragend Susanne Birk an.

»Was sagt er?«

»Ich sagte«, presste Josef Birk, nun verständlicher, hervor, »dass Sie das auch mich fragen können. Ich bin ja verletzt, nicht meine Frau. Bloß ich weiß, wie es mir geht.«

»He«, rief Berger betont munter, »Sie scheinen ja wieder ziemlich auf dem Damm zu sein. Das trifft sich natürlich gut, denn dann können wir uns ein wenig unterhalten.«

Der Verletzte versuchte sich aufzurichten. Ein paar Zentimeter schaffte er es, sich mit dem Oberkörper nach oben zu quälen. Aber nach kurzem Bemühen ließ er sich wieder in sein Bett zurückfallen.

Berger hatte ihn neugierig dabei beobachtet. Fast schien sie enttäuscht zu sein, dass er es nicht in eine sitzende Stellung geschafft hatte.

»Es geht auch im Liegen«, meinte sie dann beruhigend. »Sie können uns doch ein paar Fragen beantworten, oder?«

Der Mann nickte stumm mit seinem kleinen, weißen Köpfchen.

»Sie wissen ja, wieso wir Sie aufsuchen, nehme ich an. Aber ich sage es sicherheitshalber noch mal: Wir verdächtigen Sie, etwas mit dem Tod von Lauren Meineke zu tun zu haben. Mit dem Tod der Frau, die Sie aus der Firma geschmissen hat.«

Einen kurzen Moment blieb Birk stumm. Dann grinste er zuerst an die Decke, anschließend lächelte er seiner Frau ins Gesicht. Die hielt inzwischen wieder seine Hand.

»Ich habe, ich meine, ich *hatte* mit Lauren nie Probleme. Und meine Entlassung ist alleine meine Schuld gewesen. Das war wie eine Erlösung für mich. Haben Sie eine Ahnung, was es bedeutet, täglich mit einem Alkoholspiegel, der einen einsatzfähig macht, seine Arbeit zu erledigen? Das ist die Hölle. Da ist jeder Rauswurf ein Segen, denn selbst entlässt man sich ja nicht. Wir Alkis haben den Ehrgeiz, trotz unserer Krankheit ein wertvolles Mitglied der Gesellschaft zu sein.

Dafür müssen wir aber ganz ordentlich leiden. Das will bloß keiner hören. Als wenn mir das Saufen noch Spaß machen würde.«

Eine Weile sagte niemand etwas im Raum. Schließlich räusperte sich Berger, um den Faden wieder aufzunehmen.

»Schön, jetzt kennen wir die Probleme eines Alkoholikers«, fuhr sie dann fort, »dennoch haben Sie auf uns, auf meine Kollegen geschossen.«

»Aber das war doch ...«

»Sie haben geschossen«, unterbrach Berger ihn, »und ob das jetzt Luftdruckwaffen sind oder andere, ist erst mal egal. Denn woher sollen wir wissen, ob die Pistole echt ist oder nicht? Aber egal, deshalb sind wir nicht hier, das werden die Kollegen klären.«

»Ach, und warum sind Sie hier?«

»Herr Birk, das wissen Sie doch.«

»Stimmt, man hat die Lauren gekillt.«

»Was mich interessiert«, mischte sich Hauptkommissar Löffler ein, »wieso haben Sie eigentlich gleich begonnen zu schießen, als Sie mich kommen sahen? Sie haben doch gewusst, wer ich bin, oder? Und wenn das so ist – woher wussten Sie, dass die Polizei bei Ihnen vorbeiguckt?«

Birk schwieg. Er faltete die Hände über der Decke und stierte vor sich hin. Offensichtlich schien er entschlossen zu sein, kein weiteres Wort zu dem Thema zu sagen.

»Josef«, sagte seine Frau, »nun red endlich mit den Leuten. Das hat doch keinen Sinn, hier auf stur zu schalten. Das ist einfach kindisch.«

Birks Gesicht hatte inzwischen etwas Farbe gewonnen, dafür lief ihm der Schweiß in immer größeren Bächen über Wangen und Hals. Ein feuchter Film überzog seine Haut.

»Na gut«, gab er nach, »ich wurde angerufen. Man hat mir gesagt, dass Lauren tot ist und dass die Polizei mich sprechen will.«

»Man?«

»Ja, die Mira halt, die Bögelein. Sie meinte, sie müsste mich warnen. Der war schon klar, dass ich mit der Sache nichts zu tun habe. Sie wollte mir halt helfen.«

»Wie war denn Ihr Verhältnis zu der Toten? Kamen Sie mit Lauren Meineke gut aus?«

Birk nickte, während seine Frau wieder nach seiner Hand griff und sie zu sich herzog.

»Die Lauren wollte immer, dass ich einen Entzug mache. Einmal hat sie mich schon in Zwiefalten angemeldet, da werden solche Fälle wie der meine behandelt. Aber ich habe es nicht gepackt.«

»Wir haben es ein paar Mal versucht«, ergänzte Susanne Birk. »Alleine, zu Hause. Kalter Entzug. Aber ohne professionelle Anleitung geht das nicht.«

»Ein großer Scheiß war das, ich habe bloß noch gekotzt.«

»Dann wäre Zwiefalten die richtige Wahl gewesen, würde ich sagen«, beschied ihm Berger entschlossen.

Eine Weile herrschte Ruhe im Raum.

»Sie haben doch keine Ahnung«, sagte dann fast flüsternd Josef Birk. »Da braucht man Lebensmut und den Willen, es zu schaffen. Aber das will ich gar nicht, ich habe die Schnauze voll. Ich bin so und so am Ende. Keine Kohle, keine Frau, keine Familie, keinen Job. Mir reicht es.«

»Aber Josef«, begann seine Frau, »so kannst du …«

»Ach, halt doch den Mund, ich will jetzt nicht wieder die gleiche Leier wie immer hören. Habe ich im Lotto gewonnen? Nein? Also, was willst du dann?«

»Aber Josef …«

Abrupt entzog er ihr seine Hand und knetete sie in seiner anderen. Als würde er den Schmutz abwischen, den seine Frau darauf hinterlassen hatte.

»Aber die Meineke hat Sie doch gefeuert«, warf Berger ein.

»Ja, zum Glück. Ich habe sie darum gebeten. Ich habe nämlich ganz gut funktioniert, trotz meiner Sauferei. Und ich war noch eine ganze Weile kreativ, auch wenn es immer mehr nachließ und ich mich fürchterlich quälen musste.«

Birk atmete heftig. Die Kommissare warteten, bis er sich wieder beruhigt hatte.

»Da habe ich die Meineke gebeten, fast angefleht, mich zu feuern. Dieses Projekt noch, hat sie gesagt, dann kannst du gehen. Und so war es dann. Sie brauchte mich als Texter, den Rest hätte sie auch alleine gekonnt. Aber für eine Anzeigenkampagne waren gute Texte wichtig. Die konnte ich liefern. Grad noch so. Danach war es vorbei.«

»Sie meinen also«, übernahm wieder Berger, »es gab für Sie keinen Grund, der Lauren Meineke Böses anzutun?«

Er lächelte still.

»Im Gegenteil«, stieß er heiser hervor, »ich war ihr dankbar.«

»Und woher sollen wir wissen, dass das alles stimmt?«

»Es war so«, fiel da die Ehefrau ein, »Sie dürfen gerne die Kollegen fragen. Es war eine Erleichterung für Josef, nicht mehr zur Arbeit zu müssen. Leider«, und dabei schaute sie fast weinend zu ihrem Mann hinüber, »leider hat er danach erst recht mit dem Trinken begonnen. Es geriet außer Kontrolle. Deshalb haben wir ihn verlassen, unsere Co-Abhängigkeit hätte nur die ganz Familie in den Abgrund gerissen. Es ist auch so schon schlimm genug.«

Die Polizisten gaben der Frau Zeit, sich zu beruhigen.

Josef Birk hatte den Kopf auf die Seite gelegt und betrachtete seine Frau, die den Kopf gebeugt hielt. Man merkte, dass die beiden Polizisten sich unwohl fühlten. So, als störten sie ein intimes Zusammenspiel.

»Nur noch ganz kurz«, tastete sich Berger dann wieder in ein Gespräch. »Haben Sie denn ein Alibi für die Zeit, als die Tat, also der Mord an Lauren Meineke, passierte? Es geschah vorgestern Nacht, etwa um Mitternacht herum. Können Sie sich erinnern, wo Sie da gewesen sind?«

Birk schaute die Kommissarin irritiert an.

»Ich war zu Hause, völlig dicht. Ich habe die Wohnung seit Tagen nicht verlassen. Ich konnte mich ja kaum mehr bewegen, ohne zu stolpern. Ich wäre nicht in der Lage gewesen, auch nur hundert Meter zu gehen.«

»Und woher bekamen Sie den Stoff? Den Alkohol?«

»Pizzaservice in der Herrenberger Straße. Können Sie ja überprüfen.«

»Machen wir. Waren die denn auch in der Nacht bei Ihnen?«

»Weiß ich nicht mehr genau. Vermutlich. Da müssen Sie bei denen nachfragen, die haben sicher Unterlagen darüber. Irgendwoher muss der Stoff ja gekommen sein.«

Die beiden Kommissare schauten sich an. Dann nickte Berger ihrem Chef zu. Sie reichte Susanne Birk die Hand.

»Auf Wiedersehen, Frau Birk. Ich wünsche Ihnen viel Glück. Sie werden es brauchen können.«

Die Frau schüttelte der Kommissarin die Hand. Dann verabschiedete sich auch Löffler von ihr und danach von dem flach im Bett liegenden Ehemann.

Als die Kommissare bereits in der Tür standen, drehte Löffler sich noch einmal um.

»Sagen Sie, Herr Birk, kennen Sie eigentlich einen Mann namens Reichert? Josef Reichert? Er ist Arzt hier in Tübingen.«

Josef Birk lag bewegungslos in seinem Bett. Es sah aus, als sei er eingeschlafen. Bloß an einem Zucken seines kleinen Fingers war erkennbar, dass er überhaupt noch am Leben war.

»Herr Birk?«

»Ich denke nach«, tönte es aus dem Mund des Verletzten.

»Und?«

»Nie gehört. Wer soll das denn sein? Der Mörder? Ein Verdächtiger? Oder einfach ein guter Freund von Ihnen?«

»Sie haben immerhin Ihren Humor nicht verloren. Aber noch mal – sind Sie ganz sicher, dass Ihnen der Name nichts sagt?«

»Absolut sicher.«

»Wenn wir gerade so beim Plaudern sind: Können Sie sich jemanden vorstellen, der Lauren Meineke das angetan hat? Jemand aus der Firma oder aus Meinekes Bekannten- und Freundeskreis vielleicht? Fällt Ihnen da jemand ein?«

Wieder lag Birk da wie tot. Nicht einmal der kleine Finger zuckte dieses Mal, bloß die Brust hob und senkte sich. Dann endlich schlug er wieder die Augen auf. Er lächelte.

»Vom Verdächtigen zum Zeugen, so schnell kann das gehen. Aber dann will ich mal nicht so sein. Wobei – so echte Feinde hatte die Lauren gar nicht. Privat weiß ich eh nichts über sie. Außer dass sie sich das bisschen Sex, das sie brauchte, dosenweise gekauft hat. So hat sie das zumindest mal erzählt. Aber in der Firma gab es nichts, was über eine normale Diskussion hinausging. Und hatte man mal gestritten, war gleich der Kleber da und hat beschwichtigt.«

»Aber sie soll doch auch anderen gekündigt haben, nicht bloß Ihnen. Und vor allem, wollten die nicht freiwillig gehen so wie Sie.«

»Ja, im Laufe der Jahre gab es schon einige Entlassungen. Meistens lief das über Abfindungen, da wurde kein großes Aufhebens gemacht. In der Branche geht es nur mit ›hire and fire‹. Da beschwert sich keiner.«

»Es gab nie unschöne Szenen bei Entlassungen?«

Birk zögerte.

»Vielleicht schon, aber das habe ich vergessen. Ich bin jetzt müde und es geht mir nicht gut. Ich wäre jetzt wirklich gerne alleine. Wenn mir etwas einfällt, dann lasse ich es Sie wissen.«

Dann schloss er die Augen und atmete gleichmäßig. Das war wohl das Zeichen dafür, dass die Audienz beendet war. Seine Frau schaute zu Löffler und Berger, dann hob sie entschuldigend die Schultern.

Gemeinsam fragten sich die Polizisten zum Ausgang der labyrinthischen Klinik durch. Als sie im Auto saßen, startete Löffler den Wagen nicht gleich.

»Was halten Sie von dem Mann und seiner Aussage?«, fragte Löffler nach einigen Minuten des Schweigens.

»Also schuldig wird er wohl kaum sein. Als der zweite Mord passierte, lag er schon im Krankenhaus.«

»Das meine ich nicht. Aber als ich nach Feinden in der Agentur fragte, kam mir die Aussage merkwürdig vor. Auch das abrupte Ende war seltsam. Hatten Sie nicht den Eindruck, als sei ihm gerade in dem Moment etwas eingefallen?«

Berger dachte nach.

»Ich weiß nicht so recht«, sagte sie dann, »er war einfach müde und kaputt. Immerhin ist er auf Entzug und außerdem hat er eine Kugel in der Schulter.«

»Trotzdem«, beharrte der Hauptkommissar, »das Ganze passt mir nicht. Ich muss noch mal darüber nachdenken, in aller Ruhe.«

»Na ja, immerhin hat er auf uns geschossen.«

»Mich.«

»Wie?«

»Er hat auf mich geschossen. Und nein, dass das mit dem Fall, den wir lösen müssen, etwas zu tun hat, glaube ich nicht. Oder sind Sie anderer Meinung?«

Sie schüttelte den Kopf.

»Nein, Sie haben recht. Aber können wir jetzt mal losfahren? Ich bin nicht scharf auf eine Parkhausparty.«

»Schon gut, ich fahr ja schon.«

»Wohin?«

Löffler sah auf die Uhr.

»Nach Hause, es ist schon spät. Ich will nicht noch mal durch die Stadt fahren, außerdem beginnt es gleich zu schneien, schauen Sie nur mal den Himmel an.«

»Aber Sie wissen schon, dass Ihr Zuhause und meines verschieden sind, oder?«

»Sie können im Gästezimmer übernachten. Außerdem könnten Sie mal wieder gemeinsam mit der Familie Abendessen. Wie früher.«

Berger sah ihren Chef von der Seite an. Sie schien sich nicht sicher zu sein, ob er es ernst meinte oder ob es eine seiner üblichen Ironien war. Sie entschied sich, dass er meinte, was er ihr vorschlug. Jetzt blieb bloß noch die Frage, ob sie das wollte.

»Fahren Sie los«, sagte sie.

Gerd Stammler war merkwürdig ruhig beim Abendessen. Eigentlich war er meist der Kasper am Tisch, der immer irgendwie in Bewegung war. Erzählte. Lachte. Immer etwas auf dem Tisch fand, das man ihm reichen musste. Aber heute fiel er eher durch Schweigsamkeit auf.

»Ein Mönch sitzt am Tisch«, fing Klaus Löffler plötzlich an, »ein Mönch mit Schweigegelöbnis. Vielleicht kam die große Erleuchtung über unseren Freund Gerd Stammler. Oder ist euch das nicht aufgefallen?«

Christian Löfflers Tochter, Jessica, tippte mit der Messerspitze auf Stammlers Unterarm. Der Kommissar zuckte zurück und zog den Arm weg.

»Zumindest lebt er noch«, meinte die Schülerin forsch.

Stammler erweckte den Eindruck, als komme er von einer langen Reise in seinem Kopf zurück. Als lande er – zu seiner eigenen Überraschung – beim Abendessen im Löffler'schen Haushalt.

»Hast du eine Depression?«, fragte Monika Berger.

Stammler lächelte traurig.

»Nein, das nicht gerade. Aber die ganze Sache mit den Morden beschäftigt mich. Diese zerschlagenen Gesichter – furchtbar.«

Die anderen schwiegen. Sie sahen, dass der Kollege noch nicht fertig war. Dass er noch etwas auf dem Herzen hatte. Dass er das loswerden wollte, was ihn stumm machte.

»Wenn man diese zerstörten Menschen sieht«, fuhr er schließlich fort, »wird irgendwie das eigene Leben klein. Vielleicht geht das nur mir so, keine Ahnung. Aber plötzlich habe ich Angst vor dem Tod. Vor einem ganz dreckigen Tod. Das kann doch jeden so erwischen. Oder glaubt ihr, die Meineke hätte damit gerechnet, irgendwann mit eingeschlagenem Gesicht auf einem Parkplatz in Lustnau zu enden?«

Alle schwiegen. Auch Stammler hielt inne. Fast hatte es den Anschein, als sei ihm sein Ausbruch peinlich.

»Aber warum hast du denn gerade jetzt solche Gedanken?«, fragte Jessica. »Das ist doch nicht der erste Fall, bei dem du es mit Toten zu tun hast.«

»Wir sollten«, unterbrach Christian Löffler das Gespräch, »nicht vor einem Teenager solche Unterhaltungen führen. Und du, Jessica, lass jetzt den Kollegen Stammler in Ruhe zu Abend essen.«

Es klingelte an der Tür. Die Haushälterin Martha steckte den Kopf ins Esszimmer.

»Mach ruhig auf«, sagte Klaus Löffler, »das ist für mich.«

Martha verschwand.

»Du kriegst Besuch?«, fragte Christian seinen Vater.

»Ja«, sagte der und stand auf. »Ihr könnt ruhig zu Ende essen, ich bin dann mal weg.«

Damit verschwand er durch die Tür ins Wohnzimmer.

»Weißt du, wer das ist?«, fragte Löffler seine Tocher.

»Schon, aber ich glaube, Großvater will nicht, dass wir darüber reden.«

»Was hat er denn plötzlich für Geheimnisse vor uns? Und du offensichtlich auch.«

»Irgendwas fürs Herz. Aber ich bin zu jung, um was darüber zu sagen.«

Damit stand auch sie hastig auf und verschwand.

Die anderen blieben sitzen und schauten sich gegenseitig an. Stammler und Berger zuckten nur kurz mit der Schulter, dann aßen sie weiter.

»Das ist eine Familiensache, da mische ich mich nicht ein«, meinte Stammler noch, dann kaute er auf seinem Stück Fleisch weiter.

Ohne ein Wort zu sprechen, beendeten sie die Mahlzeit.

»Gehen wir ins Wohnzimmer«, schlug Christian Löffler schließlich vor.

Als sie in den großen Raum mit der Rundumverglasung kamen, war dieser leer. Löffler Senior hatte sich offensichtlich in sein eigenes Zimmer zurückgezogen. Mit seinem mysteriösen Besuch.

Ein Blick nach draußen über die Stadt Richtung Österberg hinweg zeigte, dass es begonnen hatte zu schneien. Die Flocken wirbelten vor den Scheinwerfern der Balkonbeleuchtung.

»Setzen Sie sich doch, wir müssen noch unsere Informationen zusammenwerfen. Stammler, Sie waren heute im Krankenhaus wegen unseres letzten Opfers.«

»Das ist aber ein schöner Genitiv«, befand Berger.

Stammler grinste.

»Danke, danke«, meinte der Hauptkommissar lächelnd, »aber egal: Was hat sich da ergeben?«

Stammler und Berger ließen sich in die Sessel vor dem offenen Kamin fallen. Martha hatte ein paar Holzscheite aufgelegt.

»Wer etwas zu trinken will – Sie wissen ja, wo das Zeug steht.«

Aber sowohl Stammler als auch seine Kollegin winkten ab.

»Also, was hat der Besuch im Krankenhaus ergeben?«

»Nicht viel, um ehrlich zu sein. Jedenfalls war unser toter Arzt wohl ein ziemlicher Arsch. Zumindest sagt der Kollegenkreis das. Eine Kollegin hat er regelrecht rausgemobbt.«

»Ist sie eine Verdächtige?«

»Nein, sie hat ein Alibi. Hatte Nachtdienst. Und überhaupt schien sie eher froh zu sein, dass sie den Reichert hinter sich hat. Sie zieht weg und darüber ist sie, glaube ich, gar nicht unglücklich.«

»Sonst Feinde unterm Personal?«, fragte Berger.

»Nein, das nicht. Aber ich habe mich mal schlau gemacht wegen irgendwelcher Kunstfehler. Also Feinde unter den Patienten, die er im Lauf der Jahre behandelt hat.«

»Wie willst du das denn herausfinden?«, fragte Berger erstaunt.

»Na ja, alle die, die geklagt haben. Oder die, die sich bei der Klinikleitung beschwert haben. Da gibt es Unterlagen. Die habe ich bei dem Chef dort, Professor Mader, angefordert. Der war natürlich nicht glücklich darüber. Image der Klinik. Image der Stadt, der Uni. Das Übliche, würde ich sagen. Trotzdem – seine Sekretärin sucht die Unterlagen zusammen, morgen haben wir sie.«

»Wenn wir Pech haben, kommt da ganz schön was zusammen.«

»Das würde ich eher als Glück bezeichnen«, warf Löffler ein, »dadurch kommen wir vielleicht wieder zu Verdächtigen. Die sind uns nämlich ausgegangen.«

»Ich weigere mich«, sagte Berger.

»Wie – du weigerst dich?«, fragte Löffler ratlos.

»Ich mache diesen metaphysischen Mist nicht mit.«

»Was meinen Sie denn damit?«

Sie setzte sich zurecht in ihrem Sessel, als wolle sie zu einem großen Vortrag ausholen.

»Na, es klingt doch so, als hätten wir hier einen Killer ohne Motiv. Oder noch besser – einen Geist, der auftaucht, tötet und verschwindet. Aber ich sage, hier ist einer am Werk, der nicht ohne triftigen Grund mordet. Also, ich meine triftig für ihn. Und wenn einer einen Grund, ein Motiv hat, dann kann man das auch herauskriegen. Durch Sammeln von Informationen. Durch Denken. Durch Fantasie. Was weiß ich, jedenfalls müssen wir es schaffen, eine Spur zu finden.«

Berger hatte rote Wangen.

Vielleicht kamen sie vom Kaminfeuer, vielleicht aber hatte sie sich einfach in Hitze geredet. Beides vermutlich, denn sie ließ sich im Sessel zurückfallen, wischte sich über die heiße Stirn und atmete hörbar aus – wie nach einer sportlichen Höchstleistung.

Stammler deutete ein leises Händeklatschen an.

Löffler saß einfach da und spielte mit seinen Fingern.

»Ja, ich kann Sie verstehen«, meinte er dann, »es ist frustrierend, hinter einem Phänomen herzulaufen. Und dann mit leeren Händen dazustehen. Doch leider ist es im Moment so. Aber in einem stimme ich Ihnen zu: Wir müssen einen Einstieg finden, der Killer ist kein Geist, er ist einfach ein gut organisiertes Schwein. Wenn man das so sagen kann.«

Danach blieben alle minutenlang stumm. Das Feuer knisterte. In dem großen, von der Glut im Kamin nur notdürftig erleuchteten Raum konnte man ganz leise die Atemzüge der drei Kommissare hören.

»Wir müssen auf einen dritten Mord warten«, sagte Berger leise.

Die beiden anderen schauten sie an. Nur langsam schienen sie zu begreifen, was die Kollegin meinte.

»Das kann nicht dein Ernst sein«, meldete sich dann Stammler. »Ich kann doch nicht einfach rumsitzen und hoffen, dass noch einer gekillt wird, nur damit ich vielleicht, und zwar nur *vielleicht*, eine Spur finde zu dem, der ohnehin bereits zwei Menschen schlimm abgemurkst hat. Das könnte ich nicht.«

»Hast du einen besseren Vorschlag?«

Stammler schwieg.

»Ich glaube, es ist besser, wenn wir die Diskussion auf morgen verschieben«, sagte Christian Löffler in die Stille, »es ist viel passiert in den vergangenen vierzig Stunden. Wir sind alle müde und gestresst. Wir werden den Fall heute bestimmt nicht mehr lösen. Morgen können wir wieder klar denken. Wir alle. Darauf sollten wir warten.«

Stammler stand auf.

»Sehe ich auch so«, gab er seinem Chef recht, »so wird das nichts mehr heute. Auch wir Bullen sollten mal richtig ausschlafen. Vor allem nach unserem Bärenausflug gestern. Ich habe noch immer eine Zunge, die sich anfühlt wie eine alte Socke. Ich verschwinde auf mein Zimmer.«

Er machte sich auf in Richtung Küche. Die beiden hörten, wie er aus dem Kühlschrank eine Flasche Wasser nahm und dann die Treppe hochstieg, in den ersten Stock.

»Und was ist mir mir?«, fragte Monika Berger, »muss ich ein Taxi nehmen oder fahren Sie mich in die Stadt zurück?«

Löffler deutete nach draußen, Richtung Garten.

»Bei dem Schneefall ist es ja geradezu halsbrecherisch, sich hinter das Steuer zu setzen. Und das mit dem Taxi ist auch so eine Sache – der Andrang wird groß sein, es ist möglich, dass Sie Stunden warten müssen, bis eines kommt.«

»Das bedeutet?«

»Sie schlafen hier. In Ihrem alten Zimmer.«

Berger grinste.

»Was steckt dahinter? Haben Sie Absichten?«

Auch Löffler lachte nun. Wie ein beim Schokoladenaschen ertappter kleiner Junge.

»Netter Ausdruck. Und wenn Sie schon so direkt fragen – mich würde interessieren, wie wir beide die vergangene Nacht verbracht haben. Das haben wir heute noch gar nicht besprochen.«

»Ah, die Neugierde hat endlich gesiegt. Ich habe mich schon gewundert, dass Sie es so lange ausgehalten haben. Nicht zu fragen, meine ich.«

»Die Arbeit, die Arbeit. Man kommt nicht mal mehr dazu, sich um die kleinsten privaten Dinge zu kümmern.«

»Na, wenn sie so klein sind, dann können sie auch bis morgen warten.«

Löffler zog ein trauriges Gesicht. Übertrieb dabei. Gab den Niedergeschlagenen.

»Ich kann aber nicht schlafen, ehe ich nicht Bescheid weiß. Und leider sind Sie nun mal die Einzige, die mir da weiterhelfen kann.«

»Dann bin ich mal nicht so. Ich will Sie ja auch nicht länger auf die Folter…«

Löfflers Smartphone läutete. Er griff in die Tasche und zog es heraus. Er gab seiner Kollegin ein Zeichen, ruhig zu sein.

Eine Weile lauschte er dem Anrufer.

»Und was sollen wir da tun? … der kann ja sonst wo sein … ist sie zu Hause? … na schön, dann kümmern wir uns mal darum.«

Löffler schob das Smartphone in die Tasche zurück, während Berger ihn neugierig betrachtete.

»Josef Birk«, sagte der Hauptkommissar, »er ist aus dem Krankenhaus verschwunden. Keiner weiß, wo er hin ist.«

»Wie bitte? Aber kann der denn laufen in seinem Zustand? Ich denke, er hat eine gefährliche Schussverletzung.«

Löffler zuckte nur mit den Schultern.

»Zum Aufstehen und Weglaufen reicht es offensichtlich. Er hat ja keine Beinverletzung. Und wer weiß schon, was in so einem Gehirn, das auf Entzug gepolt ist, an Unsinn vorgeht. Jedenfalls müssen wir uns um ihn kümmern. Die Kollegen warten im Krankenhaus auf uns.«

»Ach, jetzt kann man plötzlich mit dem Auto durch die schneeverwehte Nacht fahren«, neckte ihn Berger. »So erfährt man, was Ihnen die Kollegen wert sind. Na, prosit, das muss ich mir merken.«

Tatsächlich hatte es zwar beträchtlich Schnee auf die Straßen geworfen, aber es war Pulverschnee, der nicht gefroren war, und so hatten sie kein Problem, locker über die Wilhelmstraße ins Klinikum zu kommen.

»Ich habe Ihnen heute Nachmittag schon gesagt, dass Birk komisch reagiert hat und dass er uns etwas verschweigt.«

»Ja, haben Sie«, antwortete Löffler, »aber bloß wegen so einem diffusen Gefühl bei Ihnen können wir einen Angeschossenen, der außerdem nicht mal zu den Verdächtigen gehört, nicht im Krankenbett bewachen lassen.«

»Nein, das nicht. Aber ich hätte ihm noch ein paar Fragen stellen sollen. Vielleicht wäre uns dann etwas aufgefallen.«

»Wir wissen doch gar nicht, ob sein Verschwinden irgendetwas mit dem Fall zu tun hat«, fuhr Berger fort, als sie am Parkhaus König vorbeifuhren. »Wenn der seinen Entzugswahn gekriegt hat, kann der sonst wohin gelaufen sein. Dann kam der Schnee und jetzt irrt er irgendwie durch die Pampa. Hat man denn schon einen Suchauftrag an die Kollegen gegeben?«

»Wir sind da«, beendete Löffler die Unterhaltung und stellte den Wagen vor dem Haupteingang ab. Gemeinsam mit Berger stürmte er durch die Glastür zur Empfangstheke im Foyer. Dort wartete bereits ein Kollege in Uniform auf die beiden.

»Ich bin Polizeiobermeister Kuhn«, begrüßte der Beamte sie, »ich soll Sie gleich ins Zimmer von Josef Birk bringen. Kommen Sie?«

Der Mann ging voraus, die beiden folgten. Löffler war froh, dass er einen Führer hatte. Es wäre auch in seinem Fall nicht das erste Mal gewesen, dass er sich verlaufen hätte. Nach ein paar Biegungen, Treppenaufstiegen und aufgestoßenen Glastüren standen sie wieder in dem Raum, in dem sie vor ein paar Stunden noch mit Birk geredet hatten. Inzwischen war das Bett leer und zwei Krankenschwestern, ein Mann, offensichtlich Arzt, und ein Polizist standen davor. Als die Kommissare eintraten, richteten sich alle Blicke auf sie. Offensichtlich waren alle froh, dass jemand die Verantwortung für die ganze Geschichte übernahm. So recht schien keiner zu wissen, wie man verfahren sollte.

»Seit wann wird Josef Birk denn vermisst?«, fragte Löffler in Richtung Arzt.

Der deutete auf die beiden Schwestern neben sich.

»Also, aufgefallen ist mir das vor etwa eineinhalb Stunden. Ich kam herein wegen der neuen Medizinration und da war das Bett leer. Zuerst dachte ich, er sei auf der Toilette. Dann suchte ich ihn im Flur, danach auf der Terrasse. Vielleicht wollte er ja rauchen. Dachte ich. Aber er war nirgends. Als ich in den Schrank geschaut habe, waren seine Kleider weg. Da war mir klar, dass er abgehauen ist«, sagte eine der beiden Krankenschwestern.

»War er denn fit genug, um sich zu Fuß auf den Weg zu machen, wohin auch immer?«

Beide Schwestern blickten auf den Arzt.

»Schon«, sagte der, »ein Zeichen der Entgiftung ist ja gerade die Euphorie und eine gesteigerte Energie. Der merkt gar nicht, ob etwas anstrengend ist oder nicht. Außerdem ist Selbstüberschätzung ein Syndrom. Oder das Verkennen der Realität.«

»Hat jemand seine Frau angerufen?«

Eine der beiden Schwestern hob die Hand wie in der Schule.

»Ich. Sie weiß Bescheid. Falls er auftaucht, meldet sie sich.«

»Danke, das haben Sie gut gemacht.«

Währenddessen hatte sich Monika Berger den Schrank angeschaut. Auf dem Boden lag Birks Krankenkleidung. Er musste es eilig gehabt haben, hier herauszukommen. Aber wohin, fragte sie sich. Wohin kann ein angeschossener Alkoholiker auf Entzug gehen und dabei Hals über Kopf alles zurücklassen? Wollte er die Entgiftung abbrechen und war deshalb geflüchtet? Unwahrscheinlich. Keiner zwang ihn zu entgiften. Das war seine Entscheidung. Er konnte die Klinik verlassen, wann immer er wollte. Nicht einmal in das Untersuchungsgefängnis hätte man ihn verfrachtet. In seinem Zustand und mit einem ärztlichen Attest würde er wahrscheinlich sogar einer Gefängnisstrafe für seine Schüsse auf die Kollegen entgehen. Warum also diese Flucht? Oder war er wegen einer Verabredung verschwunden?

»Hatte er Besuch, nachdem wir und seine Frau weg waren?«, fragte sie die Schwestern.

Beide schüttelten den Kopf.

»Hat man ihn angerufen?«

Eine der beiden verneinte abermals. Aber die andere schlug sich mit der flachen Hand gegen die Stirn.

»Er hat telefoniert. Ja, genau, er wollte von mir sein Handy haben. Ich habe es ihm gegeben. Seine Frau hat es hier gelassen, damit sie beide Kontakt halten können.«

»Und wo ist das Handy jetzt?«

»Er ließ es auf dem Bett liegen. Er muss sich gleich nach dem Telefonieren angezogen haben. Danach ist er verschwunden.«

»Und wo ist das Handy jetzt?«

»Drüben.«

»Wo – drüben?«

»Ich hole es. Ich habe das Ding in unser Schwesternzimmer gebracht. Sicher ist sicher, dachte ich. Nicht, dass es plötzlich verschwindet.«

Sie verließ den Raum. Der Arzt schaute auf die Uhr. Man sah ihm an, dass er sich zur falschen Zeit am falschen Ort fühlte.

»Falls Sie mich noch brauchen – ich bin im Haus unterwegs«, meinte er schließlich, »hier kann ich ohnehin nichts mehr tun. Medizinisch ist alles klar, oder?«

Ohne auf die Antwort zu warten, verschwand er und ließ die Polizisten mit der Schwester alleine zurück. Die wäre am liebsten ebenfalls verschwunden, das sah man ihr deutlich an. Aber sie schien sich nicht zu trauen.

»Ich habe ihn gesehen«, flüsterte sie plötzlich.

»Wen haben Sie denn gesehen?«, flüsterte Löffler zurück.

»Den Birk. Er ist in ein Taxi gestiegen. Draußen am Vorplatz.«

»Und warum waren Sie da draußen?«

»Rauchen. Dort rauche ich immer. Alleine. Weil – ich habe allen gesagt, dass ich aufhöre damit. Jetzt kann ich mich nicht mehr zu den anderen in die Raucherzone stellen. Sonst merken sie, dass ich es nicht geschafft habe.«

»Und da haben Sie den Birk gesehen?«

»Genau. Er kam aus dem Hauptgebäude und ist zu dem Taxiplatz da hinten gegangen. Er war keine zehn Meter von mir entfernt, als er vorbeiraste. Ich dachte noch, der spinnt, weil er so dünn angezogen war. Bei der Kälte. Ich hab mir sogar überlegt, ob ich ihn ansprechen soll. Aber irgendwie ging alles zu schnell. Und dann saß er auch schon in dem Auto, also in dem Taxi, und es fuhr weg.«

Löffler setzte sich auf das Krankenhausbett. Eine Weile sagte keiner etwas. Die andere Schwester kam zurück. In der Hand hatte sie das Smartphone, das sie Löffler entgegenhielt.

»Hier haben Sie das Ding.«

Der Hauptkommissar nahm es entgegen und fummelte daran herum. Dann drückte er auf die Rufverbindung. Es war so still in dem Raum, dass man das Anrufzeichen hören konnte. Schließlich gab es ein Knacken und eine Stimme ertönte.

»Ja, wer ist da?«

»Hier ist die Kripo Tübingen. Mit wem spreche ich denn?«

»Das müssen Sie doch wissen, Sie haben mich angerufen.«

»Ich habe keine Lust auf Spielchen. Also – wer sind Sie?«

»Woher weiß ich, dass Sie von der Kripo sind?«

Löffler seufzte.

»Also gut«, sagte er dann, »beginnen wir von vorne. Mein Name ist Löffler, ich bin Hauptkommissar bei der Abteilung für Tötungsdelikte. Wir rufen vom Handy Josef Birks bei Ihnen an. Es ist die Nummer, die er zuletzt gewählt hat. Birk ist verschwunden und jetzt wollen wir wissen, was das mit Ihnen zu tun hat.«

Schweigen.

»Gut, das klingt nicht schlecht. Josef hat mich tatsächlich angerufen. Vor ein paar Stunden schon.«

»Und wer sind Sie?«

»Mein Name ist Jörg Masur. Ich war ein Kollege Birks. Ist eine Weile her. Aber wir haben Kontakt gehalten.«

»Was wollte er denn von Ihnen?«

»Von mir?«

»Herr Masur, nun mal ernsthaft. Ich will Ihnen ja nicht drohen, aber so kommen Sie ziemlich zügig ins Fahrwasser einer Behinderung der Ermittlungen-Kiste.«

Der Mann kicherte am anderen Ende.

»Was ist daran so lustig?«, fragte der Hauptkommissar.

»Nichts, gar nichts«, wehrte Masur ab, »ich hatte nur einen Hustenanfall. – Aber was wollen Sie denn von dem Birk überhaupt? Hat er was ausgefressen? Oder wollen Sie ihn bloß nach Hause bringen zu seiner Familie?«

»Wir wollen zuerst mal wissen, ob er bei Ihnen aufgetaucht ist.«

Kurzes Schweigen am anderen Ende. Löffler rollte mit den Augen in Richtung Monika Berger.

»Tja, das kann man so und so sehen. Aufgetaucht ist er schon, aber er kam nur bis zur Haustür, hat geklingelt, stand da, als ich öffnete, und drehte sich dann sofort wieder um. Ins Haus wollte er gar nicht. Ich rief ihm nach, aber da war er schon verschwunden.«

»Er hat gar nichts zu Ihnen gesagt?«

»Nein, nicht mal gegrüßt. Er hat mich bloß angeschaut. Und dann scheint ihm irgendwas eingefallen zu sein. Jedenfalls griff er sich an den Kopf, drehte sich ab und weg war er.«

»Und er hat überhaupt nichts gesagt?«

»Gesagt nicht, aber er hat mir mit einer Flasche Wodka zugeprostet.«

»Herr Masur, wo wohnen Sie denn. Wir würden Sie gerne besuchen, wenn es Ihnen recht ist. Ich glaube, Sie könnten uns weiterhelfen.«

»Wobei denn genau?«

»Das erfahren Sie, wenn wir bei Ihnen sind. Also, wie ist Ihre Adresse?«

Wie sich herausstellte, wohnte Masur in der Derendinger Gartenstadt. Direkt an der Steinlach, dem kleinen Bach, der sich von Dußlingen her ins Herz Tübingens schlängelt. Ein paar Hundert Meter vor dem Stauwehr fließt sie in den Neckar.

»Rufen Sie doch mal bei Birks Frau an, vielleicht ist er bei ihr untergekommen«, wandte sich Löffler an seine Kollegin. »Die Klinik hat bestimmt die Telefonnummer, nicht wahr, Schwester?«

Die Angesprochene nickte heftig.

»Ich hole sie, sie liegt bei den Unterlagen. Soll ich sie holen?«

»Wir kommen mit Ihnen«, sagte Berger, »das ist einfacher. Wie ich das sehe«, meinte sie mit Blick auf Löffler, »sind wir sowieso im Aufbruch.«

Auf dem Weg zum Wagen wählte Berger Susanne Birks Nummer.

»Frau Birk«, sagte sie, als die Frau dran war, »Kommissarin Berger von der Tübinger Kripo. Wir suchen Ihren Mann.«

»Meinen Mann? Sie suchen ihn? Wieso das denn, er ist doch bei Ihnen. Ich meine, er ist im Krankenhaus.«

»Hat die Klinik sich noch nicht bei Ihnen gemeldet?«

»Bei mir? Nein. Warum sollte sie? Ist etwas passiert? Ist etwas mit Josef?«

Die Stimme klang jetzt schrill. Berger hielt sich den Hörer vom Ohr weg. Dann schwieg die Frau. Sie wartete. Sie wollte eine Erklärung.

»Er ist aus dem Krankenhaus verschwunden. Wir dachten, Sie wüssten vielleicht, wohin er gegangen sein könnte. Er ist also nicht bei Ihnen?«

»Bei mir? Nein, natürlich nicht.«

»Eine Krankenschwester behauptet, bei Ihnen angerufen zu haben. Also müssten Sie doch Bescheid wissen.«

»Bei mir angerufen? Eine Schwester? Nein, bei mir hat keiner angerufen.«

Schweigen am anderen Ende.

»Der Anrufbeantworter blinkt«, tönte es dann aus dem Hörer, »das war es wahrscheinlich. Ich hab das aber noch nicht abgehört.«

»Also ist Ihr Mann nicht bei Ihnen zu Hause?«

»Bei mir? Nein, hier ist keiner. Ich wusste nicht mal, dass er weg ist. Was ist denn passiert, dass er das gemacht hat? Ist er durchgedreht? Oder hat er eine Flasche Schnaps in die Finger gekriegt?«

Berger räusperte sich.

»Wir wissen es nicht. Aber sagen Sie – kennen Sie einen gewissen Jörg Masur?«

»Ja, klar. War ein Kollege von Josef. Früher mal. Warum fragen Sie?«

»Waren die zwei Freunde?«

»Freunde? Ich weiß nicht ...«

Eine Weile herrschte Schweigen. Die beiden Kommissare hatten mittlerweile den Wagen vor dem Klinikeingang erreicht. Davor stand ein Abschleppwagen mit Rotlicht, der dabei war, das Auto Löfflers auf den Anhänger zu hieven. Der Hauptkommissar gab seiner Kollegin Zeichen, dass er sich der Sache annehme. Sie solle weiter mit Susanne Birk reden.

»Das ist mein Wagen«, sagte Christian Löffler. »Sie können jetzt wieder wegfahren, der Wagen bleibt hier.«

Der Mann vom Abschleppdienst schaute sich Löffler kurz an, dann fuhr er tonlos mit seiner Arbeit fort. Das Auto wurde gerade an einer Stahlkette langsam auf den Hänger gezogen. Löffler stellte sich neben den Mann und deutete auf seinen Wagen.

»Dieses Auto wird jetzt sofort vom Hänger gelassen. Sonst passiert was.«

Der Mann richtete sich auf und drückte Löffler zurück.

»Wenn was passiert, dann Ihnen«, sagte der Abschlepper.

Der Hauptkommissar griff in seine Innentasche und zog seinen Ausweis heraus. Den hielt er dem Mann vor die Nase.

»Na und, dann sind Sie halt ein Bulle. Meinen Sie, Sie könnten deshalb parken, wo Sie wollen? Nein, das können Sie nicht. Punkt. Und jetzt aus dem Weg.«

»Ich bin im Einsatz. Deshalb stand das Auto hier.«

»Ich bin auch im Einsatz. Deshalb kommt das Auto jetzt weg.«

Der Hauptkommissar schwieg. Er sah, dass die Sache verfahren war. Eines war jedenfalls klar: Den Wagen würde er nicht mehr vom Hänger bekommen. Jedenfalls nicht mit seiner Polizeimarke. Da waren, das wurde ihm klar, andere Mittel gefragt.

»Na gut«, sagte er schließlich zum Abschlepper, »was kostet es, wenn Sie mir den Wagen zurückgeben? Jetzt. Ich brauche den Wagen jetzt.«

Der Mann grinste. Löffler wusste, dass er gewonnen hatte. Aber es war ein trauriger Sieg. Eigentlich eine Niederlage. Aber was soll's, dachte er, Geld regiert die Welt, und wenn ich so doof bin, hier zu parken, dann muss ich halt dafür bezahlen. Zweihundertfünfzig Euro wechselten den Besitzer, Quittung gab es keine. Aber den Wagen gab es zurück. Und überhaupt – Quittung. Es war besser für alle, wenn keine Spuren zurückblieben.

Als der Abschlepper weggefahren war, setzten sich die beiden Kommissare ins Fahrzeug.

»Gibt es noch was Interessantes zum Thema Birk?«, fragte Löffler, während sie den Schnarrenberg hinabfuhren.

Berger schüttelte den Kopf.

»Nein, er war und ist nicht bei ihr. Masur war ein Kollege, aber den hat man schon ein Jahr vor Birk gefeuert. Die Meineke, übrigens. Es gab Streit zwischen den beiden. Birk hielt ihn außerdem für einen Spinner. Privat hatten sie kein enges bis gar kein Verhältnis. Irgendwie muss der Masur krank sein, sagte die Birk. Genaueres weiß sie nicht. Außerdem habe ich noch mal im Handy von Birk nachgeschaut. Ehe er den Masur anrief, hat er sich die Nummer bei der Auskunft besorgt. Das heißt, dass die beiden tatsächlich ansonsten keinen festen Kontakt hatten.«

»Also die Frage: Warum ruft Birk den Mann ausgerechnet jetzt an? Was will er von ihm? Was war so wichtig, dass er ihn sogar besucht? Oder zumindest besuchen will. Und wieso macht er dann einen Rückzieher?«

»Fragen wir Masur. Vielleicht kann er uns helfen.«

Es schneite kaum mehr. Nur kleine, verwehte Flocken kamen noch herunter.

Es war spät, etwa halb zehn Uhr, schätzte Löffler. Verkehr gab es wenig auf den Straßen. Die beiden fuhren auf der

Bundesstraße Richtung Dußlingen. Beim Sudhaus bogen sie rechts ein, dann noch zwei Richtungswechsel und sie standen vor dem kleinen Einfamilienhaus, in dem Jörg Masur wohnte. Sie parkten den Wagen direkt davor. Unter der dünnen Schneeschicht waren die Autospuren eines anderen Wagens zu erkennen, der vor einiger Zeit hier ebenfalls angehalten hatte.

Vermutlich das Taxi, dachte Löffler, als sie ausgestiegen waren und auf das Haus zugingen.

Die Kommissare öffneten das kleine Gartentor, dann marschierten sie über die zugeschneiten Steinplatten zur Haustüre. Andere Fußspuren führten ebenfalls zu dem Haus. Über ihnen lag bereits eine dünne Schneeschicht.

In der Türe stand der Hausherr.

Jörg Masur sah krank aus. Mager. Eingefallene Wangen. Und ein klapperdürrer Körper. Aber er lächelte die beiden Polizisten an, als sie ins Haus traten.

In dem Wohnzimmer roch es muffig. Als sei lange nicht gelüftet worden.

Es stank geradezu in dem Haus.

Kaum waren die beiden Polizisten, angeführt von Masur, in das Zimmer mit einer Glaswand zum Garten hin eingetreten, zog der Hausherr einen Rollstuhl aus der Zimmerecke zu sich her. Er ließ sich hineinplumpsen und wandte sich dann den Besuchern zu.

»Tut mir leid, aber ich muss mich setzen, mir geht es nicht so gut zurzeit«, sagte er und deutete dann auf den Wohnzimmertisch. »Falls Sie etwas zu trinken haben wollen, nur zu, auf dem Tisch hier sehen Sie ja die Gläser und Getränke.«

Tatsächlich standen dort Flaschen mit Wasser und Fruchtsäften, außerdem, auf einem Tablett, etliche dickwandige Gläser.

»Danke, später vielleicht«, antwortete Berger auf das Angebot. »Aber erst müssen wir uns unterhalten. Über Birk. Josef Birk.«

»Ich habe Ihnen eigentlich bereits alles am Telefon erzählt«, sagte Masur, während er mit dem Rollstuhl näher an den Tisch fuhr und sich ein Glas Wasser einschenkte. »Aber falls Sie noch mehr wissen wollen – bitte. Ich habe Zeit.«

»Wohnen Sie alleine in dem Haus?«, fragte Löffler, der sich inzwischen auf die Couch gesetzt hatte.

»Zwangsläufig.«

»Was bedeutet das?«

»Na, meine Frau ist ausgezogen und das Kind hat sie gleich mitgenommen. Also lebe ich jetzt alleine hier.«

»Wie lange ist das her? Das mit Ihrer Frau.«

Der Mann im Rollstuhl sah Löffler stumm an. Es sah nicht so aus, als wollte er antworten. Er trank langsam aus seinem Glas, dann stellte er es auf dem Tisch ab.

»Wie finden Sie die Aussicht?«, fragte er dann, und deutete auf die Fensterwand zum Garten hin. »Im Winter kann ich stundenlang davorsitzen und rausschauen, wenn es schneit.«

Berger löste die etwas merkwürdige Situation auf.

»Sie waren ein Kollege von Josef Birk, hat man uns gesagt. Wann war das denn? Doch sicher in der Werbeagentur in Lustnau, bei Herrn Kleber, oder?«

Er nickte.

»Ja, wir haben lange zusammengearbeitet. Bis ich dann weggegangen bin.«

»Sie haben Kontakt gehalten?«

»Hin und wieder haben wir telefoniert. Vor allem, nachdem er bei ›Free Minds‹ ausgestiegen ist. Wir haben mal kurz darüber gesprochen, etwas Eigenes aufzumachen. Aber irgendwie hat sich das zerschlagen.«

»Und was ist mit Ihnen? Wieso arbeiten Sie nicht mehr bei ›Free Minds‹? Haben Sie etwas Besseres gefunden?«

Masur lachte trocken. So, als stünde er kurz vor einem Hustenanfall.

»Ich habe nichts gesucht. Man hat mich auf die Straße gesetzt. Damals, vor über einem Jahr. Ich war zu gut im Mittelmaß um mich herum. Meine Ideen waren so hervorragend, dass die Kollegen sie mir geklaut haben. Als ich mich beschwert habe, bin ich rausgeflogen.«

»Normalerweise fliegen die Leute, weil sie schlecht sind, bei Ihnen war es also umgekehrt.«

Die Kommissarin wollte witzig sein, aber ein Blick auf Masurs Gesicht genügte – Humor war nicht seine Sache. Beziehungsweise schien ihm dieser Rauswurf noch heute so nahezugehen, dass Scherze darüber verboten waren.

»Wer hat Sie denn gefeuert?«, fragte Löffler, »war das der Chef persönlich? Oder war das die Lauren Meineke?«

»Lola heißt die, nicht Lauren. Lauren hat sie geklaut.«

»Sie oder Kleber – wer hat Sie gefeuert?«

»Er – wegen ihr. Sie hat es nicht verkraftet, dass meine Arbeit so viel besser war als ihre. Und als ich mich mal bei Kleber darüber beschwert habe, dass sie mich beklaut… also meine Ideen… meine Kreativität… da war ich plötzlich raus.«

»Da hatten Sie ja allen Grund, die Frau zu hassen.«

»Die Frau? Lola? Nein, Kleber war schuld. Er hätte sich vor mich stellen müssen. Mich verteidigen. Schließlich kam meine brillante Arbeit ja ihm zugute. Aber er hat mich hängen lassen. Lola hat bloß getan, was in der Branche üblich ist.«

»Sie wissen, was mit Lauren Meineke passiert ist, oder?«

Masur nickte.

»Haben Sie mit Birk darüber gesprochen?«

»Mit Birk? Nein, warum sollte ich? Außerdem: Ich hatte ja keine Gelegenheit. Er hat sich am Telefon bloß angekündigt, mehr habe ich mit ihm nicht gequatscht. Er hat damit doch nichts tun, oder?«

»Nein«, sagte Berger kopfschüttelnd, »voraussichtlich nicht. Was ist mit Ihnen, können Sie uns in der Sache weiterhelfen?«

Der Mann lachte. Stockend zwar – und es klang eher wie ein lautes Räuspern. Aber die Frage schien ihn durchaus zu amüsieren.

»Also ehrlich«, antwortete er schließlich, »ich habe die Meineke ewig nicht gesehen. Und den Jo Birk eigentlich auch nicht. Ich habe keine Ahnung, was die so treiben. Die Sache müssen Sie schon ohne mich aufklären.«

»Immerhin sind Sie jemand, der zu Lauren Meineke Kontakt hatte. Und außerdem – ein Motiv hätten Sie auch. Wegen der Frau haben Sie keinen Job mehr.«

Masur wiegte den Kopf hin und her.

»Da könnten Sie recht haben«, meinte er schließlich, »sie ist zumindest mitschuldig. Aber wissen Sie, wegen eines Jobs jemanden umzubringen, ist schon harter Tobak. Ich hätte mir ja auch einfach eine neue Arbeit suchen können. Oder mich selbstständig machen. In der Branche kein Problem.«

Löffler erhob sich und ging zu dem Tisch. Dort nahm er ein Glas und schenkte sich Wasser ein.

»Wo ist Ihre Frau? Ist sie noch in der Stadt?«

Man konnte förmlich spüren, wie Masur vorsichtig abwog, ob er etwas sagen oder sich wie zuvor in Schweigen hüllen sollte.

»Keine Ahnung«, sagte er schließlich leise, »ich habe sie seit Monaten nicht gesehen. Sie hat sich nie gemeldet und ich weiß nicht, wie ich sie erreichen soll. Auch von dem Kind weiß ich nichts. Traurig, sehr traurig das alles. Aber eigentlich sollten wir nicht darüber sprechen.«

»Und was ist mir Ihrer Krankheit? Was fehlt Ihnen denn? Gut schaut das nicht aus – wenn ich so sagen darf.«

»Eigentlich geht Sie das nichts an. Aber ich sage es Ihnen trotzdem – ich habe Krebs.«

Der Satz stand im Raum. Hinter dem Satz befand sich Masurs Gesicht, das irgendwie triumphierend wirkte.

Löffler fragte sich, wieso das so war.

Eine Krebskrankheit konnte wahrlich kein Grund sein, vor anderen damit anzugeben. Dennoch überzog große Zufriedenheit

Masurs Gesicht. Vielleicht hat er sich einfach mit seinem Ende abgefunden, spekulierte Löffler, und er hat seinen Frieden mit sich und der Welt geschlossen. Oder die Medikamente haben ihn verwirrt. Vielleicht aber macht er auch bloß gute Miene zum bösen Spiel – und innerlich ficht er einen fürchterlichen Kampf mit sich selbst aus.

»Tut uns leid zu hören«, reagierte Berger nach einigen Sekunden betroffenen Schweigens auf die Nachricht.

»Ach, nicht weiter schlimm«, wehrte der Kranke mit dem Arm matt ab, »ich bin es gewohnt, dass die Leute auf so eine Nachricht irgendwie geschockt reagieren. Das merke ich schon gar nicht mehr.«

»Und Ihre Familie hat Sie trotzdem alleine gelassen?«

»Kein Kommentar.«

»Na schön«, übernahm der Hauptkommissar wieder, »zurück zu Birk und Meineke. Können Sie sich jemanden vorstellen, der Lauren Meineke getötet haben könnte? Ich meine, vielleicht erinnern Sie sich zurück und etwas fällt Ihnen dazu ein. Feinde, Gegner, Drohungen – irgendwas?«

Ohne groß zu überlegen, schüttelte der Kranke den Kopf.

»Damit habe ich abgeschlossen, aus der Zeit weiß ich nichts mehr. Aber wenn etwas Wichtiges passiert wäre, würde ich mich trotzdem daran erinnern. Tu ich aber nicht. Birk ist näher dran, fragen Sie den.«

»Womit wir beim nächsten Thema wären«, übernahm nun wieder Löffler, der sich inzwischen eine Apfelschorle eingeschenkt hatte. »Als er, als Birk Sie anrief – waren Sie da nicht überrascht?«

»Überrascht? Nein, eigentlich nicht. Seitdem er trinkt, weiß man ja nie, was er als Nächstes macht. Warum nicht mal beim alten krebskranken Exkollegen anrufen? Ich habe da nicht groß darüber nachgedacht.«

»Aber irgendetwas muss doch dahinterstecken«, ließ Löffler nicht locker. »Er liegt schwer verletzt im Krankenhaus, ist auf hartem Entzug, er leidet. Und dann meldet er sich ausgerechnet bei Ihnen? Was sind Sie denn für ihn? Enger Freund? Leidensgenosse? Familienersatz? Sagen Sie es mir!«

Offensichtlich ratlos hob Masur die Arme. Er schwitzte. Sein ungesund weißes Gesicht war mit einem Schweißfilm überzogen. Man konnte nicht genau sagen, ob er Schmerzen hatte oder ob es die Anstrengung war, den beiden Kripobeamten ausgesetzt zu sein.

»Alles was ich weiß«, stieß er schließlich – mühsam, stockend – hervor, »ist, dass er mich besuchen wollte. Er hat nicht gesagt, warum. Er hat keine Andeutungen gemacht. Er hat nichts erzählt. Er war ja nicht mal im Haus bei mir. Also – was soll ich Ihnen noch erzählen?«

Die beiden Kommissare sahen sich an.

»Wo ist Ihre Frau eigentlich hin?«, fragte Berger plötzlich. »Hat sie einen neuen Partner oder ist sie einfach bloß so weg von Ihnen?«

»Das geht Sie nichts an«, stieß der Kranke hervor.

Er wollte sich aus seinem Rollstuhl erheben, fiel aber kraftlos wieder zurück. Mit geschlossenen Augen blieb er eine Weile ruhig sitzen. Löffler und Berger warteten.

»Schon vor einem halben Jahr ist sie weggegangen«, flüsterte Masur fast. Löffler und seine Kollegin rückten näher an ihn heran, um überhaupt etwas hören zu können.

»Ich weiß nicht mal, wo sie mit dem Kind hingegangen ist. Sie hat ein paar Sachen gepackt, dann das Kind geschnappt und sich nie mehr bei mir gemeldet. Ich habe bei ihrer Mutter angerufen, aber da ist sie nicht. Zumindest sagt sie das. Sie hatte einen Minijob in einem Drogerieladen, aber da ist sie auch nicht mehr. Sie ist spurlos aus meinem Leben verschwunden. Falls sie Ihnen begegnet – grüßen Sie sie von mir.«

»Warum, glauben Sie, ist sie weggegangen?«

Er zögerte.

»Was hat das denn mit Birk zu tun?

»Oder mit der Meineke?«

»Gute Frage. Also – warum ist sie weggegangen?«

Wieder dachte er lange nach. Es sah aus, als suche er die Gedanken in der Weite seines Hirns zusammen und ordne sie zu einer vernünftigen Aussage.

»Es ist schwer geworden mit mir. Die Krankheit hat mich verändert, wissen Sie. Ich war ungerecht und aufbrausend. So kannte sie mich nicht. Irgendwann war es ihr zu viel. Denke ich. Jedenfalls hat sie so was immer wieder mal angedeutet. Bis sie dann Ernst machte.«

»Das mit dem Krebs – kann man da nichts machen?«

Er lachte. Ja, tatsächlich, er lachte. Befreit und laut. Wie über einen guten Witz.

»Das war die korrekte Frage. Und meine Antwort: Nein, eigentlich nicht. Aber jetzt wird erst mal noch eine Weile gekämpft. Aber ganz im Ernst – so richtig weiß ich gar nicht, wofür ich mich retten sollte. Noch ein paar Sachen muss ich klären – aber dann? Aber vielleicht kommt ja eine gute Fee um die Ecke und stopft mich voll mit angenehmem Lebensinhalt. Mit Ideen, Plänen, Abenteuer und besten Zukunftsaussichten.«

Löffler stand auf. Er gab Berger ein Zeichen, sich ihm anzuschließen, und ging zur Tür. Dort drehte er sich noch einmal um.

»Sagen Sie, Herr Masur, haben Sie gesehen, wohin Birk gegangen ist, nachdem er von Ihrem Haus weggelaufen ist? Ist er wieder in das Taxi eingestiegen?«

»Taxi? Nein, das war ja schon weg. Ich glaube, er ist einfach die Straße langgegangen. Ich konnte ihn nur um die Büsche am Eingang meines Grundstücks biegen sehen. Dann war mir die Sicht verdeckt. Aber ich weiß, dass er in Richtung Tübinger Innenstadt gegangen ist. Also die Steinlach runter zur Blauen Brücke hin. Das war's, dann war er weg.«

Er fuhr mit dem Rollstuhl auf die beiden Polizisten zu, umkurvte sie geschickt und bewegte sich zur Haustüre. Er zog sie auf und wartete, bis Löffler und Berger zu ihm aufgeschlossen hatten. Sie drückten sich an ihm vorbei und traten ins Freie. Es hatte inzwischen weitgehend aufgehört zu schneien, nur ein paar kleine Flöckchen wirbelten noch durch die Derendinger Gartenstadt.

»Falls Birk sich meldet«, sagte der Hauptkommissar zu Masur und hielt ihm seine Visitenkarte hin, »dann rufen Sie uns bitte sofort an. Er ist verletzt und vermutlich verwirrt wegen seines Entzugs. Bei dem Wetter kann sonst was passieren. Wir wollen nicht, dass ihm etwas zustößt.«

Masur nahm die Karte und schob sie in seine Hemdtasche. Er hatte sich inzwischen eine Decke über die Beine gelegt und fröstelte leicht. Sein Oberkörper zitterte.

»Sagen Sie«, fragte Berger, ehe sie Löffler folgte, der langsam und vorsichtig über die zugeschneiten Steinplatten ging, »was für einen Krebs haben Sie eigentlich?«

»Raten Sie.«

»Ist das Ihr Ernst?«

»Klar doch. Solche Spielchen machen mir nichts mehr aus. Für irgendwas muss das Ding doch gut sein. Der Krebs, meine ich. Also – was tippen Sie?«

Sie legte ihren Finger an die Unterlippe und dachte nach. Mist, überlegte sie kurz, als wenn ich vor Günter Jauchs Millionärsspiel sitzen würde. Aber warum auch nicht, der Kerl will es ja so.

»Lungenkrebs oder Lymphknoten, würde ich sagen.«

»Beides falsch. Ich habe einen Tumor im Gehirn. Höchst bösartig. Hat man zu spät entdeckt. Erst falsch diagnostiziert, später richtig. Aber dann konnte man nichts mehr dagegen machen. Tragisch. Für uns alle.«

»Na dann, alles Gute. Trotzdem.«

Berger folgte ihrem Chef, der ein paar Meter weiter auf sie wartete. Es schneite wieder etwas stärker und die Fußspuren von vorhin, als sie ankamen, waren schon beinahe wieder zugeschneit. Löffler schlug seinen Kragen nach oben und öffnete die Gartentüre. Als er vor dem Wagen stand, holte er einen Kehrwisch vom Rücksitz und wischte den Schnee von den Scheiben.

»Ganz der schwäbische Hausmann, der sein Heilixblechle liebt«, lästerte Berger, als sie sich auf den Vordersitz plumpsen ließ.

Aber irgendwas in Löffler ließ den Witz nicht an ihn herankommen. Er war so vertieft in sein eigenes Denken, dass er den Spruch der Kollegin vermutlich nicht einmal registriert hatte. Noch immer abgeschottet von allem um ihn herum startete er den Wagen und fuhr Richtung Innenstadt.

»Ich weiß nicht«, begann Berger dann zögernd, nach Worten suchend, »etwas ist mir aufgefallen und ich weiß nicht, was es ist. Das ist so, wie wenn einem etwas auf der Zunge liegt, aber man es nicht aussprechen kann.«

»Hat Masur vielleicht etwas gesagt, was falsch war? Was sich wie eine Lüge anhörte? Oder sagte er Dinge, die einen auf andere Dinge bringen, die für den Fall wichtig sind?«

Berger schüttelte den Kopf.

»Ich weiß es nicht – aber es wird mir sicher wieder einfallen. Später.«

Schweigend saßen danach beide im Auto, während der Hauptkommissar in die Hechinger Straße einbog, vorbei an der Blauen Brücke und die Mühlstraße hoch. Schließlich stellte er den Wagen im Parkhaus am Nonnenhaus ab.

»Was tun wir hier?«, fragte Berger schließlich, als sie an der Buchhandlung Osiander vorbei Richtung Stiftskirche gingen.

»Kaffee trinken«, sagte Löffler, »ich brauche etwas Warmes.«

»Und wohin gehen wir?«

»›Marktschenke‹. Da kann man drin sitzen und nach draußen schauen. Das ist romantisch, wenn es schneit.«

»Es hat aber aufgehört zu schneien.«

»Dann erzählen Sie mir, was sich vergangene Nacht ereignet hat. Was halten Sie davon?«

Sie nickte tonlos.

Während sie zum Marktplatz marschierten, versuchte Löffler Stammler anzurufen. Aber der hatte sein Telefon abgeschaltet.

Schließlich rief er bei der KTU und danach bei seinem Freund Markus Kürner an. Doch bei dem antwortete nur die Mailbox.

Stammler war ganz froh, einen ganzen Vormittag lang nur für sich alleine sein zu können. Er lag zuerst im Bett und döste vor sich hin. Dann stellte er im anderen Zimmer den Fernseher ein. Er sah eine alte Folge der Westernserie »Bonanza« mit unwirklichen Farben und mit Häusern und Gebäuden, die so sehr nach Pappe und Kulisse aussahen, dass man Angst haben musste, dass sich jemand daran lehnte und der ganz Klumpatsch umkippte.

Schön, dachte Stammler, wie klar damals noch die Trennung zwischen dem gespielten Leben dort und dem richtigen hier war. Die heutigen Dokusoaps verwischten diese Grenze zusehends. Manchmal hatte er selbst das Gefühl, in einer Soap zu spielen und eines Tages aufzuwachen, nur um festzustellen, was für ein Hanswurst er war.

Als er nach ein paar Runden im Pool im Liegestuhl döste und durch die beschlagenen Scheiben ganz unwirklich die Winterlandschaft im Garten draußen beobachtete, öffnete sich die Tür zum Schwimmbecken und Klaus Löffler kam herein. Hinter ihm, im blütenweißen Bademantel, tauchte Maria Steinke auf.

»He, Gerd«, begrüßte ihn der Senior, »hast du keinen Dienst heute? Die beiden anderen sind jedenfalls auf Mördersuche.«

»Den finden die auch ohne mich nicht.«

»Hier«, deutete er auf die Steinke, »das ist Maria. Oder kennt ihr euch bereits?«

Stammler nickte, ebenso Maria.

»Schön, dann haben wir die Formalitäten erledigt. Komm, Maria, lass uns schwimmen. Nichts Schöneres, als drinnen zu schwimmen, während es draußen schneit.«

Unterm Bademantel trug die Steinke einen Badeanzug.

Okay, dachte sich der Kommissar, eine tolle Figur hat sie ja. Aber der Altersunterschied ist schon beträchtlich. Kann mir aber egal sein, das müssen die Löfflers unter sich klären. Ich jedenfalls käme mir blöde vor, wenn mein Vater mit einer Schulfreundin von mir …

Mit einem Ruck stand er auf, winkte den beiden, die nebeneinander Bahnen schwammen, zu, und verließ den Pooltrakt. In seinem Zimmer zog er sich an, dann wählte er die Nummer Gülcins.

Scheiß darauf, dachte er, mehr als Nein sagen, kann sie nicht. Aber ich will nicht mehr alleine sein. Wenn jetzt schon der Alte mit Freundin auftaucht und Löffler die Nacht mit der Berger verbringt – wo bleibe ich da eigentlich? Lange läutete das Telefon und er wollte bereits aufgeben, als er plötzlich die Stimme der Frau hörte.

»Ich bin's.

»Toll. Ich bin's auch. Da wir uns jetzt kennen, ist ja alles klar, oder?«

Stammler verstand nicht gleich. Dann ging ihm ein Licht auf.

»Oh, Verzeihung, ich meine ich bin's, also ich, der Polizist von neulich, der, dem Sie den Weg gezeigt haben, und dann haben wir uns danach noch mal getroffen, als Sie mir Ihre Telefonnummer gegeben haben, und …«

»Hallo. Bitte anhalten.«

Stammler stockte mitten im Satz.

»Ich weiß jetzt, wer Sie sind, auch ohne das Drehbuch eben. Und wenn das schon so anfängt – Sie wollen sich verabreden, richtig?«

Stammler nickte. Dann fiel ihm ein, dass sie ihn ja nicht sehen konnte.

»Ja.«

»Da haben Sie aber Glück, ich habe gleich Schichtende. Oder an welchen Termin dachten Sie?«

»Passt gut. So schnell wie möglich halt. Treffen wir uns oder hole ich Sie ab?«

»Ich komme mit dem Bus ans Nonnenhaus. Dort können Sie auch gleich den Wagen im Parkhaus abstellen. Wäre das was?«

»Perfekt. Wann soll ich kommen?«

Sie lachte am anderen Ende wie über einen guten Witz. Erst da begriff auch der Polizist die Zweideutigkeit. Er wurde rot, obwohl er alleine mit seinem Smartphone war.

»Ich würde sagen, es reicht gegen acht Uhr abends, da kommt auch der Bus. Ich habe heute lange Schicht. Alles okay? Geht das bei Ihnen?«

»Passt hervorragend. Bis nachher.«

Erst als das Gespräch beendet war, bemerkte Stammler, dass er schwitzte. Wie ein Schüler beim ersten Date, dachte er. Gleichzeitig war er stolz auf sich. Nach der Trennung von seiner Frau hatte er gelebt wie ein Mönch. Freiwillig. Das Thema Frauen kam bei ihm einfach nicht vor. Doch seine Frau war jetzt schon lange weggezogen, nach Esslingen. Esslingen, was war das denn? Das passte zu ihr, genau. Kein Mensch wollte in Esslingen wohnen, aber sie zog dahin. Mit neuem Partner.

Stammler rasierte sich und bereute nach einem Blick in den Spiegel, dass er seine Zeit nicht genutzt hatte, endlich mal wieder zu einem Friseur zu gehen. Andererseits schienen wirre Wuschelhaare langsam in Mode zu kommen. Er prüfte sein Äußeres noch mal, ehe er das Haus verließ, mit einem langen Blick in den Spiegel.

Er war zufrieden mit sich.

Der Kommissar stand bereits an der Haltestelle, als sie aus dem 18er ausstieg. Er erkannte sie kaum wieder – ohne Krankenhauskleidung. Dabei musste er sich eingestehen, dass er, wäre er ihr so begegnet, sich kaum getraut hätte, sie anzusprechen.

»Pünktlich wie die Polizei«, sagte Gülcin Mehmedi und lachte, als sie Stammler die Hand reichte. »Und wohin soll es gehen? Zu einem Tatort?«

Stammler grinste. Der Auftakt war klasse. Durch ihre Art, durch diese unaufgesetzte Fröhlichkeit fiel seine Angst vor dem Neuen auf einen Schlag ab.

»Nicht gerade zu einem Tatort. Ich schlage vor, wir trinken mal was in der ›Marktschenke‹, was meinen Sie?«

»Klar, kein Problem. Ich heiße übrigens Gülcin – und du?«

»Gerd. Ganz einfach Gerd. Altmodisch, aber beständig.«

»Na, dann los, ehe ich friere.«

Sie hakte sich bei ihm unter und zog den Kommissar Richtung Altstadt. Gemeinsam marschierten sie über die Pfleghofstraße zum Holzmarkt und von da Richtung Marktplatz. Als sie an der Stiftskirche vorbeikamen, stand dort ein einsamer Mann mit einem Plakat auf den Kirchenmauern. Es hatte begonnen, leicht zu rieseln. Nur kleine Flocken wirbelten über den Platz vor der Kirche. Dort war Hermann Hesse früher noch oft vorbeigekommen, als er in der Heckenhauer Buchhandlung gegenüber seine Lehre gemacht hatte.

Der Mann, der dort stand und das Plakat hochhielt, war Alex Weinmann. Auf dem Plakat stand: »Asylanten = Schattenmörder?« Und darunter: »Mit den Flüchtlingen kam die Gewalt – weg mit ihnen!«

Weinmann war ein bekannter und bekennender Rechtsradikaler in Tübingen. Einer der wenigen, vermutlich der Einzige, der auch öffentlich dazu stand. Dass er die Flüchlingswelle, die aus den Kriegsstaaten Syrien oder Irak nach Deutschland drängte, zum Anlass nahm, seine Hetze zu betreiben, war eigentlich klar. Dass er allerdings einen Mordfall damit verband, war höchst abenteuerlich. Doch das waren Weinmanns Thesen meist. Vielleicht hätte er auch im grünen Tübingen mit den an jeder Straßenecke lauernden Gutmenschen mehr Anklang gefunden, wenn er nicht im rechtsradikalen Nirwana herumgestochert hätte. Aber seine abstrusen Ideen waren dann doch zu abgehoben, auch für die rechtschaffenen Neonazis der Stadt und der Region.

Die Tübinger waren weit weniger von der Flüchtlingswelle betroffen als andere Städte oder Gemeinden. Dennoch war es problematisch, Unterkünfte für sie zu organisieren. Die Stadt hatte ohnhin zu wenige Wohnungen für Bürger und Studenten. Und die wenigen, die es gab, waren heillos überteuert. Und jetzt auch noch die Flüchtlinge. Das war ein gefundenes

Fressen für Panikmacher und Nationalisten. Für die, die sich immer als Zukurzgekommene fühlten. Und da war es für sie eine wunderbare Erleichterung, auf solche einzuschlagen, die noch schwächer als sie selbst waren.

Aber jetzt einen Serienkiller mit den Flüchtlingen in Verbindung zu bringen – das war, fand Stammler, das Allerletzte. Selbst wenn dies von Weinmann stammte. Der im Übrigen vor Jahren seinen Vornamen in Adolf ändern lassen wollte. Aus irgendeinem Grund machten die Behörden nicht mit. Also klagte er. Vor Gericht allerdings erschien er mit dem Nazigruß, damit war die Sache gegessen. Er habe nur zeigen wollen, beklagte er sich danach in der Presse, wieso er gerade *diesen* Vornamen gewählt habe. Mit dem Hitlergruß habe er bewiesen, dass er des Namens würdig sei. Also blieb es bei Alex.

Stammler konnte nicht anders – er ging, noch immer bei Gülcin eingehakt, zu Weinmann hin.

»Das meinen Sie jetzt aber nicht ernst, oder?«, sagte er auf das Plakat deutend.

Weinmann, ein pfannengesichtiger Dickwanst mit akkuratem Seitenscheitel und Schnauzer, musterte den Kripobeamten kühl.

»Die Wahrheit hört keiner gerne«, sagte der Altnazi schließlich, »aber man muss mit ihr leben. Auch Sie.«

»Das ist doch blanker Unsinn, das weiß jeder. Warum sollte ein Syrer oder Iraker zwei Menschen in Tübingen erschlagen? Die er nicht kennt, nicht bestiehlt und was auch sonst keinen Sinn macht?«

Weinmann trat näher an Stammler und Gülcin heran.

»Irgendetwas bleibt immer hängen«, flüsterte er. »Und warum sollte ich mir die Chance entgehen lassen, etwas für meine Sache zu tun? Herr Polizist. Sind Sie nicht bei der Mordkommission? Haben Sie schon mal in den Übergangslagern recherchiert, ob es nicht doch Fanatiker waren, die hier ihr Unwesen treiben?«

Er grinste frech. Stammler kochte. Er holte aus und wollte nach dem Plakat greifen. Aber die Frau neben ihm fiel ihm in den Arm und riss ihn zurück.

»Das bringt doch nichts«, sagte Gülcin, »der will bloß provozieren. Wenn ihn keiner beachtet, kann er einpacken. Tun wir ihm doch den Gefallen.«

Ohne sich weiter um Weinmann zu kümmern, zog sie Stammler weg, Richtung Marktplatz.

»Ach was, ich habe Hunger«, sagte Gülcin plötzlich und bog mit Stammler in die Lange Gasse ein. Sie setzten sich in den »Stern« und aßen Muscheln. Dazu jeder noch einen Weißwein. Sie redeten sich den Mund fusslig, alle beide. Typisch erste Verabredung, dachte Stammler bei sich – und war glücklich.

Nach dem Zahlen kamen sie in die frische Winternacht hinaus und zogen gierig die kalte Luft ein. Dann machten sie sich auf den Weg zum Marktplatz.

Nach ein paar Minuten kamen sie bei der »Marktschenke« an. Als sie eintraten, sahen sie Löffler und Berger an der Bar sitzen.

Auch das noch, dachte er. Doch dann freute er sich irgendwie, bekannte Gesichter zu sehen. Er zog Gülcin mit sich und blieb dann vor den Kollegen stehen.

Die hatten ihn noch gar nicht bemerkt.

Erst als er laut hüstelte, drehten sie sich zu ihm um. Etwas irritiert sahen die beiden von Stammler zu Gülcin und wieder zurück.

»Das ist Gülcin«, sagte er. »Eine Freundin.«

Schlonz Eder war der Wagen schon lange aufgefallen. Nicht gleich natürlich. Aber als er regelmäßig immer dort auftauchte, wo er, Schlonz, sich befand, begann er damit, sich Gedanken darüber zu machen.

Nee, dachte er, Zufall ist das keiner mehr.

Und außerdem stand der Wagen ja nicht irgendwie so da. Also, nicht irgendwie in der Gegend, einsam und verlassen. Jemand saß in ihm. Hinterm Steuer. Das konnte Schlonz gut erkennen. Bloß: Wer da im Wagen saß, das wusste er nicht. Meist war der Wagen einfach zu weit entfernt. Die Windschutzscheibe tat ein Übriges, weil ihre Spiegelung keinen genauen Blick zuließ.

Zwar hatte Schlonz Eder sich auch schon überlegt, einfach auf den Wagen und seinen Fahrer zuzugehen, zu ihm hinzurennen – aber irgendwie kam er sich blöde dabei vor. Was, wenn sich alles als Irrtum herausstellte? Was, wenn es für das Verhalten des Wagens und seines Besitzers eine ganz normale Erklärung gab?

Also beschloss er, erst mal abzuwarten.

Eigentlich hieß Schlonz ja Edwin Eder. Das Schlonz hatte er aus seiner Schulzeit mitgebracht. Jedes Mal, wenn man ihn um seine Meinung gebeten hatte – zu einem Fußballspieler, einer Schallplatte, einem Film oder einem Mädchen –, dann war seine Antwort nach kurzem Nachdenken ein hingerotztes »Schlonz« gewesen. Der Name blieb.

Seinen richtigen Vornamen kannte inzwischen kaum mehr jemand. Nachdem seine Eltern bei einem Autounfall vor ein paar Jahren ums Leben gekommen waren, wahrscheinlich gar keiner mehr.

Man mag es nicht glauben, aber Schlonz hatte trotz dieses merkwürdigen Spitznamens einen Schlag bei den Frauen. Im Grunde lebte er sogar von ihnen. Er war nicht gerade ein Heiratsschwindler, das nicht. Denn er versprach den Damen seiner Wahl niemals die Ehe, sondern bloß eine schöne Zeit mit ihm. Ihr Problem, wenn sie schöne Zeit gleichsetzten mit Ehe.

Aber auch die schöne Zeit gab es bei Schlonz nicht zum Nulltarif. Für die Annehmlichkeiten des Lebens mussten bei ihm stets die Frauen zahlen. Nicht gleich am Anfang der Beziehung, da investierte er noch ein paar Euro in schick essen gehen oder mal ein romantisches Wochenende. Danach aber kehrte sich das um. Wenn die Frauen später etwas wollten, mussten sie bezahlen. Eine Weile freiwillig, und wenn sie so langsam begriffen hatten, dass aus der romatischen gemeinsamen Zukunft nichts wurde, dann halt mit Druck.

Also mit Erpressung.

Es war kaum zu glauben, wie viele Menschen noch immer dafür bezahlten, dass ein Seitensprung oder ein sexuelles Abenteuer nicht ans Licht kam. Vor allem das Internet hatte massiv in Eders Karten gespielt. Alleine bereits die Drohung, die Fotos, die Schlonz heimlich geschossen, oder die Filme, die er aufgenommen hatte, ins Netz zu stellen – auweia, das brachte die Frauen an den Rand des Wahnsinns. Sie taten alles, dass er davon Abstand nahm.

Manchmal fiel eines seiner Objekte aus. Nun ja, sie konnten einfach nicht mehr bezahlen, weil deren Kohle restlos in seinen Besitz übergegangen war.

Greif mal einer nackten Frau in die Taschen, hatte er zu seinem Kumpel Horst gesagt und dabei gelacht. Horst hatte mitgelacht, weil er gerne genauso gewesen wäre wie Schlonz. Leider war er zu dumm und zu hässlich dafür. Immerhin reichte es dazu, als Fußabtreter für Schlonz zu dienen.

Wenn die Frauen gar kein Geld mehr hatten, dann ging Schlonz wieder auf die Pirsch. So nannte er das – auf die Pirsch gehen. Wild erjagen. Also: ein neues Opfer finden und es aussaugen. Lange brauchte er nie dazu. Er verstand sein Handwerk.

Dennoch – der Wagen beunruhigte den Frauenhelden.

Es gab sicher viele Frauen und wütende Ehemänner, die eine Rechnung mit Schlonz offen hatten. Bisher war, und das wunderte ihn selbst am meisten, noch nie etwas passiert. Klar, es gab Szenen und Auftritte enttäuschter Frauen. Aber so was bewältigte er mit links.

Souverän.

Zurzeit ging es ihm bestens. Er hatte zwei Objekte laufen, die flüssig waren. Er machte nicht den Fehler, ihnen gleich alles abzunehmen. Sie sollten die Gelegenheit und die Zeit haben, sich in ihre Rolle als Melkkühe einzufinden. Ein zu brutales Vorgehen könnte zu einer Kurzschlussreaktion führen. Und da landete man gerne mal bei der Polizei.

Vor ein paar Jahren war Schlonz in die Sindelfinger Straße gezogen. Das war zwar nicht Innenstadt, aber Stadtnähe. Nach einem kleinen Spaziergang war er zügig in der Weststadt und von da aus erreichte er jede der Altstadtkneipen schnell. Meist benutzte er das Fahrrad. Er wollte sich fit halten. Und außerdem gab es in Tübingen eh keine Parkplätze.

Als er an dem Abend aus dem Haus trat, in dem er seine Wohnung hatte, platzten ihm ein paar Schneeflocken ins Gesicht.

Mist, dachte er, jetzt kann ich durch diesen blöden Scheiß in die Stadt laufen und am Ende bin ich pitschnass.

Nach ein paar Schritten sah er den Wagen.

Er parkte nicht weit weg von Eders Wohnung in der Straße. Im Schein einer Straßenleuchte war die Farbe leicht zu erkennen. Dunkelblau war die alte Schleuder. Unverkennbar, das war sein Aufpasser.

Na schön, sagte sich Schlonz, der ohnehin angefressen war wegen des blöden Wetters, jetzt reicht es mir. Schlagartig startete er wie ein Hundertmeterläufer und raste auf den Wagen zu. Als er noch etwa zehn Meter weg war, hörte er, wie der Motor angelassen wurde. Aber noch ehe das Gefährt wegfahren konnte, stand Schlonz an der Fahrertüre und wollte sie aufreißen. Doch sie war abgeschlossen. Er versuchte es noch ein paar Mal, aber es hatte keinen Sinn.

Schlonz blickte ins Wageninnere.

Dort saß eine lang aufgeschossene Figur mit einer Kapuze und starrte strikt nach vorne durch die Windschutzscheibe. Im Profil war nur ein Kinn zu sehen, das aus der Kapuze ragte. Das Gesicht lag im Schatten.

»Scheiße, wer bist du?«, schrie Schlonz und zerrte weiter an der Tür. »Mach sofort auf, du Arsch. Was willst du überhaupt von mir? Komm her, wenn du dich traust, du Penner. Feigling. Was ist bloß los mit dir?«

Eder wollte um den Wagen herumgehen, nach vorne, um das Gesicht des Fahrers zu sehen. Aber in diesem Augenblick machte das Auto einen Satz und hätte ihn schier überfahren. Er konnte gerade noch zur Seite springen. Dabei stolperte er und fiel hin.

Im nassen Schnee liegend schaute er dem davonfahrenden Auto zu. Er konnte zwar die Autonummer erkennen – eine Tübinger Nummer. Aber was sollte ihm die nützen?

Beim nächsten Mal, mein Lieber, dachte Schlonz entschlossen, hole ich dich aus deiner Rostlaube heraus. Und dann gibt es Saures.

Er klopfte sich den nassen Schnee von der Hose und dem Mantel. Dann ging er langsam Richtung Altstadt.

Vielleicht, hoffte er, sehe ich den Typen noch mal. Aber dann läuft die Sache anders.

Gülcin war inzwischen nach Hause gegangen. Sie hatten alle gemeinsam noch etwas getrunken, dann hatte sie sich verabschiedet.

»Ich bin einfach müde nach einer Doppelschicht«, sagte sie, ehe sie ging. »Wir können uns ja ein andermal wieder treffen, wenn ich nicht so fertig bin. War aber nett mit euch, wirklich.«

Ehe sie ging, küsste sie Stammler auf die frischrasierte Wange und drückte dabei seine Hand.

Als sie weg war, herrschte zunächst Schweigen in der Runde der drei Ermittler.

»Nette Frau«, sagte schließlich Monika Berger, »da sieht man mal wieder, wohin unser Beruf uns führt. Direkt ins Krankenhaus zur großen Liebe.«

Löffler grinste, Stammler wurde rot.

»So schnell geht das nicht«, sagte er leise, »wir kennen uns noch gar nicht. Und außerdem weiß ich nichts über sie.«

»Lass doch mal unsere Frau Heim die Datenbanken durchforsten, dann weißt du bald alles über sie. Sogar die Anzahl ihrer Strafzettel.«

»Will ich aber nicht wissen, ich will alles selbst herausfinden. Allerdings nicht die Zahl ihrer Knöllchen.«

»Na schön, jetzt kennen wir das neu erwachte Liebesleben des Kollegen«, unterbrach Christian Löffler den Small Talk, »er darf jetzt auch gerne wieder zur Arbeit erscheinen, nach diesem romantischen Einschub.«

Schuldbewusst nickte Kollege Stammler. Berger tätschelte ihm dabei gönnerhaft den Unterarm.

»Wie kommt es eigentlich, dass die ganze Mordkommission hier in der Kneipe sitzt? Oder ist der Täter bereits gefasst und ich weiß nichts davon?«, fragte Stammler plötzlich.

»Nee, wir waren den ganzen Tag im Präsidium und haben deine Arbeit mitgemacht«, antwortete ihm Berger mit einem spöttischen Unterton.

»Und Heimchen?« Stammler wollte es jetzt ganz genau wissen.

»Die hat uns tonnenweise mit Computerausdrucken zugeschüttet. Ich weiß nicht, wie du und sie es aushalten, tagelang vor diesem Monitor zu sitzen«, sagte Berger.

»Und was waren die Erkenntnisse dieses Bürotages?«, hakte Stammler nach.

»Nach stundenlangem Aktenwälzen und Bildschirmgucken ist mir ganz schwummrig«, sagte die Kommissarin mit einer Mimik, die Erschöpfung signalisieren sollte.

»Und heraus kam eigentlich nichts dabei«, ergänzte Löffler.

»Also haben wir uns hier einen Absacker gegönnt«, erzählte seine Kollegin weiter. »Wir waren ja gestern Nacht auch noch hier.«

Stammler wirkte irritiert, verkniff sich aber eine Bemerkung.

»Wir haben hier sozusagen eine Zweitwohnung, wenn das so weitergeht«, sagte Löffler lächelnd und fuhr dann fort: »Na gut, wenn wir jetzt grad so gemütlich zusammensitzen, spielen wir einfach Büro. Sammeln wir mal, was wir wissen. Das ist dann wie ein Ratespiel und riecht nicht ganz so nach trockener Ermittlungsarbeit.«

»Gut, was haben wir?«, eröffnete Monika Berger.

»Zwei Leichen, grausam zugerichtet. Dazu einen schießwütigen Alkoholiker, der kein rechtes Motiv mehr hat, das eine Mordopfer zu erschießen und das zweite vermutlich nicht kannte.«

»Und verschwunden ist der Mann zudem.«

»Wie das?«, fragte Stammler verwundert.

»Ach, stimmt ja, das wissen Sie ja noch nicht«, antwortete Löffler, »er ist aus dem Krankenhaus abgehauen und seitdem spurlos verschwunden. Deswegen waren wir gestern Abend auch noch mal im Einsatz, während Sie selig in Ihrem Bett geschlummert haben, und haben uns zum Schluss hier aufgewärmt.«

Er berichtete kurz über ihren Besuch bei Masur.

»Und was ist mit dem Masur? Hat der vielleicht etwas damit zu tun?«

Beide schüttelten die Köpfe.

»Der Mann ist schwer krank«, erklärte Berger, »der kämpft ums Überleben, der denkt nicht daran, andere umzubringen. Und er kannte den Arzt ja nicht.«

»Wer hatte überhaupt Verbindungen zu dem toten Mediziner? Gibt es da nichts?«

»Mist«, sagte Stammler und schlug sich gegen die Stirn, »ich habe ganz vergessen, dass die Klinikleitung uns Unterlagen geschickt hat über Fälle, bei denen Patienten geklagt oder sich zumindest beschwert haben. Immer bezogen auf unseren toten Doktor Reichert.«

»Wenn wir da jemand herausfiltern, der auch die Meineke kannte«, überlegte Löffler laut, »wäre das eine Riesensache. Denn was uns fehlt, sind die Verbindungen zwischen den einzelnen Opfern und einem möglichen Täter.«

»Dann«, sagte Stammler und erhob sich aus seinem Barstuhl, »sollte ich mich auf den Weg ins Präsidium machen. Dort müssen die Unterlagen inzwischen eingetroffen sein. Unser Heimchen wird sie schon bereitgelegt haben, wie ich sie kenne.«

»Gute Idee, Stammler. Und wenn Sie die Nacht durcharbeiten wollen – meine Erlaubnis haben Sie«, sagte ein grinsender Hauptkommissar.

Stammler verschwand nach draußen, auf den im nassen Schnee glitzernden Marktplatz. Schweigend schauten die beiden Zurückgebliebenen ihm nach, bis er verschwunden war.

»Ist wohl verliebt, unser Kollege«, sagte Berger schließlich.

Resigniert hob Löffler die Hände.

»Das musste ja irgendwann kommen«, meinte er, »Ex-Ehemänner suchen nach dem Aus mit der Frau meist schnell das nächste Nest. Erst glauben sie, die große Freiheit genießen zu können, aber danach stellen sie fest, dass sie Wiederholungstäter sind und die Freiheit sie völlig einengt.«

»Schöner Widerspruch.«

»Aber der Wirklichkeit entnommen.«

»Und wie ist es bei Ihnen?«

»Das wird sich zeigen. Ich bin ja erst mal in heimatliche Gefilde geflüchtet. Das ist ja auch irgendwie ein Nest, bloß ohne Frau.«

Löfflers Smartphone klingelte. Er zog es aus der Tasche und schaute auf das Display. Markus Kürner rief an. Einen Augenblick spielte der Hauptkommissar mit dem Gedanken, ihn einfach wegzudrücken. Kindisch, dachte er dann, wenn man den Kopf in den Sand steckt, lösen sich dadurch keine Probleme. Man sieht sie bloß eine Weile nicht mehr.

Er nahm ab und meldete sich.

Zuerst hörte er nur den Atem seines Freundes. Er hörte sich an, als würde der Luft holen, ehe er unter Wasser tauchte. Löffler war sich nicht sicher, ob das ein gutes Zeichen war. Egal, er würde es gleich wissen.

»Hast du ein Ergebnis?«, fragte er.

»Ja, könnte man so sagen.«

Schweigen.

»Und?«, fragte Löffler in die Stille.

»Es sieht so aus, als müsstest du … also wahrscheinlich … musst du was machen lassen.«

»Was machen lassen? Wovon redest du?«

»Du hast einen Tumor. Noch klein, noch nicht … bedrohlich. Oder irgendwie schon. Also … leider … kann ich keine Entwarnung geben. Wir müssen uns bald im Krankenhaus treffen. Die Anamnese ergab jedenfalls nichts Gutes.«

Beide schwiegen eine Weile. Löffler war zwischenzeitlich auf dem Marktplatz draußen. Er wollte das Gespräch alleine führen. Keine Musik im Hintergrund, kein Menschengeplapper, keine Kollegin, mit der man gerade bei einer Privatunterhaltung gelandet war. Die nackte Wahrheit in einer stummen Welt. Mit seiner Reaktion, die nur für ihn bestimmt war. Er wollte die Kontrolle darüber, weil er nicht wusste, wie diese Reaktion ausfallen würde.

Aber es war eine, die einer Erstarrung ähnelte.

Kürner sprach weiter, aber Christian Löffler war nicht fähig zuzuhören. Laute drangen an sein Ohr. Er konnte sie nicht entziffern.

Eine Weile stand er da, im leichten Schneegeriesel. Dann öffnete sich Tür der »Marktschenke« und ein Gast trat heraus. Der Ton der Tür und der Schritte des Mannes brachten ihn zurück in die Realität.

»Wir müssen uns bald treffen, Christian«, verstand der Hauptkommissar deutlich. »Bald. So bald wie nur möglich.«

»Was ist mit dem Nikolauslauf?«, fragte er.

»Wie bitte?«

»Der Nikolauslauf. Ich möchte ihn rennen. Geht das?«

»Du spinnst doch. Du immer mit deinem Gerenne. Wann ist der Lauf denn?«

»In zehn Tagen.«

Der Gerichtsmediziner schwieg. Schien nachzudenken. Atmete laut in den Hörer seines Mobiltelefons.

»Schön, auch das noch. Am Tag darauf hast du dann einen Termin. Im Krankenhaus. Ich regle alles für dich. Ah ja, und wer soll davon erfahren?«

»Durch dich gar niemand, das regle ich schon selbst. Denk an deine Schweigepflicht. Ich verklage dich, wenn du etwas hinausposaunst.«

»Dann trainiere gut für den Lauf. Ich melde mich.«

Kürner legte auf.

Löffler stand noch eine Weile auf dem dunklen Marktplatz und spürte die nassen Flocken auf seinem Kopf. Dann ging er hinein, zurück in die »Marktschenke«, zurück zu Monika Berger. Er setzte sich zu ihr. Eine Weile sprachen sie nicht. Er hätte gerne über irgendetwas geredet, einfach um sich abzulenken. Aber ihm fiel nichts ein, kein Thema, kein Satz, kein Wort.

»Was ist mit Ihnen?«, fragte schließlich die Kollegin, »schlechte Nachrichten? Sie sehen ja aus, als sei jemand gestorben. Oder haben wir einen neuen Mord?«

Löffler war froh, dass sie die unangenehme Stille brach.

»Mord? Nein. Es war nur die Nachricht, dass es einem guten Freund schlecht geht. Etwas rein Privates. Aber ich bin müde, ich gehe nach Hause. Soll ich Sie noch wo hinfahren?«

»Nein«, schüttelte Berger den Kopf, »ich geh zu Fuß nach Hause, ich will unterwegs noch einkaufen. Außerdem hat Ihre Frau mich heute Abend in die Comedy Stube in den ›Löwen‹ eingeladen. Udo Zepezauer und Helge Thun sind da, mit Gästen und so. Ich brauche mal wieder was zum Lachen. Irgendwie kommt mir das Leben gerade, auch abgesehen vom Sauwetter, ziemlich öde vor. Trist, sagt man wohl dazu. Da sehe ich wieder mal normale Menschen. Manchmal vergesse ich nämlich, dass es die auch noch gibt. Dass das sogar die Normalität ist. Wissen Sie das eigentlich noch?«

»Ja, ich habe eine Tochter. Sie erinnern sich? Sie führt mich immer wieder in die Normalität zurück. Schule, Eifersucht unter Mädchen, Pubertät, schlechte Noten, Elternabende. Alles Standards. Das hält mich auf Trab. Und mein Vater scheint sich im Alter noch mal verliebt zu haben. Oder er hat einfach den Sex neu entdeckt. Sie sehen: Ich bin ganz im Hier und Jetzt.«

»Na, dann«, sagte Berger und stand auf, »da kann ja unsere Abendunterhaltung beginnen. Übernehmen Sie die Zeche? Sie haben mehr Geld.«

Löffler lachte.

Er legte einen Geldschein auf den Tresen. Dann stand auch er auf und sie gingen zusammen ins Freie. Er atmete die frische Schneeluft tief ein. Plötzlich schien sie für ihn einen Geruch, ein Aroma, eine Eigenschaft zu besitzen, die er so noch nie wahrgenommen hatte. Er schloss die Augen und hielt dabei die Luft an. Als er die Augen wieder öffnete, bemerkte er, dass Monika Berger ihn erstaunt und neugierig musterte.

»Ich genieße die Luft«, sagte er, »das kann man selten mitten in der Stadt.«

»Nun ja, Tübingen ist ja nicht gerade eine pulsierende Großstadt mit riesigem Verkehr, der durch die Innenstadt prescht. Auf dem Marktplatz riecht es eher selten nach gigantischen Abgasstoffen. Höchsten an jedem Markttag nach verdorbenem Grünzeug und Gartenschnittblumen.«

»Das verstehen Sie nicht.«

»Muss ich auch nicht. Ich mach mich jetzt auf den Heimweg, bis morgen dann.«

Damit ging sie über den Marktplatz und verschwand in der Haaggasse, die zum Haagtor führt.

Christian Löffler wandte sich Richtung Parkhaus am Nonnenhaus. Kurz überlegte er, noch einen Abstecher in eine Kneipe zu machen. Oder sich einfach seiner Frau und Berger anzuschließen und mit ihnen zusammen in den »Löwen« zur Comedy zu gehen. Kino? Spaziergang durch die Stadt? Nein, beschloss er, das ist nicht das, was ich will. Was ich wirklich jetzt möchte, ist alleine sein. Zu Hause Musik hören. Vielleicht in einem Buch blättern. Schmökern. Nicht reden und nicht zuhören müssen – das war es.

Doch eines musste noch sein. Er wählte am Mobiltelefon die Nummer von Gerold Knisel, einem Lauftrainingspartner. Dann noch die von Dieter Baumann und von Johannes Mayer. Mit allen dreien verabredete er für den nächsten Morgen einen schnellen Trainingslauf für den Nikolauslauf am ersten Dezemberwochenende. Die drei hatten Zeit, beziehungsweise konnten sie sich nehmen.

Er freute sich. Er spürte seinen Körper gerne. Er liebte es, ihn zu belasten. Die Nikolausstrecke war eine, die einem alles abverlangte. Gemeinsam mit den anderen drei würden sie schon ein mächtiges Tempo vorlegen. Perfektes Training für den Wettkampf. Was danach kam – daran wollte er nicht denken.

Nicht jetzt.

Schlonz Eder war unzufrieden.

Er hatte den ganzen Abend über versucht, neue Kontakte zu knüpfen, aber die Damen waren nicht willig gewesen. Also begann er, sich langsam zu betrinken. Das tat er selten, weil er den Tag danach hasste.

Kopfschmerzen, Übelkeit, schlechtes Gewissen und komplett unfähig zu irgendeiner sinnvollen Tätigkeit. Nicht, dass er je so etwas hatte wie eine »sinnvolle Tätigkeit« – aber bereits Fernsehgucken war mit dem Brummschädel ein harter Job.

Dennoch musste es manchmal sein, so ein kleines Gelage. Er hatte im »Ammerschlag« in der Ammergasse getrunken, bei Jutta. Alte Traditionskneipe, Kult, wie so vieles heute.

Es hatte mit Weinschorle begonnen, dann wurde er von einem anderen Gast zu einem Würfelspiel animiert. Chicago – der Verlierer zahlte die Runde. Sie spielten es zu dritt. Schnäpse waren nicht sein Ding, aber er gewöhnte sich an sie. Er hatte sich für Wodka entschieden. Nach einem knappen Dutzend rebellierte sein Magen.

Er versuchte zwar, sich auf dem Klo zu übergeben. Aber das gelang ihm nicht. Nicht einmal dann, als er sich den Finger in den Mund steckte und darin herumstocherte.

Also war ihm bloß übel und er konnte nichts dagegen machen.

»Nimm noch einen Schnaps«, hatte ein Mitspieler zu ihm gesagt, »aber keinen Wodka, sondern einen anderen. Ich schlage vor einen Williams Birnenschnaps. Entweder kotzt du dann oder es geht dir besser.«

Schlonz wagte das Experiment. Danach fand er sich auf den Knien vor dem Klodeckel wieder. Das Dutzend Schnäpse, der Wein und der Birnenschnaps schwammen in der Schüssel. Erst als er sich das Dilemma genauer ansah, merkte er, dass etwas fehlte. Genau, keine Lebensmittel. Er hatte vergessen, etwas zu essen. Diesem Umstand schob er die Schuld daran zu, dass er derart betrunken war. Keine Grundlage geschaffen, dachte er.

Als er wieder an der Bar erschien, waren seine beiden Mitzecher verschwunden und hatten ihn auf der Rechnung sitzen lassen.

»Ich dachte, du kennst die Jungs«, lallte er Jutta an.

»Ich dachte, es wären deine Freunde«, antwortete sie.

Sein Freund Horst schaute in dem Moment noch in den »Ammerschlag« herein. Er strahlte übers ganze Gesicht, als er Schlonz erkannte. Auch er schien stark angeheitert zu sein. Er torkelte sogar leicht, als er auf Schlonz zuging. Dabei übersah er einen Barstuhl, stolperte darüber und fiel der Länge nach hin. Sein Kopf ruhte auf der Schuhspitze Eders. Treuherzig schaute er nach oben. Aber Schlonz schüttelte den Kopf ab und der schlug hart gegen den Boden.

Horst stand langsam und mühselig auf. Dabei hielt er sich an der Bar fest. Schließlich hatte er festen Boden unter den Füßen, schwankte nur noch leicht und strahlte Schlonz an.

»Schlonz«, sagte er glückselig.

Aber der schüttelte bedauernd den Kopf.

»Mit Betrunkenen reden ich nicht«, lallte Schlonz.

Er wandte sich von Horst weg, bezahlte und machte sich auf den Heimweg in die Sindelfinger Straße.

Er machte sich zu Fuß auf den Weg, obgleich er sich kurzfristig überlegt hatte, ein Taxi zu bestellen. Doch bis das endlich da war, war er sicher längst zu Hause. Der Fußmarsch dauerte, denn er ging langsam. Musste sich auf jeden Schritt konzentrieren. Er musste heftig atmen. Scheiß-Raucherei, sagte er laut vor sich hin, jetzt ist aber Schluss. Immer wenn er Alkohol trank, rauchte er wie ein Schlot. Ein alter Reflex von früher, als er noch Dauerraucher war und kaum je keine Kippe im Mund hatte. Seit es Rauchverbote gab, hatte er sich reduziert. Er vertrug die Pafferei auch nicht mehr so gut. Zudem: Die Frauen mochten es nicht, wenn er aus dem Mund stank. Da musste er Rücksicht nehmen – zumindest am Anfang.

Er überquerte den Haagtorparkplatz.

Ein Auto überholte ihn langsam. Es streifte ihn fast und er machte einen Satz zur Seite. Dabei glitt er auf dem seifglatten Untergrund aus und fiel der Länge nach hin.

Der Wagen tuckerte einfach weiter. Zwar rief Schlonz ihm etliche Schimpfworte hinterher, aber die verpufften in der eiskalten Nacht. Für einen Augenblick glaubte er, den Wagen zu erkennen, aber selbst wenn – das war jetzt auch vollends egal.

Er mühte sich weiter zu Fuß, den Schleifmühleweg hinaus, hinter dem Supermarkt, unter der Brücke hindurch in Richtung

»Zoo«, einem alten, kultigen Lokal, das mittlerweile für immer geschlossen hatte. Dann bog er in die Sindelfinger Straße ein, marschierte Richtung Aischbachschule. Dort neben der Zentrale der Bäckerei Gehr war ein großer geteerter Platz. Ein paar Hindernisse für Skater hatte man aufgebaut, aber mittlerweile sah das alles ziemlich trostlos aus.

Schlonz beschloss, eine kleine Pause einzulegen. Er setzte sich auf einen Stein, der aus der Dunkelheit der Nacht herausleuchtete. Als er saß, zog er eine Zigarette aus der Packung. Die geht noch, dachte er und musste dabei selbst lächeln. Ein Wagen mit Standleuchten fuhr langsam in die Straße ein. Er zuckelte weiter an der Bäckerei vorbei. Schlonz sah dem Fahrzeug nach, bis es hinter dem Haus verschwunden war.

Das war der Typ, wurde ihm klar, aber um den kann ich mich jetzt nicht kümmern. Wenn er was will, wird er schon herkommen, aber dann Gnade ihm Gott. Der Penner.

Schlonz hatte die Zigarette ausgeraucht und warf die Kippe auf den leicht schneebedeckten Boden.

Ein Schatten fiel über ihn. Ein schmaler, dünner, langer Schatten.

Eder blickte auf.

Vor ihm stand eine dunkle Gestalt im Anorak und mit einer Kapuze. Der Körper verdeckte den Schein der Straßenlampe, die wenigstens etwas Licht auf den Platz geworfen hatte. Schlonz hielt sich schützend die Hand vor das Gesicht und versuchte, etwas zu erkennen. Aber außer der Silhouette konnte er keine Details unterscheiden. Er wollte aufstehen, aber die Gestalt drückte ihn sanft auf den Stein zurück.

»He, was soll das?«, rief Schlonz Eder, »du spinnst wohl. Lass mich gefälligst in Ruhe.«

Die Gestalt stand bloß da und schwieg.

»Wer bist du überhaupt?«, fragte Eder schließlich und griff in die Tasche nach einer neuen Zigarette.

»Du kennst meine Frau, aber mich nicht«, sagte der Mann. »Doch das spielt keine Rolle mehr, für keinen von uns.«

»Hä?«, stieß Schlonz aus und steckte sich dann die Zigarette in den Mund. Der Mann schlug sie ihm schnell und präzise aus der Hand. Sie landete im Schnee.

»Jetzt reicht es mir aber«, rief Schlonz und wollte sich wieder erheben. Abermals genügte ein leichter Druck des Mannes auf Eders Brust, dass der wieder auf den Stein zurücksank.

»Seit Tagen gehst du mir mit deiner blöden Schrottmühle auf den Wecker. Wieso verfolgst du mich andauernd? Bist du irgendwie krank? Hast du Probleme?«

Die Gestalt kicherte.

»Du hast Probleme. Mit mir. Jetzt.«

»Ach Gottchen, da wird mir ja Angst und Bange. *Du* machst mir keine Angst, du Vogelscheuche. Aber ich würde doch gerne wissen, wieso du gerade mir pausenlos nachfolgst.«

Der Mann schien zu überlegen, ob er antworten solle.

»Meine Frau. Du hast meine Frau ausgesaugt und vernichtet. Und mich. Und das Kind. Die ganze Familie. Darauf steht Strafe. Die höchste, die es gibt.«

»Strafe? Wofür denn? Ich habe deine Frau zu nichts gezwungen. Mal ganz nebenbei – wer ist denn deine Frau?«

Fast tonlos hüstelte der Mann. Vielleicht war es auch nur ein leises Lachen.

»Carola hat sie geheißen.«

»Hat? Heißt sie nicht mehr so?«

Keine Antwort.

»Carola also. Mhm. Da kenne ich nur eine. Ist aber schon eine Weile her. Hatte so einen Deppenehemann, der nur in der Firma rumturnte und keine Zeit für sie hatte. Nun sag bloß, du bist dieser Verlierer. Ja, würde passen. Mit der Schrottmühle durch die Gegend streifen und Leute belästigen. Hat die gute Caro dich in den Wind geschossen?«

Der Mann trat Schlonz gegen das Schienbein.

»Aua, spinnst du? Warum schlägst du mich? Kann ich doch nichts dafür, wenn deine Alte abhaut.«

»Du hast sie betrogen, abgezockt. Behandelt wie ein Stück Vieh. Und du hast die Ehe zerstört. Und das Kind. Alles. Du hast ihr alles Geld abgenommen. Ihre Würde. Du hast sie getötet. Dafür musst du bezahlen.«

Mit Macht versuchte Schlonz Eder aufzustehen. Doch nun schlug der Mann ihn heftig gegen die Brust. Schlonz fiel auf den Stein zurück, rutschte von ihm ab und fiel zu Boden. Obwohl der Mann so dünn war, hatte er Schlonz mit viel Kraft zurückgestoßen. Allmählich dämmerte dem am Boden Liegenden, dass hier etwas vor sich ging, was er lieber nicht erleben wollte.

Er erinnerte sich an Carola. Sie hatte ihm kaum Schwierigkeiten gemacht. Ein dankbares Opfer. Sie hatte ihn reichlich mit Geld versorgt. Am Ende hatte sie das Familiensparbuch einschließlich eines Sparkassen-Depots geplündert. Sie wollte mit ihm gemeinsam weg, raus aus Tübingen, raus aus Deutschland. Nur er, sie und das Kind.

Schlonz erinnerte sich ungern an die Szene, als sie erkennen musste, dass er sie betrogen hatte.

»Du spinnst wohl«, hatte er zu ihr gesagt, »ich geh doch nicht mit dir und deinem Balg auf Weltreise. Und jetzt schon gar nicht mehr, wenn dein ganzes Geld weg ist.«

Sie hatte sich an ihn gehängt und wollte nicht mehr loslassen. Er musste ihr die Hände aufbrechen. Dann warf er sie aus der Wohnung. Seit dem Tag hatte er nichts mehr von ihr gehört.

Und jetzt tauchte dieser gestörte Typ auf und machte ihn an. Gab sich als der betrogene Ehemann aus. War es wahrscheinlich auch, so wie der sich aufführte. Aber warum jetzt erst? Das war doch bereits Monate her.

Okay, beschloss Schlonz, sich langsam vom Boden aufrappelnd, das war es jetzt. Es wird Zeit, dass ich den Typen hier mal zurechtrücke. Eins auf die Zwölf und gut ist's. Mit zitternden Knien stand er schließlich vor dem dürren Mann, dessen Gesicht er unter der Kapuze noch immer nicht gesehen hatte. Langsam bekam er festen Stand.

»So, mein Freund«, begann Schlonz Eder den Satz, der den anderen zur Räson bringen sollte. Allerdings sollte dies der letzte Satz sein, den Schlonz in seinem Leben begonnen hatte.

Denn der Mann hatte währenddessen unter seinen Anorak gegriffen und einen Hammer hervorgezogen. Den erkannte Schlonz deutlich im Licht der Straßenleuchte. Aber das half ihm nicht mehr viel.

Heftig fuhr das Werkzeug auf seinen Kopf nieder.

Schlonz verspürte keinen Schmerz, aber er fühlte, dass er nach hinten kippte und zu Boden fiel.

Es wurde langsam hell, als die Läufer sich gegen halb acht Uhr beim Lauftreff auf dem Sand zusammenfanden. Es hatte aufgehört zu schneien, es war nicht richtig kalt und die Laufstrecke nicht gefroren.

Als sie losliefen, drückten alle auf ihre Stoppuhren. Es sollte ein Tempolauf werden, der letzte lange vor dem Nikolauslauf. Also eine Art Formtest. Allerdings nicht für Gerold Knisel. Als Organisator des Laufes konnte er am Renntag nicht selbst teilnehmen. Die anderen zwei, Johannes Mayer und Dieter Baumann, allerdings schon. Baumann war ohnhin im Besitz des Streckenrekordes.

Gleich nach dem Start ging es bergauf. Sie liefen die alte Strecke, die man zweimal zu durchlaufen hatte. Der neue Kurs hatte sich vor ein paar Jahren verändert, der Start befand sich jetzt hinter der Geschwister-Scholl-Schule. Dennoch, der größte Teil der Strecke war gleich geblieben.

Christian Löffler verausgabte sich völlig. Selbst den giftigen Anstieg beim Bettelweg, den es zweimal hochging, nahm er in vollem Tempo. Seine Lungen brannten und er dachte, die Oberschenkel würden ihm platzen. Dennoch – er ließ nicht nach. Nach einiger Zeit rannte er alleine vorneweg, die anderen wollten das Höllentempo so kurz vor dem Wettkampf nicht mitgehen.

Der Hauptkommissar wartete im Ziel auf sie. Als sie ankamen, hatte er sich leidlich erholt.

»Was ist denn mit dir los?«, fragte Baumann, »du rennst ja, als wenn es kein Morgen gebe.«

»So fühle ich mich auch.«

»Die beiden Leichen?«, fragte Knisel.

Löffler nickte.

»Eigentlich darf ich darüber ja nicht reden«, meinte er dann, »aber ich denke jetzt auch bloß mal laut darüber nach, dass wir total im Dunkeln tappen. Zum Glück kann mich niemand hören.«

»Doch«, fiel da Mayer ein, »ich höre dich.«

Alle schauten ihn vorwurfsvoll an.

»Aber ich verstehe dich nicht.«

Sie lachten.

»Jedenfalls danke, dass ihr mitgelaufen seid. So ein Lauf stimmt einen friedlich und optimistisch. Jetzt verstehe ich dich, Dieter, dass du Lebensläufer bist.«

Löfflers Telefon läutete.

Er nahm das Gespräch entgegen. Stammler war am anderen Ende.

Er müsse mit ihnen allen über seine neuesten Erkenntnisse reden. Sie möchten ins Präsidium kommen, er rufe auch gleich die Kollegin Berger und Heim an.

»Es scheint sich ein Türchen aufzutun«, sagte Löffler, nachdem er aufgelegt hatte, »ihr könnt es ja in der Zeitung nachlesen. Bis bald.«

Damit verschwand er Richtung Auto.

Er fuhr rasch nach Hause, um zu duschen und sich umzuziehen. Als er danach in der Küche erschien, um noch schnell einen Espresso zu trinken, begegnete er seiner alten Schulfreundin Maria Steinke. Sie saß am Frühstückstisch, las in der Zeitung und trank gemütlich eine Tasse Kaffee. Neben ihr, Kopfhörer im Ohr und am Smartphone spielend, Löfflers Tochter Jessica. Sie hatte erst zur dritten Stunde Unterricht, weil ein Lehrer krank war. Jessica grüßte ihren Vater mit einem Luftkuss.

»Du bist immer noch hier?«, fragte Löffler die Frau mit der Zeitung.

»Nein«, schüttelte sie den Kopf, »schon wieder. Ich hole Klaus ab. Deinen Vater.«

»Abholen? Wozu denn?«

»Ausflug. Besenwirtschaft.«

»Ihr wollt zusammen einen trinken gehen? In welche Besenwirtschaft denn?«

»Wir gehen von hier zu Fuß nach Tübingen rein. Dann zu Brenners Besenwirtschaft in der Haaggasse. War ich schon ewig nicht mehr.«

»Hast du denn nichts zu tun?«

Maria Steinke seufzte. Dann faltete sie die Zeitung zusammen und legte sie neben sich auf den Tisch.

»Leider nein. Keinen Auftrag, nichts. Ich habe begonnen, an einem Buch zu arbeiten. Es geht um das Leben der arabischen Flüchtlinge hier bei uns in den Lagern. Aber ich brauche noch die Genehmigung, die Unterkünfte betreten zu dürfen, wann ich will. Das dauert. Bis dahin lese ich halt viel über diese Länder und den Krieg dort.«

»Und was ist mit meinem Vater?«

»Was soll mit ihm sein?«

»Du weißt schon – was willst du von ihm? Er ist über dreißig Jahre älter als du. Also was soll das?«

»Sorry, lieber Christian, aber das geht dich nichts an«, tönte es von der Küchentüre her.

Sein Vater war inzwischen aufgetaucht und hatte wohl die letzten Worte seines Sohnes gehört.

»Ich mische mich auch nicht in deine Privatsphäre ein, dann mach du das auch nicht bei mir.«

Christian Löffler schwieg. Jessica nahm die Ohrstöpsel heraus und schaute sich um.

»Streitet ihr euch?«, fragte sie in die Runde.

»Nein«, antwortete Klaus Löffler, »dein Vater ist nur etwas überarbeitet. Da verwechselt man manchmal etwas.«

»Ist es wegen Maria?«, ließ die Tochter nicht locker. »Weil sie so viel jünger ist als du, Opa? Also, wenn du mich fragst – ich finde das cool. Nur weiter so.«

Damit steckte sie die Ohrstöpsel wieder in die Ohren und schrieb die nächste Whatsapp-Nachricht.

»Ich verschwinde dann mal«, meinte nun auch der Hauptkommissar, »euch jedenfalls viel Spaß im Besen.«

Stammler sah nicht gut aus. Gar nicht gut.

Seine Wangen waren leicht gerötet, Bartstoppeln sprossen, die Augen waren verschleiert. Sie sahen aus, als habe er die Nacht in einem Chlorbecken im Schwimmbad verbracht.

Auf dem Schreibtisch herrschte das reinste Chaos. Ordner, Mappen, einzelne Seiten lagen durcheinander, ohne dass ein Außenstehender ein System dahinter entdecken konnte. Monika Berger war ebenfalls bereits da und hinter dem Dschungeldickicht klang eindeutig das Klappern eines Keyboards hervor.

»Die ganze Mannschaft versammelt«, sagte Löffler zur Begrüßung, »das ist ja großartig. Da können wir geballt loslegen und auf Mördersuche gehen. Immer vorausgesetzt, es gibt neuerdings jemanden, den wir jagen können.«

Berger und Stammler sahen sich an. Löffler meinte, etwas Triumphierendes in ihren Blicken lesen zu können.

»Wir haben einiges herausgefunden«, begann Berger und deutete dabei auf den überquellenden Schreibtisch. »Der Kollege hat die ganze Nacht im Krankenhausstaub der letzten Jahre gewühlt. Und er ist, wie soll ich sagen – er ist fündig geworden. Los, Gerd, erzähl du weiter.«

Schweigen.

Als Berger zu Stammler schaute, sah sie, dass er den Kopf auf ein paar Ordner gelegt hatte und sanft schnarchte. Sie wollte ihn an der Schulter ziehen und aufwecken, als Löffler ihr in den Arm fiel.

»Lassen Sie ihn schlafen. Wenn Sie das Ergebnis seiner Arbeit kennen, dann reicht mir das auch.«

»Na gut, lassen wir ihn in Ruhe. Und ich berichte mal.«

Sie setzte sich aufrecht hin, als bereite sie sich auf eine Prüfung oder eine längere Rede vor Publikum vor. Dann nahm sie ein Blatt Papier vom Tisch und wartete, bis Löffler sich ihr gegenüber auf einen Stuhl gesetzt hatte.

»Durch die Akten haben wir eine ziemlich unerwartete Verbindung herausgefunden«, begann sie mit ihrer Infoveranstaltung, »mit der ich eigentlich nicht gerechnet hätte.«

Sie schwieg und schaute Löffler an.

Löffler hob resigniert die Arme.

»Nun machen Sie es nicht so spannend, das ist kein Trash-TV. Von welcher Verbindung reden Sie?«

»Der geschasste Kollege von Lola Meineke hat sich auch von Josef Reichert behandeln lassen. Und er hat ihn verklagt, weil er seine Krankheit falsch diagnostiziert hat. Er gibt ihm die Schuld daran, dass er jetzt todkrank ist. Folglich haben wir jetzt endlich jemanden gefunden, der das Verbindungsglied zwischen den beiden Opfern ist. Jörg Masur.«

Der Hauptkommissar hatte ruhig zugehört. Nun lehnte er sich in seinem Stuhl zurück und schloss die Augen. Berger sah ihm zu, blieb aber stumm.

»Haben Sie den Mann gesehen?«, fragte Löffler plötzlich, »der kann sich doch kaum bewegen. Können Sie sich vorstellen, dass er zwei Menschen töten kann? Ich meine: Hatte er die Kraft dazu?«

»Ich weiß nicht, das kann man …«

In diesem Augenblick wurde die Tür aufgestoßen und Oberstaatsanwalt Marek Bürger stand mitten im Zimmer. Er hatte einen hochroten Kopf und seine Hände zitterten. Nur mit Mühe konnte er überhaupt reden. Also atmete er ganz langsam ein und aus, ein und aus – dann hatte er sich so weit beruhigt, dass zusammenhängende Sätze aus seinem Mund quollen.

»Schon wieder der Schattenmörder. Das gibt es nicht. Wie kann der zum dritten Mal zuschlagen? Was ist mit Tübingen los? Und mit seiner Polizei? Was ist mit *dir* los? Christian, willst du meinen Kopf?«

Bürger schwieg, stellte sich in der Kreuzigungspose hin und senkte den Kopf.

Löffler und Berger sahen sich fassungslos an angesichts dieses Auftritts. Sogar Heim war aus ihrem Dschungel herausgetreten und schüttelte stumm den Kopf.

»Marek«, sagte Löffler, »was machst du da? Probst du für eine Theaterrolle? Sollen wir dich beurteilen? Klatschen? Oder pfeifen?«

Bürger stellte sich wieder aufrecht hin. Sein Gesicht allerdings trug, einmal mehr, alles Leid der Welt in sich. Löffler kannte das, aber heute übertraf der Oberstaatsanwalt sich selbst. Fand der Hauptkommissar.

»Ach«, sagte Bürger, nachdem er sich gefasst hatte, »wenn es doch so wäre. Aber wir sind alle erledigt. Polizeireform, Aufklärungsquote, Kompetenz – alles scheiße. Werden jetzt die anderen sagen. Die Presse, die Opposition, die Neider, die Besserwisser…«

»Marek, was ist los?«

Löffler hatte die Schnauze voll. Marek erkannte das. Sie waren schon lange befreundet, jeder wusste, wann Schluss war.

»Wir haben einen dritten Mord. Auf dem Parkplatz vor der Aischbachschule. Dort, wo die Aufbauten des Skaterparks sind. Ein Mann, mit dem Hammer erschlagen. Gerade eben gefunden. Ein paar Kinder sind in der großen Pause zum Spielen rüber und da haben sie den Mann gefunden. Die armen Kinder. Vermutlich der gleiche Täter wie die beiden anderen Male. Mit dem Hammer das Gesicht und den Kopf zertrümmert. Was soll ich viel erzählen – ihr werdet es ja gleich sehen. Die Kollegen haben sich vor fünf Minuten bei mir gemeldet.«

Löffler war während Bürgers Bericht aufgestanden. Auch seine Kollegin hatte sich aus ihrem Stuhl erhoben und Heim klammerte sich an den Stamm ihrer Palme.

»Ihr versteht schon, dass ich Probleme habe, das der Bevölkerung zu erklären. Zumal jetzt klar sein dürfte, dass es sich hier tatsächlich um einen Täter handelt, der nicht bereit ist, mit seinen Morden aufzuhören. Jeder wird sich jetzt fragen, ob er oder sie der Nächste ist. Und das Schlimmste daran: Ich kann keine Hoffnung machen, dass das Morden aufhört, weil wir nichts in der Hand haben, was auch nur den Anschein einer handfesten Spur hat. Scheiße, was mache ich bloß?«

Jetzt ließ Bürger sich seinerseits auf einen Stuhl fallen und nahm sein Gesicht zwischen die Hände.

Löffler stand nur da und wusste nicht, was er sagen sollte. Er verstand den Oberstaatsanwalt. Und er wusste, wie die öffentliche Meinung funktionierte. Leichen lagen auf Skaterplätzen herum, Schulkinder fanden die Toten mit aufgeplatztem Kopf. Nein, das war starker Tobak. Aber das konnte dem Oberstaatsanwalt nicht helfen.

Er musste den Fall lösen.

Der Platz war von der Polizei vollständig abgesperrt. Die Schüler und Schülerinnen hatte man nach Hause geschickt. Die beiden Kommissare hatten Stammler schlafen lassen und sich zu zweit auf den Weg zum Tatort gemacht.

Wieder begegneten sie dem furchterregenden Bild eines eingeschlagenen Schädels und eines kaum mehr identifizierbaren Gesichts. Schnell wandten sich beide von dem Toten ab.

»Daran kann man sich nie gewöhnen«, sagte Carsten Schneck, der Einsatzleiter vor Ort, zu ihnen. »Das ist bereits das dritte Opfer und ich könnte noch immer schier kotzen.«

»Wer ist der Mann?«

»Edwin Eder heißt er. Bekannt ist er in der Stadt als Schlonz Eder. Er ist so etwas wie ein Zuhälter. Zumindest lebt er auf

Kosten anderer Frauen und schiebt sie ab, wenn er ihnen ihr Geld aus der Tasche gezogen hat.«

»Warum ist er nicht im Knast?«

»Es gibt niemanden, der Anzeige gegen ihn erstattet hat. Und wenn es schon mal passiert ist, konnte man ihm nicht beweisen, dass das, was er den Frauen antut, eindeutig kriminell ist. Moralisch verwerflich, klar, aber juristisch?«

»Normalerweise«, meinte Löffler, »würde ich vermuten, eine der betrogenen Frauen hat ihm den Garaus gemacht. Aber in dem Fall ...«

»Gibt es denn Spuren?«, fragte Monika Berger den Polizisten, »oder haben wir Zeugen von der Tat? Wisst ihr da schon was?«

Bedauernd schüttelte der Beamte den Kopf.

»Leider gar nichts. Wir haben zwar Fußspuren im Schnee, aber durch den Regen am frühen Morgen sind die alle verwischt. Der Gerichtsmediziner kommt gleich, dann wissen wir wenigstens den ungefähren Todeszeitpunkt.«

Ein Kollege Schnecks kam zu ihnen.

»Ich habe mit den Nachbarn geredet«, erklärte er den anderen, »beziehungsweise hier wohnt kaum jemand. Aber eine Frau, die spät nachts noch mit ihrem Hund draußen war, hat etwas beobachtet. Vielleicht hilft das weiter. Sie hat nach Mitternacht ein Auto parken sehen. Jemand ist ausgestiegen, als gerade ihr Hund in den Schnee gepisst hat. Ein paar Minuten später ist der Wagen weitergefahren und hat die Frau auf dem Heimweg überholt.«

»Wenn wir wissen, wann der Mann getötet wurde, dann wissen wir auch, was diese Information wert ist.«

»Was für ein Wagen ist es denn gewesen«, fragte Monika Berger den Kollegen, »hat die Frau sich das Kennzeichen gemerkt? Oder das Fabrikat, den Typ, die Farbe? Oder kann sie den Mann beschreiben?«

»Leider nein«, bedauerte der Polizist, »das Einzige, das sie weiß, ist, dass der Wagen ein Tübinger Kennzeichen hatte und dass es eine alte Mühle war. Vermutlich dunkelblau oder dunkelgrau. Normaler Pkw, kein Van, kein Sportwagen.«

Löffler dachte nach.

»Hat nicht dieser Kofler, der Typ von der Meineke, etwas von einem Auto erzählt, das immer vor dem Haus stand? War das nicht auch so eine alte Mühle?«

Berger nickte.

Währenddessen war Gerichtsmediziner Markus Kürner eingetroffen. Er grüßte kurz zu Löffler hinüber, dann ging er zu der Leiche.

Der Hauptkommissar schnappte Berger am Arm und zog sie mit sich, während er ein paar Meter vom Ort des Geschehens wegging.

»Wir müssen nachdenken«, flüsterte er, »wir müssen versuchen, ob wir die Erkenntnisse über Masur und das hier alles verbinden können.«

»Sie meinen eine direkte Verbindung von Masur zu der Meineke, dem Reichert und diesem Schlonz Eder hier? Aber selbst wenn – kann der das überhaupt? Zwei Männer töten, die kräftiger sind als er? Der kann sich doch kaum auf den Beinen halten.«

»Und wenn er simuliert?«

Berger überlegte.

»Überprüft haben wir seine Angaben nicht«, gab sie dann zu. »Aber wir haben seine Krankenakte. Zwar nicht den genauen Befund, aber seine Klage beweist ja, dass die Krebsdiagnose richtig ist. Er ist auf jeden Fall todkrank.«

»Und was ist mit seiner Frau? Was wissen wir von der? Was ist, wenn sie ein Opfer von Schlonz war? Wissen wir überhaupt, wo die Frau sich befindet?«

Wieder musste Berger zugeben, dass sie keine Ahnung hatten.

»Los«, sagte Löffler schließlich, »wecken Sie Stammler auf. Er und Heim sollen sich sofort hinter diesen Masur klemmen. Wir brauchen alles, was wir finden können. Sie sollen die Stecknadel im Schneehaufen finden.«

»Schneehaufen?«

»Wir haben Winter.«

Berger zückte ihr Handy und wählte die Nummer im Präsidium. Heim war dran. Berger erzählte ihr in Kurzform, worum es ging.

»Und weck den Stammler auf, der kann dir helfen. Schlafen kann er auch zu Hause. Sobald ihr irgendwas findet, meldet euch gleich.«

Sie legte auf und verstaute das Handy in ihrer Tasche.

Mitten in ihrer Bewegung hielt Monika Berger plötzlich inne. Als habe ein Fotograf ihr Anweisung gegeben, still zu halten. Löffler schaute sie erstaunt an. Geduldig wartete er, bis sie aus ihrer Trance aufwachte. Schließlich schlug Berger sich mit der flachen Hand gegen die Stirn.

»Sie erinnern sich doch«, sagte sie dann, »dass mir etwas aufgefallen ist bei Masurs Haus. Aber ich wusste nicht, was es war.«

Löffler nickte.

»Es ist mir wieder eingefallen. Wir wissen ja, auch vom Taxifahrer, dass der diesen Josef Birk vor Masurs Haus abgesetzt hat. Das konnte man ja auch an den Fußspuren im Schnee erkennen. Richtig?«

Wieder nickte Löffler.

»Merkwürdig war aber, dass keine Fußspuren mehr vom Haus wegführten. Wenn das stimmt, was Masur sagte, hat Birk geklingelt, blieb im Eingangsbereich stehen und ist sofort wieder umgekehrt. Warum aber gibt es dann keine Fußspuren?«

»Aber«, überlegte der Hauptkommissar, »wo ist er dann abgeblieben?«

»Das genau ist die Frage.«

»Irgendeine Antwort?«

»Möglicherweise. Was wäre denn, wenn Birk doch ins Haus ging, es aber nicht mehr verlassen hat?«

»Sie meinen, dass Masur ihn versteckt vor uns?«

»Das ist eine Möglichkeit. Dann wären die beiden aber sehr gute Freunde. Das bezweifle ich aber. Eine andere Möglichkeit ist, dass Birk das Haus nicht verlassen hat, weil er es nicht mehr konnte.«

Löffler rieb den Daumen und den Zeigefinger seiner rechten Hand gegeneinander. Das war immer ein Zeichen dafür, dass er versuchte, ein komplexes Ideenkonstrukt zu entzerren. Anders gesagt – er dachte nach.

Markus Kürner kam vorbei. Er blieb vor den beiden stehen und deutete mit dem Daumen hinter sich, in Richtung des Opfers.

»Ich würde sagen, er wurde kurz nach Mitternacht getötet. Über die Art und Weise und über die Todesursache brauchen wir nicht zu spekulieren, denn das ist eindeutig. Die Handschrift dieses Typen, der grad in Tübingen durchdreht, ist klar erkennbar. Jetzt müsst ihr ihn bloß noch kriegen.«

»Wir sind dabei«, sagte Berger schnippisch, »aber wenn wir dauernd gestört werden, hindert uns das am Kriegen.«

»Sie habe ich gar nicht damit gemeint«, prustete Kürner förmlich, »denn ohne unsereins schnappen Sie ja nicht mal einen Typen, der alten Frauen die Handtasche klaut.«

Sie wurde puterrot im Gesicht. Man konnte sehen, dass sie nach Worten rang. Aber Löffler ging entschlossen dazwischen, wollte den üblichen Streit der beiden im Keim ersticken.

»Lasst das jetzt, ihr zwei. Wir müssen uns in der Tat um die Lösung dieses Falles kümmern. Danke, Markus, für deine schnelle Arbeit. Wir gehen jetzt ins Präsidium und werten die Spuren aus.«

Damit schnappte er seine Kollegin und schob sie zur Autotüre.

»Sie fahren«, sagte er. Dann ging er um den Wagen herum und setzte sich auf den Beifahrersitz.

Kopfschüttelnd marschierte der Gerichtsmediziner zurück zu seinem Opfer.

»Warten Sie«, sagte Löffler, als Berger den Wagen starten wollte.

»Wir müssen noch reden. Über Birk und Masur. Denn wenn Sie recht haben, dann ist Birk entweder noch in dem Haus und versteckt sich – oder er ist drin und man hat ihm etwas angetan.«

»Ja, das denke ich auch.«

»Warum ist er zu Masur gefahren? Das ist die wichtige Frage. Was wollte er dort? In seinem Zustand macht man keinen Freundschaftsbesuch einfach so. Also muss mehr dahinterstecken. Was meinen Sie?«

»Das überlege ich die ganze Zeit. Mir ist aufgefallen, dass er ganz komisch reagiert hat, als wir ihm von dem ersten Opfer, von der Lauren Meineke, erzählt haben. Erinnern Sie sich daran? Er tat so, als könne er sich nicht vorstellen, dass jemand ihr was antun könne. Was aber, wenn ihm doch jemand eingefallen ist?«

Löffler schaute die Kollegin an und begann dann, langsam zu lächeln.

»Ich verstehe«, sagte er schließlich, »ihm ist da ein gewisser Herr Masur eingefallen. Und da dachte er möglicherweise, dass es bei dem etwas zu holen gäbe. In seinem Alkoholwahn ist er dieser fixen Idee nachgegangen und hat sich auf den Weg zu seinem Ex-Kollegen gemacht. Und dort kam er an, ging aber nie mehr weg.«

»Aber warum ging er nicht mehr weg?«

Sie zuckte mit den Schultern.

»Das werden wir wohl Masur fragen müssen. Während die Kollegen wegen des neuen Mords hier die Nachbarn befragen und nach Zeugen suchen, können wir uns doch mal darum kümmern, würde ich sagen.«

»Was ist mit der Benachrichtigung der Familie dieses Schlonz Eder oder wie der heißt? Müssen wir die nicht besuchen? Sie haben ja immerhin Vater oder Kind oder Ehemann verloren.«

»Das können wir nachher noch machen. Die Kollegen sollen erst mal alles über den Mann herausfinden. Dann wissen wir auch, wo er wohnt, mit wem und wo seine Familie sitzt.«

Löfflers Smartphone läutete.

Stammler meldete sich aus dem Präsidium. Löffler stellte den Lautsprecher des Smartphones an.

»Wir haben mal diesen Masur gecheckt«, begann Stammler, »wir sind zwar noch nicht ganz durch, aber seine Familienverhältnisse kennen wir inzwischen ein wenig. Heimchen hat sogar bei den Nachbarn angerufen, weil wir bei den Computerabfragen nicht so richtig weiterkamen. Alles findet man da halt auch nicht.«

»So nach dem Motto, dass ein persönliches Gespräch die bessere Lösung ist?«

»Genau. Und dabei haben wir herausgefunden, dass die Frau schon seit Monaten ausgezogen ist. Wir haben das Jugendamt angerufen und nach dem Kind gefragt. Die wussten aber nichts. Ist denen vollkommen entgangen. Dann habe ich den Rektor der Schule erreicht. Und wissen Sie, was der mir gesagt hat? Der hat mir tatsächlich erzählt, dass die Kleine seit fast einem halben Jahr nicht mehr in der Schule war. Er hat zu Hause angerufen und der Vater hat ihm erzählt, das Kind und die Frau seien zu ihren Eltern gezogen, nach Donaueschingen. Dort gehe das Kind jetzt zur Schule. Das Problem ist nur – die Frau von Masur stammt nicht aus Donaueschingen. Sie kommt aus München. Heim versucht gerade, dort ihre Familie ausfindig zu machen.«

»Mit welchen Nachbarn haben Sie sich unterhalten? Wir gehen da nachher persönlich vorbei.«

Im Hintergrund raschelte es. Offensichtlich stöberte Stammler in seinen Unterlagen.

»Sie glauben kaum«, schnaufte er, »wie es hier ausschaut. Das reinste Chaos. Aber hier, da habe ich es. Der Name ist Gerd Neumann. Das ist das Haus genau gegenüber. Nummer 29.

Der schaut den ganzen Tag bloß aus dem Fenster. Sagt er. Der kennt sich aus in der Nachbarschaft.«

»Okay, wir fahren dann.«

Sie nahmen den Tunnel und orientierten sich dahinter in die Derendinger Straße hinaus.

Der Verkehr war erträglich und sie kamen zügig voran. Nach etwa zehn Minuten erreichten sie die geduckten Häuschen in der Derendinger Gartenstadt.

Vor der Hausnummer 29 stellten sie den Wagen ab. Die Straßen dort sind so schmal, dass kaum zwei Autos aneinander vorbeikommen. Berger stellte den Wagen so dicht an den Gartenzaun des Häuschens, dass ihr Chef auf der Fahrerseite aussteigen musste. Berger hob entschuldigend die Schultern.

»Wenn ich anders parke, kommt keiner mehr vorbei.«

»Sie wollen mich ärgern, richtig?«

»Ach, nur ein kleiner Scherz. Kommen Sie, ich helfe Ihnen heraus.«

Sie reichte ihm ihre Hand und er zog sich daran heraus.

Durch ein schmales Gartentor kamen sie in den Vorgarten. Die Haustüre öffnete sich, noch ehe sie läuten konnten. Ein kleines Männchen stand im Hauseingang und schaute zu ihnen hinauf.

»Sie send vo dr Polizei, richtig?«, klang die Stimme des Mannes erstaunlich tief. »Ihr Kolleg hot se ankündigt. Stammler hoißt der, gell?«

»So isch es, Herr Neumann, so isch es«, antwortete Löffler. »Ond Sie könnet uns weiterhelfe, hanne ghört.«

»Kommt druff oa, was se wisse wellet. Aber jetzt kommet erscht mol rei, onter derra Tür goat des et so guat.«

Neumann ging voraus und führte sie ins Wohnzimmer. Zwei Fenster zeigten zur Straße hinaus und sie konnten Masurs Haus gegenüber sehen.

»Sagen Sie mal«, fragte Berger, nachdem sie am Wohnzimmertisch Platz genommen hatte, »wie ist das denn nun mit Masurs Frau? Die soll schon ewig weg sein.«

Neumann ließ sich Zeit. Er wiegte erst mal den Kopf hin und her und kratzte sich dann am Kinn.

»Tja, des mit der Frau isch seltsam, des stimmt scho. Von einem Tag auf de andere war die weg. Mit dem Kend. Zuerst isch mir des gar net aufgfalle, aber noch a paar Tag hann i den Masur mol gfroagt, wo die denn sind. Und was hot er gsagt? Weg send se, Schluss sei, zu ihrer Mutter noch Donaueschinge seiet se gfahre.«

»Na, das kann doch sein, oder?

»Noi, ebe net«, schüttelte Neumann bestimmt den Kopf, »weil die Eltern von der Frau gar net do wohnet. Die wohnet nämlich gar nirgends, wenn man des ganz genau nemmt.«

»Wie das?«

»Ha, weil se tot send, schon lang. Hot mir die Frau selber gsagt. Ond von Donaueschingen sind se au net gwea, sondern vo irgendwo aus Bayern. So sieht's aus.«

Mit einem strahlenden Lächeln schaute der Mann zu den beiden Kommissaren auf. Auch Löffler grinste über den knitzen Derendinger, der aber noch lange nicht fertig war mit seinen Neuigkeiten.

»Wisset se«, fuhr er nach kurzer Pause fort, »des war jo sowieso schon lang aus. Des mit dene Masurs. Seitdem der nix meh gschafft hot und no au no krank worde isch – seitdem isch des nix mehr gweah. Zerscht hot dui Alte sich an Neue gholt ond wo der se wieder abgschosse hot, isch dui völlig zerfalle.«

»Woher wissen Sie das denn alles?«, fragte die Kommissarin.

Wieder lächelte der Mann bloß.

»I ben Rentner, han gnug Zeit ond mi interessieret meine Mitmenschen. Ond wenn i den ganzen Tag guck ond mach ond zuhör – ha, dann kriag i au was mit. Ond in dem Fall hend die boide dauernd so laut gstritte, dass man des net amal überhöre konnt. Die Frau isch em Gauner uff de Leim gange ond der Masur hot durchdreht. I hab ja dacht, er haut se, aber davon han ich nix mitkriagt. Ond eines Tages war se weg, zamme mit dem Kend.«

»Hat sie sich von Ihnen verabschiedet? Oder von jemand anderem hier in der Straße?«

»Noi, net dass i wüsst. Dia waret alle überrascht, dass se weg war. Mir hend des jo vom Masur erfahre, als einige Leut gfroagt hend.«

Einige Zeit herrschte Schweigen im Raum, die Kommissare mussten die Neuigkeiten offensichtlich zusammenpuzzeln, während der Rentner darauf wartete, dass er weiterreden durfte.

»Saget Se mal«, begann Löffer dann, »kennet Sie einen gewissen Josef Reichert? Einen Arzt hier in Tübingen? Im Uni-Klinikum.«

Neumann schüttelte bestimmt den Kopf.

»Sicher et. I kenn bloß oin Dokter ond des isch meiner. Ond em Krankenhaus war i meiner Lebtag noch nie. Weil… wenn i do hin komm, dann ischs aus mit mir.«

»Aber, aber, so wia Sia beinander send.«

Der Rentner winkte ab.

»Scho recht, Se moinets guat mit mir. Aber irgendwann kneift jeder amol da A… oje, Frau Kommissarin, i sag scho nix, sonscht kriagets Sia no an schlechte Eindruck vo mir.«

»Sagen Sie«, fiel Berger ein, »wie krank ist denn der Masur? Kann der noch laufen, rennen und sich ums Haus kümmern? Und vor allem – haben Sie zufällig gesehen, ob der letzte Nacht im Haus war oder unterwegs?«

Neumann überlegte kurz.

»Also, mit geschtern Nacht, do woiß i nix. Des Licht war jedenfalls aus, wo i 's letschte Mol rüberguckt han. Des war om zehne rom. Und des mit dem Laufe ond Sprenge – also fit isch der et, manchmol fährt er em Rollstuhl durch die Stroß. Aber ganz ehrlich, i nemm des dem net ab. Weil, i han den au vor a paar Tag ganz schön schnell em Garten rommache seha. Wia nui hot der gschafft.«

»Hat er denn ein Auto?«

»Jo, scho. Aber an ganz alte Göppel. Früher hot er an Daimler ghett. Aber do hot er no an Job ghabt. Danach hot er des Auto verkauft ond sich die Trucht zuglegt.«

»Trucht?«

»So sagt man bei ons. A altes Glomp halt.«

»Wo ist das Auto denn? Ich habe vorhin keines gesehen vor seinem Haus.«

Mit einer vagen Geste deutete Neumann nach draußen, vor das Haus in Richtung Masur.

»I denk, er hot hinter dem Haus parkt, zur Steinlach hin. Da sieht ma nix. In seiner Garage oder vor dem Haus parkt der scho lang nemme. Koi Ahnung, warum. Vielleicht isch ihm die alte Kischt peinlich.«

»Und seine Frau war seitdem nie mehr da? Kein Möbelwagen, kein Besuch des Kindes – nichts?«

Neumann schüttelte den Kopf.

»Kennet Sie denn eine gewisse Frau Meineke?«, fragte Löffler, »oder einen Herrn Eder? Schlonz Eder? Isch Ihne de Name scho amol begegnet?«

»Noi, kenn ich älles net. Ich kenn sowieso koin, den der Masur kennt, denk i amol. Au früher scho, wo er noch besser druff war ond an Job kett hot und a Frau ond an Daimler – auch do send mir übers Grüß-Gott-Sage net arg weit nauskomme.«

Löfflers Smartphone läutete.

Er zog es aus der Tasche, schaute auf das Display und ging dann zum Fenster hin. Stammler war am anderen Ende.

»Was wollen Sie«, sagte Löffler, »wir sind mitten in einer Befragung. Also, was gibt es, ich habe keine Zeit für Small Talk.«

»Nix Small Talk«, reagierte der Kommissar leicht eingeschnappt, »ich habe in den Krankenakten des Klinikums rumgestöbert. Aber das wissen Sie ja. Und ich weiß jetzt, wer sich über unseren toten Doktor Reichert beschwert hat. Wegen Fehldiagnose. Aber die Beschwerde wurde abgeschmettert. Von wegen einer Krähe, die der anderen kein Auge aushackt.«

»Stammler.«

»Es war Jörg Masur.«

Der Stimme Stammlers war durchaus ein kleiner Triumph anzuhören.

Zunächst schwieg der Hauptkommisar. Er schaute zu seiner Kollegin hinüber, die ihn neugierig ansah. Dann kam sie zu ihm ans Fenster und wartete.

»Das weiß ich bereits«, sagte Löffler zu seinem Kollegen, »wir stehen gerade vor seinem Haus.«

»Wieso wissen Sie das?«

»Sie haben geschlafen, wir haben uns Ihre Unterlagen durchgesehen.«

Löffler legte auf.

Sie gingen wieder zu Neumann hinüber, der so getan hatte, als würde er weghören. Doch so ganz konnte er nicht aus seiner Haut schlüpfen.

»Was hot er denn getan, der Masur?«, fragte er, »Sie dend ja so, als sei er en Massenmörder.«

»Wer weiß«, sagte Berger, »jedenfalls danke für Ihre Mithilfe, Herr Neumann. Wir gehen jetzt mal zum Herrn Masur rüber und hören, was er zu sagen hat.«

»Soll i mitkomme?«, bot Neumann an.

»Nein, eher nicht. Ich glaube, das wird ein Polizeieinsatz, da stören Sie möglicherweise. Aber Sie haben ja von hier aus den perfekten Platz zum Zugucken.«

Die beiden verließen Neumanns Haus und überquerten die Straße. Gleich gegenüber öffneten sie das Gartentörchen zu Masurs Haus. Es fiel ihnen auf, dass die leichte Schneedecke vor dem Hauseingang unberührt war. Also hatte in der letzten Zeit das Haus niemand verlassen oder betreten. Zumindest nicht durch den Vordereingang. Löffler klopfte gegen die Haustür. Als sich drinnen nichts rührte, ging er zu dem Fenster daneben und pochte mehrmals gegen die Scheibe. Aber auch da keine Reaktion.

»Gehen wir rein?«, fragte Berger.

Löffler nickte.

»Wir versuchen mal, ob es einen Hintereingang gibt. Ich gehe.«

Nach kurzer Zeit kam er zurück und schüttelte den Kopf.

»Haben Sie eine Waffe bei sich?«, fragte er seine Kollegin.

Berger nickte. Sie zog ihre Waffe, entsicherte sie und hielt sie vor ihren Körper. Dann hob Löffler einen Stein auf, der in einem Gartenbeet lag, und schlug, ohne zu zögern, die Fensterscheibe ein, an die er gerade noch geklopft hatte. Er griff mit einer Hand durch das Loch in der zerstörten Scheibe und öffnete beide Fensterflügel. Schließlich kletterte er in das Haus. Kurz danach ging die Haustüre auf und er ließ die Kommissarin ein.

»Die brauchen Sie glaube ich doch nicht«, deutete er auf die Pistole.

»Ich behalte sie mal. Sicherheitshalber.«

Sie standen beide im Wohnzimmer Masurs. Den Raum kannten sie bereits von ihrem ersten Besuch. Das Haus schien ein Spiegelbild von Neumanns Häuschen gegenüber zu sein. Die Polizisten gingen an einer Tür vorbei, die zur Toilette führte.

Dann standen sie in der Küche. Vom Küchenfenster aus schauten sie auf die Steinlach. Dicht neben dem Haus stand Masurs Wagen. Zumindest vermutete Löffler das, weil der Wagen dicht am Haus geparkt war.

Der Hauptkommissar nickte Berger zu. Das bedeutete, dass sie die Treppe hochsteigen sollte, er würde ihr folgen. Sie nickte und stellte ihren Fuß bereits auf die unterste Stufe, als ihr Chef plötzlich stehen blieb. Er hatte eine Tür aufgestoßen, die ins Bad führte. Als er hineinsah, entdeckte er Wäschestücke –

Hemd, Hose, Hoody, also einen Kapuzenpulli –, die auf dem Boden lagen. Direkt vor der Badewanne.

Das Hemd war voller Blut. Ebenso die Hose. Der Kapuzenpulli war dunkel, auf ihm konnte der Hauptkommissar nichts erkennen. Berger stand neben ihm. Dann bückte sie sich und streifte mit dem Finger über eine der roten Stellen auf dem Hemd. Sie nickte ihrem Chef zu – eindeutig Blut.

Leise stiegen sie die Treppe hinauf. Es waren alte Holzstufen, die manchmal knarrten. Die Polizisten versuchten, dies zu vermeiden, und hangelten sich an der Seite langsam nach oben. Von dem Flur gingen drei Türen ab. Langsam näherte sich Berger der ersten davon. Dahinter konnte man Stimmen vernehmen. Zwei Männer unterhielten sich. Berger sah sich nach Löffler um. Der nickte.

Leise stellten sich beide vor der Tür auf. Dann, mit einem Ruck, stieß Löffler die Tür auf und Berger machte einen Satz ins Innere des Raumes. Zwei Männerköpfe waren rechts vom Eingang zu sehen. Die beiden Menschen dazu unterhielten sich auf dem Bildschirm eines TV-Gerätes. Es handelte sich um Masurs Schlafzimmer. Noch immer stand ein Ehebett darin, obwohl die Frau längst weg war.

Um das Bett herum standen leere Teller und Tassen. Bücher lagen verstreut auf dem Boden und auf der Bettdecke. Alles sah unordentlich aus. Ein Durcheinander. Ungepflegt. Ein Männerhaushalt ohne Ordnung. Das Zimmer eines Kranken. Auf dem Nachttisch standen zahllose Medikamentenfläschchen, Pillendosen, Wassergläser.

Es stank im ganzen Haus.

Niemand da, aber der Fernseher lief.

Berger schaute sich ratlos um. Keiner der beiden sagte ein Wort. Langsam bewegten sie sich wieder auf den Flur, dann nach rechts zu den anderen Räumen. Im ersten, gegenüber dem Schlafzimmer, war das Kinderzimmer. Es war vollgepackt mit Spielzeug, Puppen, Bilderbüchern und Mädchenliteratur. Der Schulranzen hing über dem Schreibtischstuhl. Das Bett unterhalb des Fensters war unbenutzt. Staub lag auf den Regalen. Auf dem Boden. Auf den Fenstern.

Berger öffnete den Kleiderschrank, der direkt neben der Türe stand. Alle Regale waren voll, Kleider und Hosen hingen an Bügeln. Unterwäsche, T-Shirts, Socken – alles eingeordnet in die Regale.

»Nach einem Umzug sieht das aber nicht aus«, flüsterte Berger und deutete auf den Schrank.

Löffler schwieg.

Er begriff, was das bedeuten konnte.

Sie gingen zum nächsten Zimmer. Noch immer leise. Noch immer versuchten sie, jedes Geräusch zu vermeiden.

In dem Raum standen nur ein Bett, ein Schrank und ein Nachttisch, dazu ein kleiner Holztisch mit einem Stuhl. Vermutlich war das der Raum, in dem Freunde bei Besuch übernachteten. Oder ein Rückzugszimmer. Vielleicht auch ein ehemaliger Heimwerkerraum für Masur.

Löffler deutete mit dem Finger nach unten.

Berger nickte und machte sich auf den Weg, die Treppe wieder hinabzusteigen. Unten angekommen entdeckten sie eine Holztüre, die sich neben der Küche befand. Leise öffnete Berger sie. Eine Steintreppe führte in den Keller. Das Licht brannte. In den alten Häusern war unten früher die Waschstube gewesen. Alles aus Stein, mit Ablauf, mit Regalen für haltbare Lebensmittel.

Langsam stiegen die beiden Kommissare die gekrümmte Treppe hinunter. Nach der Biegung blickten sie auf einen dunklen Steinboden. Möglicherweise Granit.

Dicht an der Wand lag der verdrehte Körper Birks.

Aus seinem Kopf war ein Rinnsal mit Blut gelaufen, das jetzt wie eine rote Fasnetspapierschlange entlang der Wand zu einem Abfluss gewandert war. Es war längst eingetrocknet.

Berger hielt ihre Waffe fester. Löffler konnte mit einem kurzen Blick auf die Kollegin sehen, dass ihre Fingerknöchel weiß waren.

Ein Rundbogen führte in einen weiteren Raum nebenan. Er war verdeckt mit einem zugezogenen Tuch. Es stank. Es stank ekelhaft aus dem Raum heraus, trotz des Tuches davor.

Die beiden Kommissare hielten den Atem an.

Aus dem Raum nebenan konnte man leises Atmen, fast ein Röcheln hören. Löffler und Berger stellten sich links und rechts von dem Vorhang auf. Mit den Fingern zählte Löffler von drei herunter. Als er den Daumen umknickte, zogen sie beide den Vorhang beiseite und machten einen Sprung in den Raum.

Was immer sie erwartet hatten, zu sehen – was ihnen in dem Raum tatsächlich begegnete, übertraf ihre schlimmsten Albträume.

Auf einem Stahltisch in der Mitte des Raumes lagen eine Frau und ein Kind. Beide eindeutig tot. Und zwar schon lange, die Verwesung hatte deutliche Spuren hinterlassen. Die Körper steckten in normaler Straßenkleidung. Die Gesichter, die Hände, die Unterarme – sie waren teilweise bereits zerfallen.

Auf einem kleinen Stuhl mit dem Gesicht zu den Kommissaren saß Masur. Er hatte kaum reagiert, als die beiden in den Raum gestürmt waren. Sie blieben erstarrt stehen. Berger ließ die Waffe sinken. Sie schaute auf die beiden Leichen. Dann griff sie nach Löfflers Arm. So blieben sie eine Weile stehen, ehe sie sich wieder bewegen konnten.

Masur hatte währenddessen nur kurz den Kopf gehoben. Wie um sich zu vergewissern, dass die geladenen Gäste eingetroffen waren. Dann versank er wieder in einer Art Lähmung.

Löffler machte einen Schritt nach vorne.

»Herr Masur«, sagte er leise, so, als wolle er den Mann nicht aufwecken, »ist das Ihre Tochter. Und das Ihre Frau?«

Masur schaute langsam zu dem vor ihm stehenden Mann auf. Dann nickte er.

»Liegen die beiden schon lange hier?«

Wieder ein stummes Nicken.

»Sind sie gestorben?«

Endlich schien Masur in die Wirklichkeit zurückgekommen zu sein. Denn er reckte sich, straffte die Schultern und hob den Kopf.

»Gestorben sind sie natürlich, sonst würden sie nicht hier liegen«, sagte er schneidend, »aber sie haben es nicht freiwillig gemacht.«

»Sie?«

»Ja, genau. Ich. Das musste ich tun. Nach allem, was sie mir angetan hat.«

»Ihre Frau?«

Er nickte heftig.

»Ja, genau. Da bescheißt sie mich mit dem Gauner, dem Eder. Der nimmt sie aus wie eine Weihnachtsgans und ich bleibe hier mit meiner Krankheit. Sie liegt bei dem Schwein und sie bezahlt ihn auch noch. Mit meinem Geld. Bis nichts mehr da ist. Und dann schmeißt der Schlonz sie raus. Sie kommt zurück und glaubt, sie kann wieder unterkriechen bei mir. Als wenn nichts passiert wäre. Da mache ich aber nicht mit. Bumm, macht es da – und weg ist sie. Da mache ich kurzen Prozess.«

Er kratzte sich an der Stirn. Schien sich zu überlegen, ob es noch etwas zu sagen gab. Aber er schwieg.

»Aber Ihr Kind, Herr Masur, was ist dann mit Ihrem Kind?«

Masurs Augen füllten sich langsam mit Tränen. Er versuchte, sich vom Stuhl zu erheben, stützte sich ab, fiel dann aber wieder zurück. Er gab schließlich auf und ließ sie Arme entkräftet baumeln.

»Ja, das Kind«, flüsterte er heiser, »das war ein Problem. Ich musste es doch retten. Vor der Welt. Vor der Leere. Keine Mutter mehr, die sich um die Kleine kümmern konnte. Und ein Vater, der bald sterben wird. Und dann?«

Die Frage stand im Raum. Masur schaute zu Löffler, dann zu Berger hin.

»Und nun?«, fragte er noch einmal. »Das ist doch die Hölle für das Kind. Waisenhaus, Pflegeeltern, ausgestoßen, ungeliebt.«

»Ungeliebt?«, platzte es aus Berger heraus, »ungeliebt? Das sagen Sie? Ausgerechnet Sie? Der das Kind, das eigene Kind, getötet hat.«

Masur lächelte.

Tatsächlich – er lächelte.

»Ja, das sage ich. Ausgerechnet ich. Ich musste mein Kind schützen vor dem Alleinsein in einer bösen Welt. Da ist es doch besser aufgehoben im Tod, oder etwa nicht?«

Berger schüttelte tonlos den Kopf. Es hatte ihr die Sprache verschlagen.

Eine Weile redete niemand.

»Aber warum das alles?«, begann schließlich Löffler, »weshalb die vielen Toten? Was war mit Lauren Meineke? Warum sie?«

Masur gluckste.

»Hehe, die Lola, ja, das war eine Nummer. Klaut meine Kampagne, meine Ideen, geht damit zu Kleber und ist die Heldin. Und als ich mich beschwere, scheißt Kleber mich zusammen. Er wäre froh, wenn ich mal solche Ideen hätte. Und es sei der reine Neid, die Missgunst, dass ich die Meineke jetzt anschwärze. Und dann kicken die mich auch noch raus. Dann wurde ich krank. Richtig krank. Sehen Sie mich an: So krank bin ich geworden. Wegen der Meineke.«

»Krebs wegen einer Entlassung?«

»Psychisch. Auch so kann man Krebs kriegen.«

Er breitete die Arme aus und zeigte sich in seiner ganzen Breite.

Löffler und Berger ignorierten diese Geste. Man sah beiden an, dass sie diese Welt des Todes, die Masur vor ihnen ausbreitete, nicht verstanden.

»Und was ist mit dem Arzt, was ist mit Josef Reichert?«

Masur kicherte.

Er bekam etwas von einem Wahnsinnigen, einem gestörten Menschen, der in einer unzugänglichen Welt lebte, die andere Regeln hatte als die normale. Masurs Regeln.

»Der ist doch selbst schuld. Auge um Auge, sage ich da nur. Er bringt mich um, ich ihn. Haben Sie was dagegen?«

»Er hat Sie nicht umgebracht, er wollte Ihnen helfen. Er war Ihr Arzt, verdammt noch mal.«

Masur schaute einigermaßen überrascht auf die beiden Kommissare. So, als höre er gerade eine Neuigkeit, mit der er nicht gerechnet hatte.

»Mir helfen? Wie das denn? Indem er mir eine falsche Diagnose stellt? Indem er mir dadurch das halbe Jahr stiehlt, das für eine Therapie gereicht hätte? Man hätte mir helfen können. Aber Reichert hat versagt. Und er hat mich getötet. Dann hat er auch noch gelogen, nachdem ich ihn angezeigt habe. Sein Versagen war mein Tod, so einfach ist das. Und deshalb war es auch der seine. Auge um Auge, wie gesagt.«

Schweigen.

»Eder?«, fragte Berger nach einiger Zeit.

Masur machte eine wegwerfende Bewegung mit der Hand.

»Abschaum. Bei ihm hat es mir am meisten Spaß gemacht. Ihn habe ich am meisten gehasst. Es war ein unglaubliches Gefühl, ihn mit dem Hammer ins Gesicht zu schlagen. Als er zu Boden fiel, ist mein Herz gehüpft.«

»Ich verstehe nicht, wie Sie das geschafft haben«, sinnierte Löffler, »Sie sind krank und schwach, diese Männer sind Ihnen doch körperlich überlegen. Und nach unserer Spurensicherung haben Sie die von vorne angegriffen, sie hätten sich wehren können. Sogar der betrunkene Eder.«

Ein trockenes Lachen. Etwas hoheitsvoll der Blick. Als habe er ein großes Lob bekommen und das seiner Meinung nach auch zu Recht.

»Ich war schnell. Schnell mit dem Hammer. Und Hass macht stark. Und geschmeidig. Keiner hätte sich retten können. Ich habe dieses Ding da« – und dabei zog er plötzlich den Hammer aus seiner Gesäßtasche – »einfach blitzschnell eingesetzt. Das muss wie ein Blitz über sie gekommen sein. Aber es ging dann nicht so schnell, dass sie nicht hätten spüren können, dass sie jetzt sterben müssen. Sie starben auch mit dem Kopf. Mit ihren Gedanken. Sie sahen sich beim Sterben zu, könnte man sagen.«

Als Masur den Hammer in der Hand hielt, war Berger ganz instinktiv einen Schritt zurückgewichen. Löffler war stehen geblieben. Dabei hielt Masur das Gerät wie achtlos in der Hand und ließ es auf der Höhe seiner Oberschenkel baumeln.

»Was war mit Josef Birk? Das verstehe ich nicht. Was hat er Ihnen angetan?«

Masur schniefte. Er versuchte ein weiteres Mal, aus seinem Stuhl zu kommen. Dieses Mal gelang es ihm und er stand leicht schwankend vor dem Tisch mit den beiden Leichen seiner Familie. Er sah auf die verwesenden Körper, als bemerke er sie erst jetzt.

»Ja, Birk«, begann er schließlich zu reden, »das wollte ich nicht. Er hatte mich angerufen. Hatte mich im Verdacht. Wollte bloß mal vorbeischauen, nichts weiter. Er war ziemlich durch den Wind, redete wirr. Entzug. Kein Schnaps, nichts. Der Mann war völlig erledigt. Ehe ich mich versah, war er in den Keller gestapft, weil er dort Wein oder sonst irgendeinen Alkohol holen wollte. Dabei sah er meine Frau. Und mein Kind. Und da ist er erschrocken. Er hat gebrüllt. Ganz laut. Da musste ich doch etwas unternehmen. Da lag der Hammer auf dem Tisch hier. Ich bin dem Birk gefolgt. Die Treppen runter. Das war mühsam für mich, ich habe seit Tagen nichts gegessen. Ging nicht, konnte nichts bei mir behalten. Das Gesicht von dem Birk war völlig entgleist. Wie der mich angeschaut hat. Da wusste ich, der darf nicht mehr weg hier. Und da ist es halt passiert. Aber ich glaube, der war so weggetreten, dass er nicht mehr viel gespürt hat. Hoffe ich.«

»Aber wie sollte das denn enden? Das alles, meine ich. Mit den Leichen, mit den Morden, mit Ihnen?«

Masur grinste.

»Ich hätte so lange weitergemacht, bis ich irgendwann mal umfalle und tot bin. Was glauben Sie, wie lang meine Liste ist mit Schweinen, die ich hätte erledigen können?«

»Aber warum das alles? Warum jetzt?«

Fast verschlagen grinste der Mörder übers ganze Gesicht.

»Weil ich jetzt vor nichts mehr Angst zu haben brauche. Ich verrecke, das ist sicher. Also gibt es nichts mehr, was mich erschrecken kann. Ist das nicht der große Traum jedes kleinen Menschen, sich einmal im Leben bei all jenen zu rächen, die einen beschissen haben? Also, mein Traum war das schon. Bloß macht das keiner, weil man immer etwas zu verlieren hat. Ich nicht, ich habe nichts mehr. Ich bin ganz frei.«

Es war still im Raum.

Kaum, dass man das Atmen der drei Menschen hören konnte. Alle schienen auf etwas zu warten. Auf einmal stieß Masur einen langen, qualvollen Schrei aus, dann hob er den Hammer hinter den Kopf und machte ein, zwei schnelle Schritte auf Löffler zu. Der hob beide Unterarme nach oben und duckte den Kopf weg.

Ein Schuss fiel.

Die rechte Schulter Masurs wurde zur Seite gerissen. Der Hammer fiel zu Boden und Masur landete auf dem Rücken Löfflers. Er glitt über dessen Hüfte auf den Boden und blieb dort liegen. Der Hauptkommissar wich zur Seite aus und stützte sich dann auf dem Tisch mit den Leichen ab.

Berger stand mit der Pistole im Raum und starrte auf den liegenden Masur. Der stöhnte erst, dann gab er einen Schrei von sich, den man vermutlich bis auf die Straße hinaus hören konnte.

»Los, schieß«, schrie er Berger an, »ich mache weiter, ich bringe deinen Kollegen noch um.«

»Das glaube ich kaum«, antwortete die Kommissarin und schob mit dem linken Fuß den am Boden liegenden Hammer weit weg von Masur.

Der stimmte ein langsam anschwellendes Heulen an. Dann wurde er stumm.

»Du glaubst doch wohl nicht«, sagte Berger mit kalter Stimme, »dass du so einfach davonkommst, du Schwein. Du darfst deinen Krebs bis ins Endstadium genießen. Ich hoffe bloß, dass du vor Schmerzen brüllst wie ein Tier. Ich werde zuhören.«

Wieder gab der Mann ein schmerzvolles, lautes Stöhnen von sich. Dann verstummte er.

Löffler stand währenddessen noch immer am Tisch mit den Leichen. Er holte sein Smartphone heraus und rief die Kollegen, die Gerichtsmedizin, die Spurensicherung. Dann ließ er sich auf dem Stuhl nieder, auf dem gerade noch Masur gesessen hatte.

Eine Weile lauschten beide Kommissare dem leisen Röcheln des Verwundeten.

Bald darauf hörten sie das Martinshorn der Kollegen.

»Lassen Sie uns gehen«, sagte Löffler und stand auf, »hier stinkt es bestialisch.«

»Ich will nur sicher gehen, dass unser Freund hier nicht noch den selbst gewählten Abflug macht.«

Sie hörten die Kollegen auf der Treppe oben, dann tauchten die Uniformierten auf.

»Jetzt«, sagte Berger, »jetzt können wir die Unterwelt verlassen.«

Sie ging voraus, Löffler folgte ihr auf dem Weg nach oben.

Christian Löffler war mit sich zufrieden.

Den Nikolauslauf in Tübingen in unter einer Stunde zwanzig Minuten zu schaffen, war eine Meisterleistung. Und das, ohne dass er sich gezielt darauf vorbereitet hatte. Organisationschef Gerold Knisel hatte ihm höchstpersönlich die Medaille für den Altersklassensieg umgehängt.

»Die Zeit ist gut«, meinte er in seiner ganz speziellen Art, »aber das heißt nicht, dass es nicht noch schneller geht.«

Löffler verdrehte die Augen. Gerold halt.

Die Zeitungen waren zwischenzeitlich wieder auf andere Themen umgestiegen. Sicher, das Flüchtlingsproblem war drängender als der Amoklauf Masurs.

Dennoch: Die Tübinger waren tagelang geschockt davon, dass so etwas vor ihrer Haustüre passieren konnte. In die heile Öko-Welt war das Grauen eingedrungen. Nackt und gnadenlos. Normalerweise echauffieren sich die Tübinger über die Trivialitäten ihrer eigenen engen Welt. Da geht es dann um Autofahrer, Radler und Fußgänger. Oder um Natursteine, asphaltierte Naturwege, einen armen gefällten Baum und immer um ihren Bürgermeister, von dem sie nicht ertragen, dass er auch jenseits des Tübinger Horizonts wahrgenommen wird. Der Tübinger Neid- und Beschwerdefaktor ist immens.

Doch Masurs Taten schockierten alle.

Die Polizei arbeitete nach und nach das Szenario auf. Am Erschreckendsten war, dass sie eine Liste mit Namen fanden, die möglicherweise als weitere Opfer Masurs vorgesehen waren. Masur selbst sagte nichts dazu. Aber wenn es so war, dann hätten noch viele Menschen daran glauben müssen. Alte Schulkameraden, Nachbarn, ein Lehrer. Die Polizei gab diese Nachrichten nicht nach draußen.

»Das dürfen wir nicht«, so der Oberstaatsanwalt, »wir können es ja nicht zweifelsfrei beweisen.«

Marek Bürger sonnte sich dieser Tage gerne im Licht der TV-Kameras und der Journalistenmeute. Gerne hätte er Löffler an seiner Seite gehabt, den erfolgreichen Ermittler, am besten mit dem ganzen Team. Aber die Kommissare weigerten sich.

»Ich kann darüber nicht reden vor all den Leuten«, sagte Berger zu ihrem Chef Christian Löffler. Und auch der verspürte wenig Lust, zu Masur Stellung zu nehmen.

»Mach du das, Marek«, sagte er zu Bürger, »du bist ein Profi. Du regelst das schon.«

Masur lag währenddessen im Krankenhaus. Er hatte einen Schulterdurchschuss. Aber das war sein kleinstes Problem. Als sei jegliche Kraft von ihm abgefallen, nachdem sein blutiges Handwerk zum Ende gekommen war, übernahm der Krebs seinen Körper. Er hatte Schmerzen und durch die Mittel dagegen schien er ständig in einer Art Koma zu liegen. Er war kaum ansprechbar. Und wenn er wach war, weigerte er sich mit der Polizei zu reden.

»Er macht es nicht mehr lange«, sagte Professor Meister, der Arzt im Klinikum.

»Schade«, entfloh es Berger, »ich hätte ihn gerne leiden sehen.«

Christian Löffler klappte seinen Koffer zu und stellte ihn neben die Tür. Am nächsten Morgen ging es ins Krankenhaus. Sein Freund Markus würde ihn frühmorgens abholen und ihn begleiten.

Nur der Oberstaatsanwalt wusste bisher Bescheid, dass der Hauptkommissar jetzt erst mal einige Zeit beim Dienst fehlen würde. Die schwierige Aufgabe, es der Familie und dem Team zu sagen, stand ihm noch bevor. Er hatte diesen Termin auf die letzte Möglichkeit gelegt – auf den Sonntagabend, ehe er am Montag früh in die Klinik umsiedelte. Jetzt warteten alle unten im Esszimmer, dass er zu ihnen stieß. Die Köchin Miranda hatte gekocht, deren Tochter hatte ihr geholfen. Es gab Tafelspitz – und Löffler konnte nur zusehen, wie die anderen aßen, weil er nüchtern im Krankenhaus erscheinen musste.

Als er eintrat, saßen alle schon am Tisch und plauderten. Nur Heim fehlte, sie war vom Rad gefallen und hatte sich das Bein gebrochen. Klaus Löffler saß neben Maria Steinke, die Dauergast im Hause Löffler geworden war. Neben ihnen hatten Löfflers Frau und seine Tochter Platz gefunden und ihnen gegenüber Stammler, Gülcin Mehmedi und Berger.

»Na endlich«, krähte seine Tochter Jessica, »wir warten hier alle auf dich, Papa. Das Essen wird kalt, sagt Miranda. Komm, setz dich her.«

Löffler nahm neben Monika Berger Platz.

Na schön, dachte er, ich komme ohnehin nicht drumherum, dann kann ich es auch gleich sagen.

»Hört mal alle her«, sagte er.

Als sich alle auf ihn konzentriert hatten, begann er zu erzählen.

Er berichtete von den ersten Diagnosen, seinen Untersuchungen und schließlich vom Ergebnis.

»Und morgen früh ist es so weit. Ich gehe ins Krankenhaus und lasse mich operieren. Eine andere Möglichkeit gibt es nicht, wenn ich Gewissheit haben will.«

Die anderen schwiegen. Es war ein betretenes, unangenehmes Schweigen. Schließlich kam Jessica um den Tisch herum und legte ihrem Vater die Arme um den Hals. Auch sein Vater beugte sich zu ihm und legte seine Hand auf die seines Sohnes.

»Ist schon gut«, unterbrach Christian Löffler nach einer Weile die Stille, »jetzt wird noch einmal gemeinsam gegessen und gefeiert. Wir alle haben fürchterliche Ereignisse hinter uns. Das vergessen wir heute Abend mal.«

Langsam löste sich die starre Anspannung auf.

Während die anderen sich über das Essen hermachten, saß Löffler dabei und nippte an einem Wasserglas. Aber das machte ihm nichts aus. Wenn ich erst mal wieder aus dem Krankenhaus raus bin, nahm er sich vor, hole ich das alles nach. Dreifach.

»Jetzt haben wir grade mal eine Nacht verbracht«, flüsterte ihm Berger plötzlich ins Ohr, »und dann ist schon wieder alles vorbei.«

Löffler schaute sie an.

Sie grinste spitzbübisch.

»Sie haben mir ja gesagt, dass nichts passiert ist«, flüsterte er zurück.

»Was nicht ist …«

»Machen Sie mir einen Antrag?«

»Sollten wir uns nicht erst mal duzen?«

Er stöhnte.

»Das hatten wir doch schon mal. Was würde sich dadurch ändern?«

»Das wäre persönlicher.«

»Für wen?«

»Für mich.«

Er schien intensiv zu überlegen.

»Jetzt schauen wir mal, wie mein Klinikaufenthalt verläuft. Danach reden wir darüber.«

Sie seufzte.

»Jetzt habe ich schon keine Lust mehr.«